Claudia Choate
Verlorene Seelen 11 – Vertraue niemandem!

AF221210

Verlorene Seelen 11

Vertraue niemandem!

von
Claudia Choate

FSC
www.fsc.org
MIX
Papier aus ver-
antwortungsvollen
Quellen
Paper from
responsible sources
FSC® C105338

Biografische Information der Deutschen Nationalbibliothek: Die Deutsche Nationalbibliothek verzeichnet
diese Publikation in der Deutschen Nationalbiblio-
grafie; detaillierte bibliografische Daten sind im Internet über dnb.dnb.de abrufbar.

Herstellung und Verlag: BoD – Books on Demand,
Norderstedt
1. Auflage 2022

ISBN: 978-3-75622-094-6

INHALTSVERZEICHNIS

PROLOG

Charlene gehorchte sofort, als sie den Ruf ihres Vaters hörte: „Köpfe runter!" Ihre Hand schoss vor und drückte den Kopf ihrer kleinen Schwester nach unten. Ashton weinte, aber darauf konnten sie jetzt keine Rücksicht nehmen. Ihr Bruder Marlon tauchte ebenfalls in Sekundenschnelle ab. Dennoch hatte sie sich kaum bewegt, als die Scheibe neben ihr splitterte. Charlene spürte, wie etwas an ihr vorbeisauste. Ihr Vater stöhnte kurz auf und sie war sich sicher, dass er getroffen worden war.

Trotzdem fuhr er weiter, gab sogar noch mehr Gas und raste in halsbrecherischem Tempo über die gewundene Straße. Die drei Kinder wurden auf dem Rücksitz hin und her geschleudert, doch sie wussten, dass sie in Deckung bleiben mussten. Selbst die siebenjährige Ashton wusste genau, in welcher Gefahr sie sich alle befanden und dass es einzig und allein an ihrem Vater hing, ob sie das hier überstehen würden oder nicht.

Aus den Augenwinkeln konnte Charlene ihre Mutter sehen, die ihre Hand zwischen den Sitzen nach hinten streckte, um die ihrer Kinder beruhigend zu drücken. Das Mädchen ahnte, dass sie mindestens ebenso viel Angst hatte, wie sie. Selbst der 15-jährige Marlon war nicht so cool, wie er immer tat. Sie konnte fühlen, dass er zitterte. Oder waren es ihre eigenen Hände, die so stark zitterten, dass es sich nur so anfühlte? Die Kinder hielten sich an den Händen und im Stillen fing Charlene an zu beten.

Sekunden erschienen wie Minuten, Minuten wie Stunden – Das Mädchen hatte keine Ahnung, wie lange sie durch die Dunkelheit rasten oder wo genau sie eigentlich waren. Dann endlich wurde ihr Vater etwas langsamer. „Ich glaube, wir haben sie abgehängt", sagte er mit einem Erleichterungs-Seufzer. „Seid ihr in Ordnung?"

Marlon richtete sich als erster wieder auf und auch Charlene ließ ihre kleine Schwester los, damit sie sich richtig hinsetzen konnte, während sie auf das Loch in der Fensterscheibe blickte. „Ich glaube schon", antwortete Marlon. „Charly, hast du was von der Scheibe abbekommen?"

„Nur ein paar kleine Splitter, nichts Schlimmes", antwortete sie mit immer noch zitternder Stimme. „Sind wir jetzt in Sicherheit?"

„Ich hoffe es zumindest", sagte ihr Vater, doch sie bemerkte die besorgten Blicke, die er immer wieder in den Rückspiegel warf. Er war Profi genug, um zu wissen, dass sie erst dann wirklich in Sicherheit waren, wenn er am Treffpunkt ankam und seine Kollegen seine Familie in Schutzhaft nehmen konnten. Charles Fisher war Polizist mit Leib und Seele. Er arbeitete als verdeckter Ermittler und wurde immer wieder in Drogenkartelle oder Terroristenvereinigungen eingeschleust, um diese zu infiltrieren und Beweise zu sammeln, damit man sie zerschlagen konnte.

Doch nun hatte irgendjemand von diesen Leuten herausgefunden, wer er wirklich war und wollte ihn und seine ganze Familie auslöschen. Er wusste, wenn diese Leute sie erwischten, würden sie seine Familie einen nach dem anderen hinrichten, vielleicht sogar foltern – nur um ihm Schmerzen zuzufügen. Charles war ein harter Mann. Schläge und Folter konnten ihn nicht abschrecken, doch wenn es um seine Frau und Kinder ging, war er eben doch nur ein liebender Familienvater, der nicht zulassen würde, dass ihnen auch nur ein Haar gekrümmt wurde.

„Charles, wir müssen irgendwo anhalten. Du bist verletzt", sagte Charlenes Mutter Melissa gerade und legte ihm sanft die Hand auf die angespannten Muskeln seines Armes.

„Ist nicht so schlimm. Nur ein Streifschuss. Wir können nicht anhalten – nicht, bevor wir den Treffpunkt erreicht haben. Wir müssen zusehen, dass wir auf eine etwas belebtere Straße kommen, dort ist es schwieriger, uns zu folgen."

„Glaubst du denn, sie sind noch immer hinter uns?"

„Ich weiß es nicht, Honey. Ihr kennt das Spiel: Vertraut niemandem und rechnet mit dem Schlimmsten! Es ist die einzige Chance, zu überleben."

Ihr Vater hatte den Satz noch nicht richtig ausgesprochen, als Charlene plötzlich geblendet wurde. Für den Bruchteil einer Sekunde schien es taghell zu sein. Im nächsten Moment hörte sie einen ohrenbetäubenden Knall und wurde durch den Wagen geschleudert. Dann wurde es dunkel – sie hatte das Bewusstsein verloren.

MÖRDERISCHER FERIENBEGINN

Eigentlich war es ein ganz normaler letzter Schultag gewesen. Charlene und ihre Geschwister waren mit dem Schulbus zur Schule gefahren, hatten in der Mittagspause wie immer zusammen in der Schul-Kantine gesessen und etwas gegessen. Die Fisher-Kinder saßen meistens zusammen in der Pause, trotz ihres unterschiedlichen Alters. Marlon war fünfzehn, Charlene dreizehn und die kleine Ashton erst sieben. Dennoch verband sie etwas ganz Besonderes. Sie waren gezwungen, sich aufeinander verlassen zu können. Alle drei wussten, was ihr Vater tat, wenn er nicht zu Hause war, und sie wussten auch, dass sie alle in Gefahr schwebten, sollte sich einer von ihnen irgendwie verplappern. Deshalb hatten sie keine Freunde, gingen nicht mit anderen zum Sport oder ins Kino und waren auch nicht bei den Pfadfindern, wie so viele andere ihrer Klassenkameraden. Dafür sorgte ihr Vater für regelmäßige sportliche Betätigung und manchmal gingen sie auch in den Wald zum Überlebenstraining, wie er es nannte. Den Kindern machte es Spaß und sie lernten dabei sogar etwas.

Doch ihr Abschotten von Gleichaltrigen sowie die Tatsache, dass sie spätestens alle sechs Monate in eine neue Stadt oder gar einen neuen Bundesstaat zogen und auf eine neue Schule gingen, machte sie zu Außenseitern. Charlene hatte aufgehört, zu zählen, das wievielte Zuhause ihr derzeitiges Häuschen war. Ihr Zimmer wirkte genauso unpersönlich, wie der Rest des Hauses. Wenn man immer wieder umziehen musste, lernte man, mit so wenig wie möglich zufrieden zu sein.

Nach der Schule waren Marlon, Charlene und Ashton nach Hause gefahren, hatten am Esstisch in der Küche noch ein paar Ferienaufgaben gemacht und anschließend ein wenig im Garten gespielt. Alles war wie immer, bis ihr Vater mit quietschenden Reifen in die Einfahrt fuhr und ihnen befahl, sofort ins Haus zu gehen. Die drei kannten diesen Ton bereits und gehorchten ohne Widerrede. Auf direktem Weg rannten sie in die Küche und stellten sich nebeneinander auf. Ashton blickte ängstlich zu ihrem Vater hoch. „Müssen wir schon wieder umziehen?"

Charles lächelte sie aufmunternd an. „Nicht nur das, mein Schatz. Diesmal ist es ernst. Ihr habt zehn Minuten, um die Evakuierung vorzubereiten. Mehr wäre nicht zu verantworten. Ihr wisst, was ihr zu tun habt. Also los!"

Die drei Kinder flitzten in alle Himmelsrichtungen davon. Für diesen Ernstfall hatten sie oft genug trainiert. Jeder hatte seine ganz besondere Aufgabe. Charles fuhr den Wagen in die Garage und schloss das Garagentor. Dann ging er an den Waffenschrank und holte seine Dienstwaffe daraus hervor, die er in der Hand behielt, während er von Fenster zu Fenster lief und die Umgebung beobachtete.

Währenddessen packte Melissa in Windeseile ein paar Kleidungsstücke für die Familie in zwei große Sporttaschen, die sie anschließend in den Kofferraum des Fahrzeuges warf. Marlon war für die Verpflegung zuständig und hievte Wasserflaschen, Salzkräcker und ähnliches ins Auto, die zu eben diesem Zweck in der Garage lagerten und regelmäßig ausgetauscht wurden, damit sie nicht abliefen. Charlene war für Schlafsäcke und Decken zuständig und die kleine Ashton hatte die Aufgabe, aus einem Versteck im Schlafzimmer der Eltern den alten Angelkasten zu besorgen. In diesem befanden sich jedoch keine Angelschnüre, Haken oder Schwimmer, sondern ihre Notfallausrüstung: Taschenmesser, Lampen, kleines Werkzeug, ihre Ausweise und vor allem jede Menge Geld. Geld, das sie brauchten, um zu verschwinden, ohne eine Spur zu hinterlassen, indem sie Kredit- oder Debit-Karten benutzten.

Noch vor Ablauf des Ultimatums saßen alle im Wagen, Charles öffnete das Garagentor und fuhr los. Seiner Frau fiel auf, dass er betont normal fuhr, um kein Aufsehen zu erregen. In passendem Tempo ging es durch die Stadt. Immer wieder fuhr er durch Seitengassen, wendete in einer Einfahrt und fuhr in die andere Richtung, um sicherzugehen, dass sie nicht verfolgt wurden. Doch alles schien in Ordnung. Schließlich fuhr er auf die Landstraße. Inzwischen war es bereits dunkel geworden.

Kaum hatten sie die Stadt verlassen, bemerkte er einen Wagen, der ihnen folgte, und gab Gas. Doch das Fahrzeug ließ sich nicht abschütteln. Über eine halbe Stunde lang folgte es ihnen, ohne von der Straße abzufahren, machte jedoch auch keine Anstalten, sie zu überholen oder das Fahrzeug von der Straße zu drängen.

Im Licht eines entgegenkommenden Fahrzeuges konnte Charles dann die Waffe im Rückspiegel aufblitzen sehen. Das war der Moment, in dem er seine Warnung ausstieß – gerade noch rechtzeitig, um das

Leben seiner Tochter zu retten, der die Kugel sonst genau in den Kopf gedrungen wäre.

Charlene wusste nicht, wo sie war, als sie erwachte. Sie hatte Schmerzen und es fühlte sich an, als wenn sie jemand in einen Schraubstock gepresst hätte. Es roch nach Teppich und Gummi. Sie lag halb auf der Seite, halb auf dem Bauch und etwas drückte unangenehm von unten gegen ihren Unterleib. Sie wollte gerade versuchen, sich zu bewegen, als sie Stimmen hörte, die sich näherten. „Glaubst du wirklich, dass er noch lebt nach diesem Crash?", fragte der eine und der zweite antwortete: „Weiß ich doch nicht, wie zäh diese Ratte ist, Guy. Aber du hast den Boss gehört: Keiner darf entkommen. Der Typ hat Aufzeichnungen mitgehen lassen. Wenn die in falsche Hände geraten, dann prost Mahlzeit."

Das Mädchen wagte nicht, sich zu bewegen und hielt so gut es ging den Atem an. Da hörte sie eine Bewegung im vorderen Bereich des Wagens. Die beiden Typen standen noch vor der Tür, konnten es also nicht gewesen sein. Eine Pistole klickte und sie konnte die schmerzverzerrte Stimme ihres Vaters erkennen. „Ihr Mörder!" In diesen beiden Worten steckte so viel Hass, Trauer und Verzweiflung, dass es seiner Tochter kalt den Rücken herunterlief. Doch der erwartete Schuss kam nicht – oder zumindest nicht aus der Waffe ihres Vaters, sondern aus der eines der Männer. Lautlos zuckte der Mann auf dem Fahrersitz zusammen und seine Waffe polterte in den Fußraum.

„Der hat's bald hinter sich", lachte einer der Männer. „Was ist mit dem Rest?"

„Die reden auch nicht mehr", kam es zurück.

„Und wie finden wir in dem Blechhaufen jetzt die

Aufzeichnungen?"

„Müssen wir gar nicht. Ich habe vorgesorgt. Wenn man den Wagen findet, wird nicht mehr viel von den Aufzeichnungen übrig sein. Ich stelle den Zünder auf 'ne viertel Stunde, bis dahin sind wir weit weg und sitzen in irgendeiner Bar. Komm', lass' uns verschwinden." Äste knackten und die beiden schienen sich zu entfernen.

Endlich traute sich Charlene, wieder zu atmen. Tränen liefen ihr über die Wangen und tropften auf ihre blutende Hand, in die sie gebissen hatte, um nicht laut aufzuschreien. Zum ersten Mal seit ihrer Ohnmacht versuchte sie, den Kopf zu bewegen. Es ging. Sie konnte einen Arm erkennen – den Arm ihrer Schwester. Marlon und Ashton lagen über ihr und schienen noch bewusstlos zu sein – sie selbst befand sich im Fußraum des Fahrzeuges. Sie hatte Schmerzen, doch die Angst, der Wagen könnte jeden Moment in die Luft fliegen, verlieh ihr ungeahnte Kräfte und sie schaffte es schließlich, ihre Geschwister zur Seite zu schieben, sodass sie sich aufrichten konnte. Vorsichtig blickte sie aus dem Fenster, doch es war niemand zu sehen. Sie musste diesen Sprengsatz finden – nur so konnte sie ihre Familie vielleicht noch retten.

Da – eine kleine Bewegung... ihr Vater hob die Hand, langsam und zögerlich. „Dad! Daddy! Gott sei Dank, du lebst", rief sie dankbar.

Ihr Vater versuchte, etwas zu sagen, doch aus seinem Mund kam nur ein Röcheln. Sie konnte sehen, dass er seine letzten Kräfte zusammenraffte. Er hob den Arm und deutete auf das Armaturenbrett. „Bombe... Stecker... raus... ziehen", brachte er mühsam hervor.

16

Charlene folgte seiner Hand und erschrak. Auf dem Armaturenbrett lag etwas, das wie ein Stück Ton oder Kinderknete aussah. Darin steckte ein Metallteil mit einem Kabel und einer kleinen Uhr, auf der noch nicht mal mehr 30 Sekunden standen. „Daddy! Was soll ich tun?", rief sie in Panik.

„Zieh'… ihn… raus", kam es leise und endlich begriff das Mädchen, kletterte über ihren verletzten Vater und schnappte sich den Metallstift. Sie zog daran, drehte sich um und schleuderte ihn von sich weg. Kurz darauf hörte sie einen kleinen Knall und ein Funken blitzte in der Dunkelheit auf. Doch er verschwand nicht – der Funken hatte ein paar trockene Zweige entzündet. Erneut rutschte Charlene das Herz in die Hose. Sie kletterte aus dem Wagen und humpelte zu der Stelle. Mit den Turnschuhen konnte sie die kleine Flamme austreten, bevor sie sich ausbreiten und den ganzen Wald in Brand setzen konnte.

Erschöpft ließ sie sich auf einen Baumstumpf sinken und stocherte im Boden herum, um sicherzugehen, dass es sich nicht erneut entzünden konnte. Da hörte sie die leise, erstickende Stimme ihres Vaters: „Charly!"

Sofort eilte sie zurück. „Daddy. Alles wird gut. Ich konnte das Feuer löschen."

Charles ergriff ihre Hand. „Das Buch… Bring es… zu *Butterfly*."

„Welches Buch?"

„Ashtons… Bär… - Vertraue… niemandem. Ich… liebe…" Weiter kam er nicht mehr. Seine Hand sackte nach unten und sein Kopf kippte zur Seite. Noch immer hatte er die Augen geöffnet und starrte seine Tochter mit nun leerem Blick an.

„Daddy!", schrie das Mädchen und schüttelte ihn

leicht. Doch der Schmerz in ihrer Brust zeigte ihr deutlich, dass er ihr nicht mehr würde antworten können. Ihr Herz wusste bereits, dass er tot war – nur ihr Kopf wollte das einfach nicht akzeptieren. Immer wieder rief sie nach ihm, bis sie es schließlich aufgab und sanft seine Augen schloss. Dann erst fielen ihr die anderen wieder ein.

Die mussten doch endlich wieder aufwachen! Schnell ging sie zurück zu ihrem Bruder und ihrer kleinen Schwester. Ashtons Kopf war blutverschmiert, doch die große Wunde blutete nicht mehr. Charlene zog sie aus dem Wagen und legte sie sanft ins Gras. Verdammt, wie machten die das immer im Fernsehen? Sie nahm ihre Hand und fühlte an ihrem eigenen Hals, bis sie ihren Puls spüren konnte. Dann legte sie ihre Finger an dieselbe Stelle auf den Hals ihrer Schwester – doch da war nichts. Sie versuchte es, auf der anderen Seite – nichts. Sanft legte das Mädchen dem Kind die Hand auf die Brust, dann das Ohr. Nichts! Da war kein kleines, kräftiges Herz, das gegen die Rippen pochte, da war einfach nur Stille. Weinend zog sie das Mädchen in ihre Arme, legte sie dann sanft wieder ab und ging zu ihrem Bruder. Mit einem unguten Gefühl versuchte sie auch bei ihm, irgendein Lebenszeichen zu entdecken, doch auch Marlon hatte den Crash nicht überlebt – er hatte sich das Genick gebrochen.

Charlene fühlte sich schwindelig, als sie zur Beifahrertür ging und verzweifelt versuchte, diese zu öffnen. Doch sie war zu spät – als sie die Tür endlich aufstemmen konnte, musste sie feststellen, dass ihre Mutter genauso leblos in ihrem Gurt hing, wie der Rest ihrer Familie. Das war zu viel für das Mädchen – sie brach neben dem Auto zusammen und weinte, bis

18

sie nicht mehr konnte. Die Sonne stand bereits am Himmel, als ihr Körper keinen Nachschub an Tränen mehr liefern konnte. Sie fühlte sich ausgelaugt und erschöpft. Das Adrenalin, das nach dem Unfall durch ihren Körper gejagt war, hatte sich verflüchtigt und seit einiger Zeit spürte sie die Schmerzen deutlicher, als am Anfang. Doch der Schmerz in ihrem Herzen war tausendmal schlimmer als der in ihren Gliedern und deshalb bewegte sie sich nicht von der Stelle. Auch wenn sie nicht mehr weinte, saß sie bewegungslos auf dem Waldboden und starrte ins Leere. Sie ignorierte die Hitze, die über dem Tal aufstieg, die sengende Sonne, die auf sie niederschien und ihr den Nacken verbrannte, und die Tiere, die hin und wieder um sie herumschlichen.

Irgendwann stemmte sie sich hoch, hielt sich am Wagen fest und versuchte, das Gleichgewicht zu halten. Ihr Unterschenkel tat höllisch weh und wollte sie nicht halten. Ihre Kleidung war blutverschmiert und sie hatte keine Ahnung, ob es ihr eigenes oder das Blut ihrer Familie war. Ihr Blick fiel auf die Waffe, die ihr Vater hatte fallen lassen und für einen kurzen Moment dachte sie darüber nach, sie zu benutzen. Doch dann blickte sie in das Gesicht ihres Vaters. Er hatte ihr eine Aufgabe gegeben; nun lag es ganz allein an ihr, ob die Männer, die ihre ganze Familie ausgelöscht hatten, dafür zur Rechenschaft gezogen wurden. Sie war die einzige, die die Aufzeichnungen ihres Vaters zu seinen Kollegen bringen konnte. Er verließ sich darauf, dass sie nicht aufgab und bisher hatte er sich noch immer auf sie verlassen können.

In diesem Moment fasste sie einen Entschluss: Sie würde ihren Vater nicht enttäuschen! Sie würde sich an den Männern rächen! Vorsichtig hangelte sie sich

am Fahrzeug entlang zum offenstehenden Kofferraum. Das meiste Gepäck lag noch darin – scheinbar
war der Deckel erst aufgegangen, nachdem der Wagen am Ende des Hügels aufgeschlagen war. Ein Teil
der Wasserflaschen waren geplatzt, doch einige Flaschen waren heil geblieben.

Charlene nahm sich eine davon und löschte ihren
Durst. Dann fing sie an, die Sachen zu sortieren. Ihre
eigene Kleidung stopfte sie in einen Rucksack, der
vorher leer im Wagen gelegen hatte. Dieser lag immer
für Notfälle im Kofferraum und bot genügend Platz.
Auch einige der Wasserflaschen sowie ein paar Pa-
kete der Salzkräcker stopfte sie hinein. Sie wusste ja
nicht, wann und wo sie etwas zu essen finden würde.
Während sie arbeitete, bemerkte sie, wie ihr Shirt sich
immer dunkler färbte. Auch wurden die Schmerzen
an ihrem Körper immer intensiver und sie musste
sich hin und wieder ausruhen. Mühevoll zog sie den
alten Angelkasten hervor, der zwar ein wenig ver-
beult, aber noch intakt war und öffnete ihn. Sie zog
das Messer heraus und legte es neben sich. Dann
suchte sie nach dem Verbandskasten und stellte ihn
neben sich auf den Kofferraumboden. Vorsichtig zog
sie sich das Shirt über den Kopf und warf es auf den
Boden. Ihr Oberkörper sah schlimm aus und leuchtete
in schillernden Blautönen. Mehrere kleine Schnitte
versuchte sie mit Wasser und einem T-Shirt ihres Vaters zu säubern und mit Pflastern zu versorgen, damit
sie ihre frischen Klamotten nicht erneut verdreckten.
Am Arm hatte sie eine größere Wunde, die sie ebenfalls versuchte, zu reinigen. Sie blutete noch immer
und war zu tief für ein einfaches Pflaster. Also nahm
sie einen Verband aus dem Erste-Hilfe-Kasten und
wickelte ihn um den Arm. Ihr Vater hatte ihnen auf

seinen Feld-Trips einiges über Erste-Hilfe beigebracht, sodass sie sogar daran dachte, ein weiteres
Verbandspäckchen eingepackt zwischen die Wickel
zu klemmen, damit so ein Druckverband entstand,
der die Blutung hoffentlich stoppen würde. Sie
musste die Zähne zusammenbeißen und lehnte sich
anschließend erschöpft an die Seitenwand, um wieder klar zu werden, bevor sie es wagte, auch ihre zer-
rissene Jeans abzustreifen.

Offene Wunden konnte sie hier keine erkennen,
doch auch ihre Beine sahen aus, als wenn sie verprü-
gelt worden wäre. Vorsichtig befühlte sie den Unterschenkel, der sie am Laufen gehindert hatte. Deutlich
konnte sie einen Hubbel erkennen und mit den Fingern konnte sie die Bruchstelle genau fühlen. Verdammt – sie hatte sich das Schienbein gebrochen.
Glücklicherweise schien das Wadenbein nicht be-
schädigt zu sein, weshalb sie auch hatte gehen können, wenn auch mit starken Schmerzen. Charlene
kramte in ihrem Kopf. Was hatte ihr Vater ihr über
Brüche gesagt? ,Du musst versuchen, den Bruch auszu-
richten, damit er heilen kann und dann muss er geschient
werden.' Na großartig, wie sollte sie das denn anstel-
len? Es gab niemanden, der ihr Bein strecken und damit die Bruchstücke ausrichten konnte. Wie sollte sie
das nur hinbekommen?

Irgendwann hatte sie eine Idee, schnitt aus ihrer
verdreckten Jeans ein Seil und band es um einen stabil
wirkenden Baum. Das andere Ende legte sie um den
Knöchel, hockte sich auf den Boden davor und stützte
ihren gesunden Fuß gegen einen weiteren Baum-
stamm. Dadurch konnte sie Zug auf ihr Bein ausüben
und hoffte, dass sie die Kraft haben würde, den Bruch
an die richtige Position zu bringen. Da lag sie nun –

nur mit Unterwäsche bekleidet auf dem Waldboden und starrte zwischen Bein und Baum hin und her. Sie hatte Angst… Angst vor den Schmerzen und Angst davor, etwas falsch zu machen. Aber es war ihre einzige Chance und schließlich trat sie mit ihrem gesunden Bein und ihrer ganzen Kraft gegen den Baum.

Der Schmerz fühlte sich an wie ein Messerstich mit einer rotglühenden Klinge. Gleichzeitig stieß sie einen markerschütternden Schrei aus, der einige Vögel aufschreckte, die wild keifend davonflogen. Doch das bekam Charlene gar nicht mehr mit. Sie war auf dem Boden zusammengesackt und hatte die Augen geschlossen.

Als sie wieder zu sich kam, wusste sie nicht genau, wo sie war. Noch immer halb nackt lag sie auf weichem Boden. Ihr Bein pochte, aber ansonsten fühlte sie sich ganz gut. Vorsichtig richtete sich das Mädchen auf und befühlte ihr Bein. Es war geschwollen, doch die Bruchstelle konnte sie nicht mehr ertasten. Ihre wahnwitzige Idee schien tatsächlich funktioniert zu haben. Jetzt musste sie das Bein unbedingt stabilisieren, bevor der Bruch sich wieder verschieben konnte. Auf dem anderen Bein hüpfend kehrte sie zum Kofferraum zurück und zog ein weiteres T-Shirt ihres Vaters aus der Sporttasche sowie zwei Nylonstrumpfhosen ihrer Mutter. Mit dem weichen Baumwollstoff umwickelte sie das Bein. Dann schnitt sie den stabilen Pappkarton, in dem sich die Kräcker befunden hatten, in passende Stücke, um ihn darum legen zu können und umwickelte alles zum Schluss mit den elastischen Strumpfhosen, die das ganze zusammenzogen. Zugegeben, es war wohl nicht der beste Gipsverband, aber es hielt.

Nachdem alle ihre Wunden und Verletzungen

versorgt waren, zog sie sich frische Kleidung an und fühlte sich gleich viel besser. Aus dem Angelkasten zog sie die Taschenlampen, die Ausweise und das Geld hervor. Die Lampen kamen in den Rucksack, den Rest stopfte sie in eine kleine Stofftasche, die immer zum Einkaufen im Wagen lag. Dann machte sie sich auf die Suche nach dem Stoffbären ihrer Schwester. Sie fand ihn schließlich im Fußraum der Beifahrerseite. Vorsichtig tastete sie das Kuscheltier ab und konnte tatsächlich einen Reisverschluss finden, von dem sie bisher keine Ahnung gehabt hatte. Sie öffnete ihn und zog ein Notizbuch hervor. Traurig blickte sie darauf – das also war der Grund, warum ihre Familie hatte sterben müssen.

Erneut traten ihr Tränen in die Augen und tropften auf den Ledereinband. Eine unbändige Wut stieg in ihr auf – sie wollte jemanden schlagen, ihm die Nase brechen oder ihm dahin treten, wo es richtig wehtat. Doch der Verantwortliche war nicht hier und würde sich wohl kaum von einer 13-Jährigen aufhalten lassen. Aber da hatte er sich getäuscht. Sie würde schon dafür sorgen, dass dieses Buch in die richtigen Hände kam. Entschlossen kam sie auf die Beine, wischte sich die Tränen ab und zog eine Karte aus dem Handschuhfach. Sie wusste, dass der vereinbarte Treffpunkt gut dreihundert Meilen entfernt, ja sogar in einem anderen Bundesstaat lag, und die Karte würde ihr helfen, in die richtige Richtung zu laufen. Charlene hatte zwar keine Ahnung, wie weit ein Mensch am Tag laufen konnte, aber irgendwann würde sie ankommen – und wenn es Jahre dauern würde.

Sie packte das Buch zu den Papieren in die Stofftasche und verstaute alles ganz unten in ihrem

Rucksack. Das Messer wanderte in die Hosentasche und die Reste des Verbandskastens passten noch in die Seitentasche. Schließlich rollte sie noch eine Decke und einen Schlafsack zusammen und band beides mit Gurten, die sie im Kofferraum gefunden hatte, in ein Paket. Nun hatte sie alles, was sie brauchte. Doch etwas hielt sie zurück. Sie wollte ihre Familie nicht verlassen. Was, wenn niemand sie finden würde? Sie konnten doch nicht einfach hierbleiben. Schließlich zog sie Ashton zurück ins Fahrzeug und setzte sie auf einen der Sitze. Das kleine Mädchen war leicht zu bewegen, bei ihrem Bruder war es schon schwieriger. Es dauerte lange, bis sie ihn schließlich ebenfalls im Wagen hatte, aber sie wollte nicht zulassen, dass irgendwelche Raubtiere sich an ihren Geschwistern vergingen, während sie auf dem Waldboden lagen. Ihre Eltern waren ja noch im Fahrzeug. Sie nahm die Hand ihres Vaters und legte sie in die ihrer Mutter. Das gleiche tat sie mit ihren Geschwistern und setzte den Stoffbären ihrer Schwester auf deren Schoß. Schließlich gab sie jedem einen Kuss auf die Stirn und deckte sie mit Schlafsäcken und Decken zu. Dann schloss sie die Türen des Wagens. Mehr konnte sie nicht tun.

Erneut rannen ihr die Tränen über das Gesicht, als sie den Rucksack schulterte, die Decke unter den Arm klemmte und auf einen langen Ast gestützt in den Wald lief. Es war bereits später Nachmittag und die Sonne brannte erbarmungslos vom Himmel. Doch die Bäume boten ein wenig Schutz vor den sengenden Strahlen.

Sie musste aufpassen, um nicht zu stolpern, da ihr Blick immer wieder verschwamm. Auch merkte sie die Erschöpfung immer mehr, da sie inzwischen seit zwei Tagen nicht mehr geschlafen hatte. Aber sie hatte Angst davor, sich auszuruhen. Immer, wenn sie kurz die Augen schloss, sah sie die leblosen Körper ihrer Familie vor sich, hörte die letzten Worte ihres Vaters und sofort wurde ihr übel. Auch hatte sie seit dem Mittagessen in der Schule nur ein wenig Wasser zu sich genommen.

Es war bereits seit einiger Zeit dunkel, als sie an einen Bach kam und dort anhielt, um etwas zu trinken, sich ein wenig auszuruhen und eine der Flaschen aufzufüllen, die sie inzwischen geleert hatte. Während sie ihre erhitzten Füße in dem kühlen Wasser erfrischte, merkte sie, wie ihr immer wieder die Augen zufielen. Sie hatte das Gefühl, keinen Meter mehr gehen zu können. Seufzend wickelte sie die Decke aus und legte sich den Schlafsack als Kopfkissen unter den Kopf. Kaum berührte sie ihn, war sich auch schon eingeschlafen.

Charlene war so erschöpft gewesen, dass sie nicht einmal mehr im Stande gewesen war, zu träumen, sodass sie sich tatsächlich etwas erholen konnte. Erst Stunden später kamen die Alpträume, vor denen sie sich gefürchtet hatte. Immer wieder hörte sie, wie die Kugel durchs Auto schoss. Immer wieder spürte sie, wie der Wagen sich überschlug. Und immer wieder tauchte ein Gesicht vor ihren Augen auf – ein Gesicht mit einem höhnischen Grinsen auf den Lippen, als dessen Besitzer auf ihren Vater schoss. Schweißgebadet wachte sie schließlich auf. Es war bereits heller Tag und ihrer Armbanduhr, die den Unfall überdauert hatte, konnte sie entnehmen, dass es bereits fast Mittag war.

Vorsichtig setzte sie sich auf. Ihre Prellungen taten weh, aber sonst ging es ganz gut. Vorsichtig löste sie den Druckverband von ihrem Arm. Die Wunde blutete nicht mehr und sah auch nur leicht gerötet aus. Im Bach kühlte sie den Arm eine Weile, bevor sie ihn trocknen ließ und anschließend die Wunde wieder ordentlich verband. Auch ihrem verstauchten Handgelenk hatte die Kühlung gutgetan. Anschließend zog sie die Hose aus und öffnete ihren provisorischen Schienen-Verband am Unterschenkel. Auch über das Bein ließ sie das kalte Wasser rieseln, ließ es dabei jedoch flach auf dem Boden liegen, um es nicht unnötig zu bewegen. Die Schwellung war ein kleines bisschen zurückgegangen. Wirkliche Schmerzen hatte sie keine, solange sie nicht auftrat.

Nachdem sie auch ihr Bein wieder geschient und die Hose angezogen hatte, zwang sie sich, ein paar Kekse zu essen. Sofort wurde ihr wieder schlecht und sie gab es nach wenigen Kräckern auf. Wenn das so weiterging, würde sie niemals den Treffpunkt erreichen können.

In den folgenden Tagen schwankte das junge Mädchen zwischen ohnmächtiger Trauer und einem unbändigen Lebenswillen hin und her. Sie bekam Fieber, das sie noch mehr schwächte, als es ohnehin schon der Fall war. Als sie dieses endlich überstanden hatte und wieder etwas klarer im Kopf wurde, fasste sie einen Entschluss: Sie verbannte alles, was mit dem Tod ihrer Familie zu tun hatte, aus ihrem Gedächtnis. Immer wieder sagte sie sich selbst, dass sie eine Rucksackwanderung nach Texas machen würde und sie dort ein Preis erwartete. Sie wusste, dass es völliger Schwachsinn war, was sie da tat, doch irgendwann glaubte sie selbst daran. Außerdem half es ihr, ihre Alpträume im Zaum zu halten und nachdem sie endlich wieder etwas Schlaf bekam, fühlte sie sich bald wenigstens ein bisschen besser.

Zwei Wochen nach dem Anschlag ging sie das erste Mal wieder in einen Supermarkt und besorgte sich ein paar Lebensmittel und Toilettenartikel, da sie wusste, dass ihre Periode bald fällig wäre. Auch ein paar Platzdeckchen aus Plastik sowie Klettband besorgte sie in dem Geschäft. Anschließend gönnte sie sich eine Nacht in einem billigen Motel, dessen Besitzer sie vorschwindelte, sie wäre sechzehn, gerade mit der Schule fertig und hätte mit Freunden eine Wette laufen, dass sie es zu Fuß nach Texas schaffen würde.

Zum ersten Mal in ihrem Leben war Charlene froh, dass bei ihr die Pubertät bereits mit elf begonnen hatte. Seit dem Beginn ihrer Menstruation hatte sich ihr Körper sehr verändert. Bereits jetzt mit knapp vierzehn konnte man deutlich ihre Brüste erkennen, die sich unter dem T-Shirt abzeichneten. Die langen, rotblonden Haare, die normalerweise weich über ihren Rücken fielen, ließen sie ebenfalls älter wirken, als dreizehn. Daher wunderte es sie nicht, dass der Mann ihr ihre Geschichte ohne Schwierigkeiten abnahm. Sie bezahlte das Zimmer, fragte noch, ob es hier eine Waschmaschine gab und verschwand dann mit einem komischen Gefühl. Der Mann hatte sie so merkwürdig gemustert. Ob er ahnte, wer sie in Wirklichkeit war?

Charlene nahm sich vor, ihr Zimmer gut zu verriegeln, während sie hier war. Sie traute dem Kerl nicht über den Weg. Doch jetzt freute sie sich erst einmal auf eine anständige Dusche. Sie betrat das Zimmer, das nichts Besonderes war, aber wenigstens sauber, verschloss die Tür sorgfältig und packte ihre Tasche aus. Die Waschmaschine war direkt am Ende des

Ganges und so zog sie sich aus, wickelte sich ihre Decke um den Körper und brachte ihre Wäsche in die Maschine. Für sie war das nichts Besonderes, zu Hause war sie sogar hin und wieder mal nackt über den Gang gelaufen. Daher wunderte sie sich ein wenig über die Blicke der anderen Gäste, kümmerte sich aber nicht weiter um sie. Als die Maschine lief, ging sie zurück in ihr Zimmer, löste den Schienen-Verband von ihrem Bein und hüpfte dann auf dem gesunden Bein ins Bad, um in die Dusche zu steigen.

Das warme Wasser war eine richtige Wohltat. Sie wusch ihre Haare mindestens dreimal, bis sie das Gefühl hatte, sie wären wieder richtig sauber. Am liebsten wäre sie gar nicht mehr aus der Dusche gestiegen, doch es half nichts. Sich am Waschbecken abstützend kletterte sie wieder heraus und trocknete sich ab. Nachdem sie sich die Haare geföhnt und gekämmt hatte, fielen sie ihr wieder genauso locker über den Rücken wie immer. Nun arbeitete sie an ihrer neuen Schiene für ihren Unterschenkel. Wenig später lief sie erneut über den Flur und packte ihre Wäsche in den Trockner um. Diesmal begegnete ihr niemand. Erst, als sie ihre Wäsche schließlich aus dem Trockner holte und zurück in ihr Zimmer wollte, traf sie auf einen offensichtlich betrunkenen Mann, der sie ansprach. „Na, schönes Kind? Möchtest du mir nicht ein wenig Gesellschaft leisten?"

Charlene wich erschrocken zurück. „Nein, danke", sagte sie schnell. „Ich habe mein eigenes Zimmer." So schnell sie konnte eilte sie davon, wobei sie etwas von der Wäsche verlor. Als sie sich bückte, um es wieder aufzuheben, verrutschte ihr das Handtuch ein wenig und gab den Blick auf eine ihrer Brüste frei, woraufhin der Mann noch größere Stielaugen bekam. Das

Mädchen bemerkte es jedoch nicht einmal und eilte davon. Erst, als sie im Zimmer den Arm voll Wäsche auf das Bett fallen ließ, rutschte ihr das Handtuch vollständig vom Körper und sie fing an zu ahnen, warum der Mann sie angestarrt hatte. Doch sie konnte nicht verstehen, warum manche Männer es erotisch fanden, eine nackte Brust zu sehen. Das war doch etwas völlig Natürliches!

In Charlenes Familie war – wie in vielen anderen amerikanischen Familien auch – das Thema Sexualität bisher ein Tabu gewesen. In der Schule hatten sie es noch nicht durchgenommen und von ihrer Mutter hatte sie lediglich eine unzulängliche Erklärung für die monatlichen Blutungen erhalten. Sie hatte dem Mädchen nur gesagt, dass sie sich langsam in eine Frau entwickeln würde und dieser Vorgang einfach dazugehörte, um alte Dinge aus ihrem Körper zu spülen. Sie würde sich damit abfinden müssen, dass sie in Zukunft damit leben musste.

Bis heute hatte das Mädchen keine Ahnung, was die Veränderung an ihrem Körper tatsächlich bedeutete. Genauso wenig hatte sie eine Ahnung, wie Ashton vor über sieben Jahren in den Bauch ihrer Mutter gekommen war oder warum ihre Eltern hin und wieder im Schlafzimmer nicht gestört werden wollten.

Hätte Charlene Freundinnen gehabt, hätte sie mit Sicherheit inzwischen das ein oder andere diesbezüglich mitbekommen, doch durch ihre Abgeschiedenheit war sie noch genauso unwissend, wie es ihre kleine Schwester gewesen war. Deshalb zog sie auch lediglich einen ihrer gewaschenen Slips an, legte ihre Wäsche ordentlich zusammen und verstaute sie wieder im Rucksack. Nur die Sachen, die sie am nächsten Tag anziehen würde, ließ sie draußen. Dann packte sie ihre Einkäufe ebenfalls in die Tasche und machte es sich schließlich auf dem Bett bequem. Es war nicht das gemütlichste Bett der Welt, doch nach zwei Wochen auf Waldboden, Feldern und Felsen, schlief sie wie auf Wolken.

DIE WAYNE-FARM

Früh am nächsten Morgen machte sich Charlene fertig und verschwand, bevor die meisten Gäste überhaupt erwachten. Sie hatte am Abend zuvor ihre Finanzen geprüft und daher beschlossen, dass das Geld nicht bis zu ihrem Ziel reichen würde. Sie musste zusehen, dass sie irgendwoher Geld bekam. Sie befand sich inzwischen an der Grenze zwischen Louisiana und Texas, doch bis zu ihrem Ziel würde sie noch Wochen unterwegs sein. Sie wusste, dass es etliche Farmen in Texas gab und auf dem Land stellte man nicht allzu viele Fragen. Vielleicht konnte sie für eine Weile auf einer dieser Farmen helfen und sich etwas verdienen, bevor sie weiterlief. Nur einige Wochen… bis sie genug Geld gespart hatte, um ihren Weg fortzusetzen.

Da es im Motel so gut funktioniert hatte, legte sie sich eine Geschichte zurecht. Sie würde weiterhin behaupten, dass sie bereits sechzehn und mit der Schule fertig wäre. Ihre Eltern hätten ihr erlaubt, sich eine Auszeit zu nehmen und jetzt wollte sie versuchen, eine Weile allein klar zu kommen und die Welt kennenzulernen. ‚Ja, das klingt ganz plausibel‘, dachte das Mädchen. ‚Damit sollte ich es doch schaffen, allzu vielen Fragen auszuweichen.‘

Entschlossen ging sie weiter und fand bereits nach kurzer Zeit eine große Farm. Doch als sie sich endlich zu jemandem durchgefragt hatte, der etwas zu sagen hatte, musste sie feststellen, dass es wohl doch nicht so einfach war. Der Mann wollte Papiere haben und als sie keine vorweisen konnte, da in ihrem Ausweis ja ein anderes Alter stand, schickte er sie fort. Bei zwei weiteren Farmen in der kommenden Woche lief es ganz ähnlich ab. Deshalb beschloss sie, lieber nach kleineren Farmhäusern Ausschau zu halten und gelangte so schließlich an den kleinen Familienbetrieb der Familie Wayne.

Ein junger Mann von vielleicht sechzehn oder siebzehn Jahren war gerade dabei, einige Kühe in einen Pferch zu treiben. Die Euter der Tiere sahen aus, als wenn sie gleich platzen würden. Charlene lief das Wasser im Mund zusammen, als sie an ein schönes Glas Milch dachte, wie ihre Mutter es ihr oft zum Frühstück gegeben hatte. Sofort legte ihr sich eine Schlinge um ihr Herz und sie schluckte die Tränen weg, die sich ihrer bemächtigen wollten.

Entschlossen richtete sie sich auf, streckte die Brust raus, um größer zu wirken und schritt schließlich auf den jungen Mann zu. „Hey", sagte sie einfach, woraufhin er sich zu ihr umdrehte.

Er schloss das Gatter und kletterte von innen am Zaun hoch. Weich landete er wenig später vor ihren Füßen. „Hey. Wo kommst du denn her? Hast du dich verlaufen?"

Das Mädchen kicherte, als wenn er etwas Unmögliches gesagt hätte. „Nee, habe ich nicht", sagte sie dann. „Ich mache eine Tour durch Texas. Will mir die Welt ansehen, Menschen kennlernen und so… du weißt schon."

„Und da verschlägt es dich ausgerechnet in diese Einsamkeit?", lachte der Junge.

„Auch", gab sie mit ernster Miene zurück.

„Na gut. Und wie kann ich dir helfen?"

„Na ja, ich habe bei meiner letzten Station mein Geld verloren. Vielleicht wurde es mir auch gestohlen, keine Ahnung. Auf jeden Fall muss ich zusehen, ob ich nicht irgendwo Arbeit finde, um etwas zu verdienen." Sie machte eine kurze Kunstpause und fuhr dann in verschwörerischem Ton fort: „Ich will meine Eltern nicht informieren. Dann denken die doch, ich kann nicht auf eigenen Füßen stehen. Sie glauben nämlich nicht, dass ich es allein schaffe."

Der Junge nickte verstehend und runzelte die Stirn. Jetzt erst traute sich Charlene, ihn etwas genauer zu betrachten. Er war kaum größer als sie selbst, aber kräftig gebaut. Bestimmt arbeitete er bereits sein ganzes Leben hier. Seine dunklen Haare waren kurz geschnitten und sein Gesicht gesprenkelt. Die dunklen Augen betrachteten sie ebenso, wie sie ihn betrachtete, und das freundliche Gesicht verzog sich zu einem offenen Lächeln. „Na gut, ich frage meine Eltern mal, ob du hierbleiben kannst. Aber viel bezahlen können sie dir nicht, das sage ich dir gleich."

„Ist nicht schlimm. Über ein paar Dollar wäre ich schon froh und vielleicht könnte ich ja in der Scheune schlafen?", fragte sie hoffnungsvoll.

„Schauen wir mal", meinte der Junge und ergriff ihre Hand, um sie mit sich in Richtung Haus zu ziehen. „Ach, ich bin übrigens Alex – Alex Wayne. Die Farm gehört meinen Eltern. Wir züchten Milchkühe und verkaufen Milch und Milchprodukte sowie die Eier unserer Hühner. Und wie heißt du?"

„Charlene", sagte das Mädchen nur. „Ich bin Charlene."

„Ein schöner Name. Und wie alt bist du?"

„Sechzehn. Bin grade mit der Schule fertig und

werde nach meiner Tour anfangen zu arbeiten."

„Als was?", fragte er weiter.

Charlene überlegt kurz, was sie sagen sollte. Doch so schnell fiel ihr nichts ein, was sie irgendwann einmal machen wollte. „Das weiß ich eben noch nicht. Das ist mit ein Grund, warum ich das hier mache. Vielleicht bekomme ich ja ein paar Ideen."

Alex blickte sie ein wenig skeptisch an, sagte aber nichts. Am Haus angekommen, öffnete er eine schwere Holztür. „Mum! Dad! Seid ihr hier?"

„Ja, komme gleich. Hast du die Kühe alle drin?"

„Ja, das auch. Aber hier will dich jemand sprechen." Stille. Dann hörte Charlene, wie sich schwere Schritte näherten und zuckte erschrocken zusammen, als ein Mann den Raum betrat. Auf den ersten Blick wirkte er gigantisch – fast zwei Meter groß und gebaut, wie ein Kleiderschrank. Seine Hände hätten beinahe Charlenes Kopf umfassen können und die braungebrannte Haut gab ihm etwas Verwegenes. Doch seine Augen blickten genauso freundlich wie die seines Sohnes. Erschrocken wich das Mädchen ein paar Schritte zurück, doch Alex' Hand hielt sie fest. „Du brauchst keine Angst zu haben. Er sieht nur so gefährlich aus."

In diesem Moment betrat auch eine Frau den Raum, die ganz anders aussah. Sie war nur so groß wie Charlene. Ihre Haare steckten unter einem Tuch und sie trug eine Schürze über ihrem rundlichen Bauch. „Erschreckst du wieder junge Mädchen, Frank?", tadelte sie ihren Mann und trat auf Charlene zu. „Hallo. Ich bin Jessica Wayne, Alex' Mutter. Und das Riesenbaby dort ist mein Mann Frank. Herzlich willkommen auf der Wayne-Farm. Möchtest du etwas trinken?" Sie schob das perplexe Mädchen auf einen der Stühle am Esstisch.

Charlene versuchte, ihren knurrenden Magen zu verbergen, doch die Frau schien äußerst hellhörig zu sein. Bevor das Mädchen antworten konnte, wandte sie sich an ihren Sohn: „Alex. Hol' doch bitte mal ein Glas frische Milch. Ich glaube, das wird unserem Gast guttun."

Der Junge nickte und verschwand in der Küche. Verlegen blickte Charlene auf den Boden und wirkte plötzlich viel jünger, als zuvor. Jessica ließ sich auf einen weiteren Stuhl nieder und auch Frank setzte sich, was ihn etwas weniger gefährlich aussehen ließ. „Na, dann erzähl' doch mal, was dich zu uns führt", bat er dann und das Mädchen wiederholte ihre Geschichte, die sie dem Sohn bereits aufgetischt hatte. Die beiden Erwachsenen warfen sich einen Blick zu. Sie glaubten nicht alles, was das Mädchen sagte, sondern vermuteten eher, dass sie von zu Hause weggelaufen war und sich nun allein durchschlagen wollte. Doch die Art und Weise, wie sie sprach und wie sie sich gab, ließen sie ihr angegebenes Alter immerhin glauben. Hätten sie gewusst, wie alt Charlene wirklich war, hätten sie vermutlich die Behörden eingeschaltet. Doch warum sollte eine 16-Jährige nicht auf eigenen Füßen stehen dürfen? Viele in dem Alter kapselten sich von zu Hause ab und begannen zu arbeiten.

„Tja, wir könnten schon jemanden gebrauchen", sagte Frank schließlich. „Hast du schon mal eine Kuh gemolken?"

Charlene schüttelte den Kopf. „Nein, aber das lerne ich bestimmt schnell, wenn Sie mir eine Chance geben. Und ich kann auch mit den Hühnern helfen oder im Haushalt, das ist ganz egal. Ich esse auch nicht viel – und schlafen kann ich in der Scheune oder auch draußen, wenn Ihnen das lieber ist."

„Also, um das gleich mal klar zu stellen…", sagte Jessica streng. „Wer anständig arbeiten will, muss auch anständig essen. Und wenn ich dich so ansehe, könntest du ein wenig was auf die Rippen ganz gut vertragen. Ich begreife nicht, warum ihr Mädels von heute immer aussehen müsst, als wenn wir in einer Hungersnot leben würden. Das kann doch nicht gesund sein."

Das Mädchen hatte das Gefühl, sich verteidigen zu müssen und sagte: „Ich mache keine Diät oder so. Ich hab einfach keinen Hunger."

„Na, wir werden sehen, wenn du erst einmal richtig mit angepackt hast."

„Heißt das, ich darf für Sie arbeiten?", fragte Charlene hoffnungsvoll.

Frank nickte. „Wir versuchen es. Du bekommst fünfzig Dollar in der Woche, wenn du fleißig bist, außerdem freie Kost und kannst in der Kammer schlafen. Das ist zwar kein Luxus, aber immerhin bequemer als die Scheune." Er hielt ihr seine Pranke hin. „Haben wir einen Deal?"

Erfreut schlug Charlene ein. Fünfzig Dollar! Wenn sie nur vier Wochen hierblieb, würde sie erst einmal wieder etwas Guthaben haben, um ihren Weg fortzusetzen. „Vielen, vielen Dank! Sie werden es bestimmt nicht bereuen. Wo kann ich anfangen?"

„Langsam, langsam mit den jungen Pferden. Erst einmal trinkst du deine Milch und danach kann dir Alex dein Zimmer zeigen. Und wenn du Lust hast, kann er dich dann zum Melken mitnehmen und du kannst ein bisschen zusehen oder von mir aus auch mal selbst Hand anlegen. Später gibt es dann Abendessen und morgen um sechs kannst du dich dann richtig in die Arbeit stürzen."

In diesem Moment drückte Alex dem Mädchen einen großen Becher mit frisch gezapfter Milch in die Hand. „Danke", sagte sie und setzte das Gefäß an die Lippen. Es schmeckte herrlich. Die Milch war noch lauwarm und um Welten besser als die haltbar gemachte Milch aus dem Supermarkt. Sie füllte ihren Bauch und ihre Seele mit Wärme und einem wohligen Gefühl. Nicht mal zwei Minuten später war der Becher leer und sie ließ ihn auf den Tisch sinken. „Die ist richtig gut", stellte sie fest.

„Das will ich auch hoffen", lachte Frank und erhob sich, um an die Arbeit zu gehen.

Auch Jessica stand nun auf. „Alex, kannst du Charlene bitte die Kammer zeigen? Und dann kannst du sie mit zum Melken nehmen. Sie soll sich das schon mal ansehen und wenn sie will, kann sie auch mal selbst probieren. Aber gib' ihr eine von den lieben für den Anfang."

„Für wen hältst du mich, Mum? Ich würde doch niemanden unnötig in Gefahr bringen. Und schon gar nicht ein junges Mädchen, das noch dazu..."

„Ja?", fragte die Mutter mit einem Grinsen.

„Nichts. Schon gut. Komm' Charlene, ich zeige dir dein Zimmer." Das Mädchen nickte, nahm ihren Rucksack und folgte dem Jungen. Sie hatte bemerkt, dass Alex rot geworden war, konnte sich aber nicht erklären, warum das so war. Als sie noch darüber nachdachte, öffnete der Junge ein kleines Zimmer, in dem ein Feldbett und eine Kommode standen. Er öffnete die untere Schublade der Kommode und zog Bettzeug daraus hervor, das er ihr auf die Liege legte. „Lass' deine Sachen einfach hier, dann zeige ich dir noch, wo das Bad ist, bevor wir zum Melken gehen."

„Gute Idee. Ich müsste mal auf die Toilette, wenn ich darf", antwortete das Mädchen.

Alex lachte. „Natürlich darfst du. Ist direkt hier drüben." Er deutete auf eine weitere Tür, hinter der sich ein WC und ein Waschbecken befanden, und reichte ihr ein Handtuch. „Hier! Du kannst es auf einen der Haken dort hängen." Das Mädchen nickte und verschwand kurz hinter der Tür.

Wenig später traten die beiden zusammen wieder nach draußen und gingen zurück zu dem Pferch, in dem die Kühe bereits ungeduldig wurden. Jetzt erst bemerkte Charlene, dass sich an einer Seite des Pferches eine Art Gang befand, der aus Stangen und Zäunen gebaut war und der in einen weiteren Pferch führte, nachdem er sich geteilt hatte. So führten ein Gang heraus und in den zweiten Pferch zwei Gänge hinein.

„Wofür ist das?", fragte das Mädchen neugierig und deutete auf das Konstrukt.

„Das zeige ich dir gleich", antwortete Alex und schob zwei Stangen durch die Stäbe – eine kurz vor dem Pferch, in den der Gang führte, die andere kurz hinter der Stelle, an der sich der Gang teilte. Anschließend zog er eine weitere Stange direkt am ersten Pferch heraus, sodass der Gang nun offen war. Sofort drängten sich die ersten Kühe in die Öffnung. Alex wartete, bis die erste Kuh an der Absperrung war und schob die Stange hinter ihr wieder zwischen die Gitter, damit die restlichen nicht nachdrängen und sie einquetschen konnten. Nun hatte er ein Tier von dem Rest separiert und trat neben es, zog einen Eimer näher, der neben dem Gitter stand und eine Flüssigkeit sowie ein Stofftuch enthielt.

„Das hier brauchen wir, um die Zitzen zu säubern,

Charlene. Es muss regelmäßig erneuert werden – nach etwa acht bis zehn Tieren. Dadurch verhindern wir, dass Keime in die Milch gelangen. Verstanden?"

„Klar, ich bin doch nicht blöd", sagte das Mädchen und Alex lachte.

„Das habe ich auch nicht behauptet. Aber es kann gefährlich sein, wenn man schlampig arbeitet. Also schreib' dir das gut hinter die Ohren." Er zog einen weiteren Gegenstand hervor, der wie ein Messbecher mit einem Filterschwamm aussah. „Bevor wir die Kuh melken können, müssen wir schauen, ob die Milch in Ordnung ist. Die ersten zwei, drei Spritzer kommen daher hier rein. So können wir Verunreinigungen leichter erkennen. – So, das sieht gut aus", stellte er fest, nachdem er einige Spritzer in den Becher gespritzt hatte. „Anschließend werden die Zitzen gereinigt. Der Lappen darf aber nur feucht sein – er soll nicht triefen, okay?"

Das Mädchen nickte und beobachtete neugierig, wie er den Lappen auswrang und damit die Zitzen und das Euter reinigte. Anschließend warf er den Lappen wieder in den Eimer. „Am besten schaust du erst einmal zu." Er hockte sich auf einen kleinen Schemel direkt neben das Tier, schob einen Eimer unter das Euter und fing an, die Zitzen mit seinen Händen zu bearbeiten. Sofort spritzte die frische Milch in Strömen aus den jeweiligen Zitzen, die er in den Händen hielt. Fasziniert beobachtete das Mädchen, wie seine Hände sanft, aber kraftvoll den Euter bearbeiteten. Ihr Blick wanderte zu dem Tier, das völlig entspannt zwischen den Stangen stand und die Behandlung sichtlich zu genießen schien. Gute fünf Minuten lang bearbeitete er das Tier, bis er die Hände schließlich sinken ließ und den Eimer zurückzog, um Charlene ihre Ausbeute zu zeigen.

„Wow", machte das Mädchen. „Ich hätte nicht gedacht, dass da so viel rauskommt. Ist das bei allen so?"

„Das kommt darauf an. Verschiedene Rinder geben unterschiedlich viel Milch. Auch hat es damit zu tun, wie alt das Tier ist, welches Futter es bekommt und so weiter. Unsere Tiere sind den ganzen Tag auf der Weide. Sie kommen lediglich morgens und abends zum Melken in den Pferch. Aber das hier ist eine durchschnittliche Ernte, ja. So, jetzt müssen wir noch das Euter pflegen und vor Infektionen schützen. Das machen wir hiermit." Er hob einen weiteren Becher auf, der oben eine Öffnung hatte, in den eine Zitze passte und schob eine nach der anderen kurz hinein. Dadurch legte sich eine rötliche Schicht über die einzelnen Zitzen.

„Das sieht aus, wie wenn meine Mutter Jod auf eine Wunde schmiert", stellte das Mädchen fest.

„Genaugenommen ist es das auch. Dieses Gemisch ist eine jodhaltige Substanz. So, hast du Lust, sie rauszulassen?"

Charlene nickte und zog die Stange vor der Kuh aus dem Gitter. Sofort lief das Tier los in den zweiten Pferch und blieb dort erwartungsvoll stehen. Das Mädchen schob die Stange zurück und Alex entfernte die hintere Stange, um das nächste Tier einzulassen. Erneut erklärte er ihr jeden einzelnen Schritt, bis auch dieses Tier schließlich zu seinem Artgenossen entlassen wurde. Nun erst bewegte sich das erste Tier in Richtung Weide – scheinbar hatte es nur keine Lust gehabt, ganz allein loszulaufen. Auch die nächsten beiden Tiere folgten sofort, nachdem sie gemolken waren und verschwanden auf dem riesigen Gelände.

Charlene fand es aufregend, beim Melken dabei zu sein, und beobachtete genau jede Bewegung des Jungen, dem man ansehen konnte, dass er diese Tätigkeit nicht zum ersten Mal machte. Beim fünften Tier deutete er auf den Schemel und grinste. „Willst du es mal versuchen?"

„Ich?", fragte Charlene ungläubig.

„Nee, der Heilige Geist", spöttelte er. „Natürlich du. Wenn ich das richtig verstanden habe, möchtest du doch hier arbeiten, oder nicht?"

„Ja… klar… ich dachte nur… meist du, ich kann das schon?", stotterte das Mädchen und spürte, wie sie nervös wurde.

„Können, wäre vermutlich zu viel verlangt. Aber ausprobieren kannst du es auf jeden Fall schon mal. Wie sollst du es denn sonst lernen? – Das hier ist Mary. Sie ist ein ganz liebes Mädchen, also genau das Richtige für einen ersten Test. Versuche es einfach mal. Ich werde dich schon stoppen, bevor du es völlig vergeigst."

Charlene atmete einmal tief durch, nickte und setzte sich entschlossen auf den Schemel. *,Wie war das nochmal?'*, überlegte sie. *,Erst vormelken, dann sauber machen und dann melken. Oder war es erst sauber machen und dann vormelken?'* Scheinbar hatte sie doch nicht so genau zugesehen, wie sie gedacht hatte. Dabei hatte er es doch gerade viermal hintereinander gemacht. Charlene spürte, wie ihr die Hitze in die Wangen stieg und wollte schon nach dem Eimer mit dem Putzmittel greifen, als seine Hand sie davon abhielt und auf den kleinen Messbecher deutete. „Ja, richtig. Wollte ich gerade machen", sagte sie schnell und über das Gesicht des Jungen huschte ein amüsiertes Lächeln.

„Ja, natürlich", meinte er grinsend.

Das Mädchen nahm eine der Zitzen und drückte – doch nichts passierte. Sie versuchte es erneut, doch wieder geschah nichts, außer dass Mary ihren Kopf zu ihr umdrehte, als wollte sie nachsehen, wer diese unfähige Person an ihrem Euter war. Charlenes Hände fingen an zu zittern. Das konnte doch nicht so schwer sein! Als sie es erneut ohne Erfolg probiert hatte, legte sich Alex' Hand sanft über die ihre und führte sie durch die richtige Bewegung. „Du musst deinen Daumen und Zeigefinger oben fest um das Euter legen und dann nacheinander deine anderen Finger zu einer Faust schließen. So – siehst du?"

Sie nickte, zeigte ihm den Becher und wartete sein Okay ab. Dann nahm sie den Lappen, presste ihn aus und reinigte sorgfältig das Euter. Schließlich schob sie den Eimer unter die Kuh und atmete erneut tief durch.

Alex konnte sehen, wie ihre Hände noch immer zitterten. „Nur nicht nervös werden. Mary lässt sich einiges gefallen. Komm', ich helfe dir am Anfang." Erneut legte er seine eigenen Hände über die ihren und gemeinsam massierten sie die Milch aus den Zitzen. Seine Hände fühlten sich warm und sanft an, aber sie konnte auch die Kraft spüren, wenn sie den Druck erhöhten. Sie wandte den Kopf und für einen kurzen Moment trafen sich ihre Blicke. Ihre blau-grünen Augen fesselten ihn so sehr, dass die nächsten Spritzer daneben gingen. In ihm kam der Wunsch hoch, diese weichen Lippen zu küssen. Im letzten Moment riss er sich von ihrem Gesicht los, lockerte seinen Griff und stand abrupt auf. Ein verlegenes Räuspern entglitt seiner Kehle. „Versuche es jetzt mal allein", sagte er schnell und Charlene richtete wieder ihren Blick nach vorne. Hatte sie irgendetwas getan, was ihn geärgert hatte? Er war plötzlich so komisch.

Doch das Mädchen hatte jetzt keine Zeit, darüber nachzudenken. Die Aufgabe, die er ihr gestellt hatte, verlangte ihre ganze Aufmerksamkeit. Es sah so leicht aus, wenn Alex es machte, doch in Wahrheit war die richtige Technik gar nicht so einfach. Doch schließlich hatte sie es geschafft, desinfizierte die Zitzen und entließ die Kuh zu ihren Artgenossen. Danach übernahm Alex wieder die Arbeit, während Charlene sich kurz ausruhte. Sie hätte nicht gedacht, wie anstrengend dieser Job war. Bei dem Jungen sah es aus, als wenn er das stundenlang machen könnte.

Ein paar Kühe später durfte sie es erneut versuchen. Zwischendurch brachten sie die gefüllten Eimer immer wieder in ein Gebäude, in dem Jessica die Milch in Empfang nahm, um diese weiterzuverarbeiten. Dabei erfuhr sie auch, dass sie nicht nur die Milch selbst verkauften, sondern aus ihr auch verschiedene Käsesorten herstellten. Darum kümmerte sich hauptsächlich Jessica, während Frank auf den Feldern arbeitete und Alex fürs Melken und die Hühner zuständig war.

Endlich entließen sie das letzte Rind in die Freiheit, brachten die Melkutensilien weg und reinigten alles gründlich. Obwohl Charlene nur einige wenige Kühe gemolken hatte, spürte sie ihre Muskeln von der ungewohnten Tätigkeit. Wenigstens machte ihr erst kürzlich verheiltes Bein keine Probleme. Der Bruch schien vollständig verheilt zu sein und auch ihrem Arm war außer einer langen Narbe nichts mehr anzusehen. Sämtliche körperlichen Wunden waren gut verheilt und die seelischen verdrängte das Mädchen einfach, so gut es ging. Tagsüber gelang ihr das ganz gut, nur selten erinnerte sie ein Umstand oder ein

Wort an ihre Familie und machte sie traurig. In der Nacht wurde sie allerdings immer wieder von Alpträumen geplagt, die ihr den Schlaf raubten. Sie machte sich keine Illusionen darüber, dass es vermutlich viele Jahre dauern würde, bis die Bilder dieser Nacht sie nicht mehr heimsuchen würden.

Alex riss sie aus ihren Gedanken, als sie für einen Moment in die Ferne starrte. „Alles okay mit dir, Charlene?"

„Ja, ja, alles gut. Was machen wir jetzt?", sagte sie schnell und bemühte sich, normal und unbeschwert zu klingen.

Alex lachte amüsiert. „Essen natürlich. Schau' mal auf die Uhr."

Das Mädchen senkte den Blick auf ihre Armbanduhr und stellte erstaunt fest, dass es bereits nach sieben war. „Was? So spät? Ich habe gar nicht bemerkt, wie die Zeit verging. Dauert es immer so lange oder war das heute nur wegen mir?"

„Na ja, normalerweise bin ich schon ein wenig schneller. Aber das ist völlig in Ordnung. Immerhin musst du es ja erst einmal lernen. Du wirst sehen, in ein paar Tagen wirst du es im Schlaf können und kaum noch Hilfe benötigen. Und dann sind wir unschlagbar. Die Zeit, die wir einsparen, können wir dann für angenehmere Dinge verwenden."

„Zum Beispiel?", fragte Charlene grinsend.

Erneut wurde der Junge rot. Sie wunderte sich darüber und fragte sich, warum ihn diese Frage verlegen machen sollte. Doch er drehte sich sofort um und ging in Richtung Haus, während er sagte: „Da mache ich mir erst Gedanken drüber, wenn es soweit ist. Aber wir werden schon etwas finden. Auf geht's, bevor Mum ungehalten wird, weil wir zu spät zum Essen kommen."

Das Mädchen folgte ihm ins Haus und verschwand in dem kleinen Bad, um sich ein wenig frisch zu machen, während Alex ebenfalls hinter einer Tür verschwand. Sie wusch sich ordentlich Arme und Hände, fuhr sich durch die leicht verzottelten Haare und trat wieder aus dem Raum. Ob sie einfach so reingehen durfte? Unschlüssig stand sie auf dem Flur. „Hey, alles okay?", fragte Alex besorgt.

Erschrocken drehte sich Charlene um. Sie hatte ihn gar nicht kommen gehört. „Ähm, ja... ich...", stotterte sie und erneut breitete sich ein amüsiertes Grinsen auf seinem sommersprossigen Gesicht aus.

„Du hast Angst, rein zu gehen, was? Keine Sorge. Niemand hier wird dich auffressen oder dir sonst etwas antun. Mein Vater ist eigentlich ein ganz lieber Kerl. Typ Teddybär, halt. Und Mum? Na ja, außer dass sie uns immer mästen will, ist sie eigentlich auch ein dufter Kumpel." Seine Worte brachten Charlene zum Kichern, als sie sich Frank als großen Teddybären auf einem Stuhl vorstellte, der von Jessica gefüttert wurde und immer weiter auseinanderging. „Siehst du? So gefällst du mir schon viel besser. Na, komm' schon." Er ergriff ihre Hand und zog sie hinter sich her in das Zimmer mit dem großen Esstisch. Jessica hatte bereits den Tisch gedeckt und als Charlene den Duft von Fleisch und Nudeln einsog, lief ihr das Wasser im Munde zusammen.

Sie ging zu der Frau, die am Herd stand. „Kann ich Ihnen etwas helfen, Frau Wayne."

Die Frau drehte sich zu ihr um und blickte sie freundlich an. „Also das gewöhn' dir besser gleich mal ab, junges Fräulein. Frau Wayne! Ich bin doch keine Bankangestellte oder so etwas. Mein Name ist

Jessica und so solltest du mich auch ansprechen. Und das gilt natürlich auch für Frank."

Beschämt senkte das Mädchen den Kopf. „Entschuldigung", murmelte sie kaum hörbar.

„Schon gut, Kleine. So, um auf deine Frage zurückzukommen: Du kannst dort den Krug mit zum Tisch nehmen und dich dann auf deine Kehrseite hocken. Ich bin gleich so weit."

Gehorsam ergriff das Mädchen den großen Krug mit Milch und brachte ihn zum Tisch. Dann blickte sie fragend auf Alex, der ihr mit der Hand einen Stuhl bedeutete, auf den sie sich vorsichtig setzte und die Hände im Schoß verschränkte. Alex und sein Vater waren bereits in eine Unterhaltung vertieft und sie hörte still zu, bis Jessica zwei Töpfe auf den Tisch stellte, einen mit Nudeln und den Anderen mit einem Gemisch aus Fleischstücken, Gemüse und Soße, der äußerst verführerisch duftete, wie Charlene fand.

Frank langte sofort kräftig zu, während Jessica den Milchkrug nahm und den anderen davon einschenkte. „Ist das die Milch, die wir eben von den Kühen gemolken haben?", fragte das Mädchen neugierig.

„In der Tat. Deine erste selbstgezapfte Milch. Ich habe sie lediglich gekühlt bis zum Essen. Lass' sie dir schmecken. Es ist genug da."

Charlene lächelte ihr dankbar zu und setzte das Glas an die Lippen. Gekühlt schmeckte sie fast noch besser. Sie wartete, bis sich alle genommen hatten, und nahm sich dann ebenfalls ein kleines bisschen von den Nudeln und dem Fleisch. Ihr erstes, warmes Essen seit Wochen schmeckte köstlich. Dennoch spürte sie bereits nach wenigen Bissen, wie ihr wieder übel wurde. So wie immer, seit ihre Familie getötet

46

wurde. Selbst die winzige Portion, die sie auf dem Teller hatte, konnte sie kaum hinunterwürgen, tat es aber, um Jessica nicht zu beleidigen.

Dennoch blieb dieser der Kampf des Mädchens nicht gänzlich verborgen. „Schmeckt es dir nicht?", fragte sie schließlich.

„Doch, sehr sogar. Ich habe nur irgendwie keinen Hunger. Tut mir leid. Es ist nämlich sehr lecker."

Die Frau beobachtete sie skeptisch und war sich nicht sicher, ob sie die Wahrheit sagte oder nicht. Eigentlich wirkte sie ehrlich. Entschlossen füllte sie ihr Glas wieder auf und meinte: „Dann trink wenigstens noch ein bisschen Milch. Sonst kannst du morgen nicht anständig arbeiten."

Charlene nickte und bis die anderen mit essen fertig waren, hatte auch das Mädchen ihren Teller geschafft und das zweite Glas Milch geleert. Sie half Alex noch mit dem Abwasch und zog sich dann in ihr Kämmerchen zurück, um das Bett vorzubereiten und sich hinzulegen. Sie fühlte sich, als wenn sie das gesamte Abendessen allein verputzt hätte. Sie wusste, dass die Übelkeit nichts mit dem Essen selbst zu tun hatte, und doch wäre sie am liebsten auf die Toilette gegangen, um sich zu übergeben. Dabei hätte sie so gerne mehr von dem leckeren Essen zu sich genommen.

Schließlich zog sie sich aus und schloss die Augen. Bald darauf war sie auch schon eingeschlafen.

JUNGE FREUNDSCHAFT

Im Gegensatz zu dem Mädchen lag Alex noch eine ganze Weile in seinem Zimmer und starrte an die Decke. Er dachte über Charlene nach. Am Anfang hatte er das Gefühl gehabt, dass sie vielleicht doch nicht so alt war, wie sie zu sein vorgab. Ihr Körper wirkte so zierlich, beinahe zerbrechlich. Ihm war aufgefallen, dass ihr die Hose und das Shirt eigentlich viel zu weit waren. Entweder waren es nicht ihre eigenen Klamotten oder sie musste in letzter Zeit viel abgenommen haben. Vermutlich sah sie deshalb so zerbrechlich aus, denn während er sich mit ihr unterhalten hatte, wirkte sie viel älter und reifer, als ihr Körper ihn hatte vermuten lassen. Sie war vermutlich einfach von Natur aus etwas zierlicher, als viele seiner Klassenkameradinnen.

Und dennoch hatte sie etwas geschafft, was bisher noch niemand vor ihr geschafft hatte. Bis heute waren ihm Mädchen immer völlig egal gewesen – vor allem die in der Stadt, die nur Klamotten, Schminktipps und die neuesten Frisuren im Kopf zu haben schienen. Charlene war da ganz anders – eben viel natürlicher. An ihr war nichts künstlich, angemalt oder mit irgendwelchen Hilfsmitteln aufgestylt. Sie wirkte mehr wie ein Naturmensch. Bestimmt war sie oft im Wald oder in den Feldern gewesen als Kind, war auf Bäume geklettert oder in Schlammpfützen herumgesprungen. Vielleicht hatte sie sogar mit Tieren gelebt, denn sie war sehr liebevoll mit den Kühen umgegangen. Und gleichzeitig hatte sie auch etwas Sinnliches an sich, obwohl ihre Brüste eher klein und ihre Hüften nicht so weiblich ausgeprägt waren, wie die von anderen Mädchen. Als er sich mit Charlene unterhalten hatte, hatte er festgestellt, dass sie intelligent war, offen für Neues und manchmal sehr erwachsen. Dann wieder wirkte sie plötzlich wie ein Kind – viel jünger als sechzehn.

Sie hatte sich geweigert, über die Schule zu reden, was er genaugenommen verstehen konnte. Er war auch froh, wenn er während der Ferien nichts darüber hören musste. Dennoch wunderte er sich, dass sie mit der Schule fertig war. Vom Alter her konnte sie die Senior High School noch nicht abgeschlossen haben – vermutlich war sie nach der Junior High abgegangen. Eine andere Variante war natürlich, dass sie irgendwelche Klassen übersprungen hatte. Vielleicht erzählte sie ihm das ja noch irgendwann. Auch würde ihn interessieren, aus was für einer Familie sie kam, doch seine Fragen diesbezüglich hatte sie abgelehnt und dafür das Gespräch geschickt in eine andere Richtung gelenkt.

Ein Lächeln glitt über das Gesicht des Jungen, als er sich ihre zarten Züge vorstellte, die immer irgendwie traurig wirkten und doch wundschön waren. Dieses Bild hielt er fest, als er die Augen schloss und versuchte zu schlafen.

Am nächsten Morgen war er wie immer schon früh auf den Beinen, zog sich an und ging in Richtung Küche. Dabei kam er auch an dem Zimmer von Charlene vorbei, aus dem er ein leises Wimmern hörte. Sofort blieb er stehen und lauschte. Dann klopfte er an die

Tür, doch nichts passierte. „Charlene?", rief er leise. „Darf ich reinkommen?"

Wieder keine Antwort, dafür jedoch ein leiser Ruf, der sich anhörte wie: „Nein, nicht schießen!"

Alarmiert drückte Alex die Klinke hinunter und öffnete die Tür. Das Mädchen lag im Bett, warf den Kopf hin und her und schien einen Albtraum zu haben. Vorsichtig trat er neben sie und legte seine Hand an ihre Schulter, um sie leicht zu schütteln. Sofort riss sie die Augen auf und richtete sich auf. Dabei rutschte ihr die Decke vom Oberkörper und zu Alex' Entsetzen hatte sie darunter nichts an. Für einen kurzen Moment starrte er auf die beiden Brüste des Mädchens, bevor er aufsprang und ihr den Rücken zudrehte. Sein Gesicht glühte, als er sich stotternd zu entschuldigen suchte. „Es… es… tut mir… leid. Ich… wollte nicht… Ich dachte…"

„Du kannst dich wieder umdrehen", lächelte das Mädchen nun. Sie hatte sich ihr T-Shirt, das neben dem Bett lag, übergeworfen, nachdem sie begriffen hatte, dass es ihm peinlich war, sie nackt gesehen zu haben.

Wie in Zeitlupe drehte er sich zu ihr um und schielte um die Ecke, bevor er sie offen anblickte. Erleichtert stellte er fest, dass sie sich bedeckt hatte. „Entschuldige bitte. Ich hätte nicht einfach reinkommen dürfen."

„Schon gut. Danke, dass du mich geweckt hast. Ich hätte sonst bestimmt verschlafen."

Alex blickte in das erhitzte Gesicht, dem noch deutlich die Nachwirkungen des Traumes anzusehen waren. „Hattest du einen Albtraum?"

Das Mädchen nickte. „Ja, muss wohl irgendein Film gewesen sein, den ich mal gesehen habe, oder etwas aus den Nachrichten. Ich weiß schon gar nicht mehr, um was es ging", log sie, obwohl sie sich an jede einzelne Szene des Traumes erinnern konnte.

Der Junge blickte sie ein wenig skeptisch an. Er glaubte nicht, dass es ein normaler Albtraum war. Es sah eher wie eine Erinnerung aus – eine schlimme Erinnerung. War sie vielleicht Zeuge eines Überfalles gewesen – und ließen sie die Bilder dieses Traumas nicht mehr los? Alex öffnete schon den Mund, um sie danach zu fragen, als sie ihm das Wort abschnitt: „Ich würde mich jetzt gerne anziehen, damit wir zur Arbeit können."

„Ja, natürlich", sagte er schnell und huschte aus dem Zimmer. Ihre Haltung bei ihren letzten Worten hatte ihm deutlich gezeigt, dass sie nicht gewillt war, über den Traum zu sprechen. Seufzend ging er in die Küche, schenkte zwei Gläser Milch ein und wartete auf das Mädchen.

Nach dieser kurzen Stärkung machten sie sich auf den Weg in den Hühnerstall. Charlene war froh, dass er nicht versuchte, sie über ihren Traum auszuquetschen. Es war schlimm genug, dass sie diese Bilder während der Nacht verfolgten. Wenigstens tagsüber wollte sie davon verschont bleiben. Wieder und wieder redete sie sich ein, dass sie eine Wanderung machte und hier Zwischenstopp eingelegt hatte, um sich etwas dazu zu verdienen.

Gemeinsam scheuchten sie die Hühner in das Außengehege und sammelten anschließend zwei große Körbe voll mit Eiern ein. Dann fing Alex an, den Stall auszufegen, während Charlene die Körner durch die Luft warf, damit die Tiere sie sich suchen konnten und beschäftigt waren. Anschließend half sie dem Jungen mit dem Stall, füllte einen Wassertrog auf und beobachtete die Tiere eine Weile, wie sie suchend auf dem Boden herumpickten.

Dann erst machten sich die beiden mit ihrer Ausbeute auf den Weg in die Küche, wo bereits ein ausgiebiges Frühstück auf sie wartete. Wieder aß das Mädchen nur wenig, trank jedoch erneut ein Glas Milch. Es schien im Moment das einzige zu sein, das ihr Magen akzeptierte, ohne zu rebellieren.

Langsam machte sich Jessica Sorgen um das Mädchen. Wie sollte sie denn vernünftig arbeiten können, wenn sie kaum etwas zu sich nahm? Doch ihre Versuche, sie zu mehr zu überreden, verliefen im Sande. Seufzend gab sie es auf. Heute Mittag würde das Mädchen hoffentlich mehr essen.

Nach dem Frühstück ging es wieder auf die Weide. Frank fuhr mit dem Traktor davon, um sich um die Felder zu kümmern, und die beiden Jugendlichen mussten die Kühe melken. Diese standen bereits zum größten Teil in dem Pferch, bis auf ein paar wenige Ausnahmen, die sie noch hineintrieben, bevor Alex das Gatter zwischen der großen Weide und dem Pferch verschloss. So konnte er sicher gehen, keine Kuh zu vergessen.

„So, jetzt bist du dran. Mal sehen, ob du gestern Abend aufgepasst hast."

„Wie? Ich soll... ganz allein?"

Alex lachte. „Na ja. Ganz allein natürlich nicht. Ich bin ja da und helfe dir, wenn du nicht weiterweißt. Aber versuche es einfach mal. Was brauchen wir zum Melken?"

Das Mädchen überlegte kurz und ging dann zu der Kammer, in der Eimer, Lappen und Co gelagert wurden. Mit Alex' Hilfe stellte sie die Lösung zum Reinigen der Euter her und fand auch die restlichen

Utensilien, die sie gemeinsam nach draußen brachten. Dann steckte sie die Stangen zwischen die Gitter – genau wie Alex es am Abend zuvor getan hatte – und ließ schließlich die erste Kuh eintreten.

Wenn sie unsicher war, gab ihr Alex kurz Hilfestellung, aber für das zweite Mal machte sie ihre Sache nicht schlecht, auch wenn sie natürlich bedeutend länger brauchte, als er es getan hätte. Der Junge wusste gar nicht mehr, wann er mit dem Melken angefangen hatte, aber er machte das schon viele Jahre lang.

Zufrieden besorgte er schließlich ein weiteres Set des Zubehörs und kletterte damit über den Zaun. Die beiden Gänge waren so angelegt, dass er ohne Probleme im Auge behalten konnte, was Charlene tat und er sie, wenn nötig, unterstützen konnte. Konzentriert arbeiteten sie, bis schließlich das letzte Rind den Gang verließ und zu seinen Artgenossen auf die Weide lief.

Charlene war stolz auf ihre Arbeit. Langsam bekam sie ein Gefühl dafür, wie sie am besten und schnellsten die Milch aus den einzelnen Zitzen pressen konnte, und von Mal zu Mal schien es etwas leichter zu gehen. Dennoch spürte sie deutlich ihre Oberarme. Bestimmt würde sie morgen einen heftigen Muskelkater in den Armen haben. Auch ihr Rücken war das krumme Sitzen nicht gewohnt und beschwerte sich ein wenig. Sie streckte sich ausgiebig, um ihre verspannten Muskeln zu dehnen.

Dabei fiel Alex das erste Mal die lange Narbe an der Innenseite ihres Unterarms auf. Vorsichtig nahm er ihre Hand und drehte sie ein wenig, damit er die Narbe besser sehen konnte. „Was ist denn da passiert?", fragte er überrascht. Er konnte spüren, dass sie zu zittern anfing, bevor sie ihm den Arm entwand.

„Das ist nichts", sagte sie schnell. „Da bin ich mal mit dem Rad gestürzt. Ist schon lange her."

Alex blickte sie kurz nachdenklich an. Er glaubte ihr nicht. An seinem Körper waren genug Narben aus seiner Kindheit, um zu wissen, dass dies hier keine alte Narbe war. Im Gegenteil, er hatte eher das Gefühl, dass sie gerade erst richtig verheilt wäre. Warum log das Mädchen? Hatte sie vielleicht vor irgendetwas Angst? War sie gar auf der Flucht? Ihm fiel der Morgen wieder ein, als sie im Schlaf etwas von wegen ‚nicht schießen' gemurmelt hatte. Aber hatte er das Recht, sie danach zu fragen? Immerhin kannten sie sich gerade mal einen knappen Tag.

Der Junge beschloss, sie erst einmal in Ruhe zu lassen. Er mochte sie und er hatte keine Lust, es sich mit ihr zu verderben. Also hielt er den Mund und gemeinsam brachten sie die letzte Milch zu seiner Mutter und reinigten die Utensilien, bevor sie diese ordentlich wegräumten. „Hast du Lust, zum Bach zu gehen und die Füße zu kühlen?", fragte er dann.

„Klar, warum nicht?", antwortete das Mädchen.

Alex führte sie in die Scheune, in der ein Quad stand. Charlene hatte so ein Ding noch nie gesehen und blickte es verwundert an. „Was ist denn das?"

„Mein fahrbarer Untersatz", lachte der Junge. „Komm', spring' auf, dann zeige ich es dir."

„Na gut, aber bitte nicht zu schnell."

„Keine Sorge. Wenn du dich verletzt, muss ich ja die Arbeit wieder allein machen", grinste er frech.

„Wie reizend", lachte Charlene und setzte sich hinter Alex auf den Sitz. Dann ging es auch schon los über das unebene Gelände. Es war nicht weit, bis zu dem Bach – eigentlich hätten sie auch laufen können, doch Alex genoss es, wenn er den Wind in den

Haaren hatte. Als er nach ein paar Extra-Runden am Bach anhielt, schüttelte das Mädchen ihre Haare, die durch den Wind ein wenig zerzaust waren, und band sie erneut in einem Pferdeschwanz zusammen.

Alex zog seine Schuhe aus und ließ die Füße in den kalten Bach baumeln. Das Mädchen folgte seinem Beispiel und stellte fest, dass es sehr angenehm war. Obwohl es noch lange nicht Mittag war, brannte die Sonne unbarmherzig vom Himmel. Sie zog sich unter ein paar Bäume zurück, die dicht am Wasser standen, um ein wenig Schutz zu haben, doch die Luft war dennoch bereits sehr warm.

In der nächsten Stunde blieben sie dort am Wasser, planschten ein wenig herum, neckten sich und unterhielten sich über belanglose Dinge. Alex hatte bemerkt, dass sie bei bestimmten Themen immer dicht machte und ihre Stimmung schlagartig kippte, und versuchte daher, unverfänglichere Themen zu finden. Schließlich kehrten sie auf die Farm zurück zum Mittagessen.

Auch diesmal aß das Mädchen kaum etwas, was sich auch nicht änderte, nachdem sie Frank und Alex am frühen Nachmittag mit dem Heu geholfen hatte, das in der Scheune gelagert werden musste. Einen Großteil des Nachmittages verbrachten sie in der Scheune, bevor es erneut Zeit wurde, die Kühe zu melken.

Charlene stellte fest, dass es immer einfacher ging. Ihre Hände fanden nun schneller die richtige Stelle und sie musste nicht mehr jeden Schritt vorher überlegen. In den nächsten Tagen stellte sich eine gewisse Routine ein und nach einer guten Woche war sie fast genauso schnell wie Alex, dem sie inzwischen eine große Hilfe geworden war. Zu zweit waren sie in der

Hälfte der Zeit fertig und machten kleinere Ausflüge.

Als das Mädchen ihren ersten Lohn in den Händen hielt, fragte sie Alex, wie man am besten zum nächsten Supermarkt käme. „Ich kann dich hinfahren, wenn du magst", sagte Alex prompt.

„Wie? Mit dem Quad?"

„Nee. Das Quad kann ich nur hier auf dem Gelände fahren. Das hat keine Zulassung für die Straße. Aber wir könnten mit dem Pickup fahren. Oder fährst du lieber selbst?"

Charlene winkte ab. „Nein, nein. Ich… ich habe keinen Führerschein gemacht. Habe ich bisher nicht gebraucht."

„Du kommst wohl aus der Stadt, was? Na ja, hier draußen bist du froh, wenn du einen Lappen hast. Macht es um einiges leichter. Aber kein Problem. Ich fahre dich gerne."

Er machte sich auf den Weg zum Wagen und ging davon aus, dass Charlene ihm folgen würde. Doch das Mädchen blieb an der Stelle stehen, an der sie sich unterhalten hatten und blickte unsicher auf das Fahrzeug. Für einen Moment schloss sie die Augen. Bilder und Geräusche stürmten auf sie ein. Ein Schuss, Splittern einer Scheibe, das Weinen ihrer Schwester, der Knall, als sie gerammt wurden, und schließlich die toten Körper ihrer Familie.

Ihre Knie sackten auf die Erde, Tränen quollen aus ihren Augen und sie musste sich zusammenreißen, um nicht laut loszuschreien. Alex hatte davon nichts mitbekommen, doch als er sich nun nach ihr umdrehte, sah er sie auf dem Boden hocken. Sofort kam er zurück. „Was ist denn passiert? Warum weinst du?"

„Ach nichts", winkte das Mädchen ab und

versuchte, sich nichts anmerken zu lassen. „Ich bin nur gestolpert und habe mir das Knie verdreht. Das tut ziemlich weh."

Erneut hatte Alex das Gefühl, dass da noch etwas anderes dahintersteckte. Bei einem einfachen Sturz wurde man nicht käseweiß im Gesicht und sah aus, als wenn man ein Gespenst gesehen hätte. Auch hatte er in den letzten Tagen den Eindruck gewonnen, dass Charlene keines dieser Mädchen war, das bei jeder Kleinigkeit gleich losheulte. „Soll ich dich zum Arzt bringen."

„Nein, danke. Geht gleich wieder. Tut mir leid."

„Sollen wir denn trotzdem zum Supermarkt fahren?"

„Ich glaube, das verschieben wir wohl besser. Wenn es okay ist, lege ich mich einen Moment hin, damit ich für heute Nachmittag wieder fit bin." Sie ging in Richtung Haus und als er ihr hinterherblickte, sah er seine Vermutung bestätigt. Wenn sie sich wirklich so weh getan hätte, dass sie sogar weinte, hätte sie jetzt eigentlich humpeln müssen. Sie lief zwar langsam und ließ den Kopf hängen, doch ein Hinken konnte er nicht erkennen. Das Mädchen war ihm manchmal ein Rätsel. Aber vielleicht machte sie gerade das so interessant für ihn.

Charlene ging ins Haus und setzte sich auf ihr Feldbett. Verdammt. Was machte sie denn jetzt? Sie hatte richtig Panik bekommen, als sie daran dachte, in ein Auto zu steigen. Aber sie musste auch dringend in einen Laden, weil sie keine Tampons mehr hatte. Wo sollte sie die denn sonst herbekommen?

Glücklicherweise kam ihr an diesem Nachmittag der Zufall zu Hilfe, denn kurz vor dem Mittagessen klopfte es an ihre Tür und Jessica trat ein. „Alex hat mir erzählt, dass ihr zum Supermarkt fahren wolltet, um etwas einzukaufen, und dass das aber irgendwie nicht funktioniert. Ich muss nach dem Essen sowieso in die Stadt. Kann ich dir vielleicht etwas mitbringen?"

Das Mädchen senkte verlegen den Blick und Jessica konnte sehen, wie ihr die Röte ins Gesicht stieg. Auch wenn die Frau sehr nett war, war sie doch eine Fremde, mit der man nicht unbedingt über so etwas sprach. „Ich… ich weiß nicht so ganz. Nein, besser nicht. Vielen Dank."

Doch Jessica war selbst eine Frau und hatte bereits eine Ahnung, was das Mädchen hatte holen wollen. „Geht es vielleicht um Binden oder Tampons, Charlene?" Überrascht hob das Mädchen den Kopf. Dann nickte sie kaum merklich. „Das muss dir nicht peinlich sein, Kleines. Oder wäre es dir lieber, wenn du mit blutverschmierten Hosen rumläufst?" Sie kicherte amüsiert, doch ihre Frage holte erneut eine Erinnerung in dem Mädchen zurück – die Erinnerung an ihre Hose, die von ihrem Blut und dem ihrer Familie beschmutzt war. Sie schüttelte den Kopf, um die Erinnerung abzuschütteln, was Jessica natürlich als Zustimmung ansah. „Siehst du, Mädchen? Der Meinung bin ich auch. Also, was genau möchtest du? Binden oder Tampons? Irgendeine besondere Marke oder Größe?"

Charlene ging an ihren Rucksack und zog eine fast leere Packung Tampons daraus hervor, die sie der Frau reichte. „Die hatte ich bisher", sagte sie leise.

„Na, siehst du, war doch gar nicht so schlimm, oder? Kein Problem. Wieviel soll ich dir mitbringen?"

„Gingen zwei Päckchen?" Charlene wusste nicht, wann sie das nächste Mal zu einem Geschäft kam, da war es vielleicht besser, vorzusorgen.

„Überhaupt kein Problem. Ich besorge es dir und lege es dir dann ins Zimmer. Alles klar? Brauchst du sonst noch was?"

Das Mädchen schüttelte den Kopf, zog einen der Scheine aus ihrer Tasche, die Frank ihr am Morgen geben hatte und reichte ihn der Frau, die ihn lächelnd entgegennahm. Sie hielt Wort und als Charlene am Abend in ihr Zimmer kam, lag auf der Kommode eine Tüte mit zwei Päckchen Tampons und daneben das Restgeld.

FEHLENTSCHEIDUNG

Inzwischen war Charlene fast vier Wochen auf der Wayne-Farm und hatte sich gut eingelebt. Die Familie war dankbar für die Hilfe. Sie mochten das Mädchen, das manchmal so geheimnisvoll wirkte, hin und wieder in eine tiefe Melancholie verfiel und dann wieder lachte und das Leben zu genießen schien.

Vor allem Alex hatte sie in sein Herz geschlossen und genoss jede Minute, die er mit dem Mädchen verbringen durfte. Sie war so ein großartiges Mädchen, dass er gar nicht daran denken wollte, dass sie vielleicht bald wieder gehen musste. Doch Charlene schien es gar nicht so eilig zu haben. Inzwischen war es Mitte August, die Schule würde in Kürze wieder anfangen, doch bisher hatte sie noch keine Anstalten gemacht, wieder aufzubrechen und ihre Wanderung fortzusetzen. Alex war das nur Recht; wenn es nach ihm ginge, könnte sie gerne für immer hierbleiben. Inzwischen war er davon überzeugt, dass er sich in sie verliebt hatte, doch er traute sich nicht, ihr das offen zu sagen, aus Angst, sie würde ihn auslachen. Gewissen Unterhaltungen hatte er entnehmen können, dass sie nie Geldprobleme gehabt hatte. Was würden wohl ihre Eltern sagen, wenn sie von einem einfachen Bauernjungen umworben wurde. Würden sie ihn akzeptieren? Oder war er vielleicht nicht gut genug für sie? Doch letztendlich hatte er vor allem Angst davor, dass Charlene genau das denken könnte. Deshalb versuchte er, seine Gefühle zu verbergen.

Doch vor ein paar Tagen war es dann doch passiert. Charlene und er waren an den Bach gefahren und hatten sich in den kalten Fluten ein wenig abgekühlt. Charlene trug Unterwäsche und ein T-Shirt, er nur seine Shorts, während sie sich gegenseitig vollspritzten und bald klitschnass waren. Das Mädchen rutschte auf einem glitschigen Stein aus und fiel ihm direkt in die Arme. Für eine Weile starrten sie sich gegenseitig in die Augen und wie durch Zauberhand näherten sich ihre Gesichter dem jeweils anderen, bis sich ihre Lippen sanft trafen.

Er schloss die Augen für einen kurzen Moment und genoss ihre zarten Lippen, von denen er bereits so oft geträumt hatte. Seine Finger glitten durch ihre Haare und wanderten in ihren Nacken. Charlene war im ersten Moment so überrumpelt, dass sie nicht reagieren konnte. Sie hatte noch nie zuvor jemanden auf den Mund geküsst und ihr erster Impuls war, ihn von sich wegzustoßen. Doch gleichzeitig war sein Kuss so sanft und zärtlich, dass er sie sofort in seinen Bann zog. Für einen Moment fühlte sie sich, wie wenn ihre Eltern sie in die Arme geschlossen hätten. Sie konnte die Zuneigung des Jungen deutlich fühlen und eine Wärme breitete sich in ihrer Brust aus, die sie seit Wochen nicht mehr gespürt hatte. Das Gefühl, irgendwo dazuzugehören, dass jemand sie liebte und sie beschützte.

Alex konnte spüren, wie ihr anfangs verkrampfter Körper sich entspannte, während sie den Kuss einfach geschehen ließ. Für einen kurzen Moment schien die Zeit still zu stehen. Dann endlich löste er sich von ihr und lächelte sie an. Das Mädchen senkte ein wenig verlegen den Kopf, doch er konnte erkennen, dass auch sie lächelte.

Keiner von beiden hatte den Kuss danach erwähnt, doch er hatte etwas zwischen ihnen verändert. Wenn sie zusammen irgendwo hingingen, nahm Alex sie an die Hand. Und wenn er ihr etwas erklärte, rückte das Mädchen meist etwas näher neben ihn, als eigentlich notwendig gewesen wäre.

Wenn Alex sie in den Arm nahm, konnte Charlene die Geschehnisse der letzten Wochen verdrängen, ja sogar vollkommen ausblenden. Sie fing wieder an, etwas mehr zu essen und wirkte gelöster, als in den ersten Wochen. Hin und wieder zog er sie hinter eine Ecke, um sie zu küssen, und das Mädchen ließ es geschehen, freute sich sogar insgeheim auf diese Zärtlichkeiten und fing an, sich zu fragen, ob ihre Eltern früher deshalb manchmal die Tür geschlossen hatten. Hatten sie sich hinter diesen Türen ebenfalls geküsst und hatten sie nicht gewollt, dass die Kinder es sahen – genauso, wie Alex nicht zu wollen schien, dass seine Eltern etwas bemerkten?

Natürlich hatten ihre Eltern sich auch hin und wieder vor den Kindern geküsst, doch das waren meist andere Küsse gewesen als das, was Alex tat. ,Die waren irgendwie intensiver', dachte Charlene. Das Wort leidenschaftlich sagte ihr noch nichts, sonst hätte sie es wohl mit diesem bezeichnen können.

Charlene hatte keine Ahnung, dass sie eigentlich noch zu jung dafür war, einen Freund zu haben, doch es gab niemanden, der sie darüber aufklärte. Ihre Eltern waren tot, Aufklärungsunterricht hatte sie nie gehabt und Alex war der Meinung, sie wäre längst alt genug für die Zärtlichkeiten, die er ihr zuteilwerden ließ. Auch machte sie keinerlei Anstalten, ihn daran zu hindern, wenn er sie küsste oder seine Hand über ihr Shirt gleiten ließ. Sie wusste es einfach nicht besser.

Kurz vor dem Ende der Ferien gingen die beiden nach dem Abendessen noch ein bisschen spazieren. Alex hatte seinen Arm um sie gelegt und gab ihr hin und wieder einen kleinen Kuss, während sie einfach den ausklingenden Tag genossen und die langsam sinkenden Temperaturen. Keiner von beiden bemerkte die Wolken, die sich immer mehr zuzogen. Trotz der in Texas herrschenden Trockenheit gab es auch dort hin und wieder heftige Regenfälle und ein solcher braute sich gerade über ihren Köpfen zusammen. Erst als es anfing zu grummeln, warf Alex einen Blick nach oben und sprang im nächsten Moment auf seine Füße. „Wir sollten uns besser beeilen, sonst werden wir vollkommen durchnässt. Komm'!" Er streckte ihr die Hand hin und im nächsten Moment rannten sie bereits zurück zur Farm. Kurz bevor sie diese erreichten, ging es los und Alex zog sie durch die Scheunentür, während der Himmel seine Schleusen öffnete. Binnen weniger Sekunden konnte er kaum noch etwas erkennen, als er nach draußen blickte und selbst innerhalb der Scheune wurde er von dem Regen getroffen. Deshalb schob er die Tür zu und drehte sich zu Charlene um. „Sieht so aus, als wenn wir hier erst einmal festsitzen. Tut mir leid, ich hätte besser auf den Himmel achten sollen."

„Macht doch nichts. Hier ist es doch auch ganz nett. Bleiben wir einfach eine Weile hier, bis es sich wieder beruhigt hat."

„Hast du denn keine Angst?"

„Nee, wovor denn? Immerhin sitzen wir ja nicht vollkommen im Dunklen." Da hatte sie allerdings

Recht. In der Scheune gab es nämlich eine – wenn auch nicht sehr ausgiebige – Beleuchtung, die immerhin ausreichte, um sich zurechtzufinden.

Sie hockten sich zusammen ins Heu und unterhielten sich, doch bei dem Regen schien es sich nicht nur um ein kurzes Hitzegewitter zu handeln. Im Gegenteil: Blitze und Donner wurden immer heftiger und Charlene bekam es nun doch ein wenig mit der Angst zu tun. Sie rückte näher an den Jungen heran, der ihr beschützend den Arm um die Schulter legte.

Endlich schien es wieder schwächer zu werden und Alex warf einen vorsichtigen Blick aus der Scheune. „Ich denke, in zehn Minuten könnten wir es versuchen, wenn du das willst", stellte er fest.

„Warum sollte ich nicht wollen?", fragte sie überrascht.

„Weil…", er kam langsam auf sie zu, „…weil ich dich etwas fragen möchte."

„Ja?"

„Ich würde gerne…" Alex wusste nicht, wie er seinen Wunsch äußern sollte und entschied sich schließlich für den Angriff: „…mit dir schlafen."

Charlene blickte ihn für einen kurzen Moment überrascht an. In ihrem Kopf tauchten Bilder auf, doch diesmal waren es keine Erinnerungen an die letzten Stunden mit ihrer Familie, sondern Szenen aus dem Wald, als sie mit ihrem Vater und Bruder zusammen in einem Zelt geschlafen hatte. Sie kam gar nicht auf die Idee, Alex könnte irgendetwas anderes meinen, als das, was sie damals getan hatten. „Klar, warum nicht?", sagte sie deshalb und schob das Heu ein wenig zurecht, damit sie beide ein gemütliches Bett hatten.

Dem Jungen blieb beinahe der Mund offenstehen.

So einfach hatte er sich das nicht vorgestellt. Er hatte eher damit gerechnet, dass sie vielleicht noch nicht bereit dazu war. Er wusste nicht, ob sie schon einmal mit einem Jungen zusammen gewesen war oder nicht, doch ihre spontane Zustimmung ließ ihn vermuten, dass er nicht ihr erster Freund war.

Mit einem Mal wurde er total nervös. Bisher hatte er noch nie das Bedürfnis gehabt, mit einem Mädchen zu schlafen – erst, seit er Charlene getroffen hatte, keimte dieser Wunsch in ihm. Er war vollkommen unerfahren und hatte Angst, etwas falsch zu machen. Doch dann straffte er die Schultern und ging langsam auf sie zu. Nein, er würde nichts falsch machen. Wenn er sich und ihr die notwendige Zeit ließ, auf ihre Reaktionen achtete und nichts überstürzte, würde alles gutgehen. Er griff sich an die Gesäßtasche, in der bereits seit einiger Zeit ein Kondom steckte – es war noch da, bereit für seinen Einsatz.

Im Halbdunkel ließ er sich auf das Bett aus Heu gleiten, auf dem es sich das Mädchen bereits bequem gemacht hatte. Sanft strich er ihr eine Haarsträhne aus der Stirn und gab ihr einen zärtlichen Kuss. Sie schloss die Augen und ließ ihn einfach machen. Es wunderte sie auch nicht, als er wenig später anfing, sie zu streicheln – das hatte er schon öfter gemacht und seine Finger waren dabei so zart, dass sie es sogar genoss. Ihre Haut kribbelte unter seinen Fingern und irgendwie gefiel ihr das Gefühl. Immer wieder küsste er sie und schließlich fuhr er mit der Hand unter ihr Shirt. Für den Bruchteil einer Sekunde wollte sie ihn stoppen, doch irgendetwas hinderte sie daran. Sie spürte, wie ihr Herzschlag sich beschleunigte, und sie fühlte sich wie vor einem Referat in der Schule. Sie bemerkte kaum, wie er ihr das Shirt über den Kopf zog und ihren Oberkörper im sanften Halbdunkel betrachtete, bevor er sie mit seinen Lippen liebkoste.

Schließlich stand er auf, zog sein T-Shirt über den Kopf und streifte die Jeans ab, die irgendwo im Heu landete, bevor er sich wieder neben sie legte. Charlene tat es ihm gleich und zog nun ebenfalls ihre Hose aus. In der Jeans schlief es sich ja nicht so gut und normalerweise schlief sie sowieso nur mit ihrem Slip bekleidet.

Doch Alex hatte davon keine Ahnung und sah das als Aufforderung, weiter zu machen. Seine Finger tasteten sich weiter und weiter, bis sie ihr Ziel erreichten. Inzwischen dämmerte es Charlene, dass sein ‚*ich möchte mit dir schlafen*‘ etwas anderes bedeuten musste, als einfach während der Nacht neben ihr zu liegen, doch sie traute sich nicht, ihn danach zu fragen. Außerdem waren seine Finger so zärtlich, dass sie eigentlich gar nicht wollte, dass er aufhörte. Es war ein schönes Gefühl, gestreichelt zu werden und sie schloss erneut die Augen.

Selbst, als sich Alex bis zu ihren intimsten Winkeln vorgetastet hatte, zeigte das Mädchen keine Anzeichen von Abneigung oder gar Angst. Er streifte ihr den Slip von den Beinen und brachte sie mit seinen sanften Berührungen dazu, sich zu öffnen. Charlene schwankte kurz zwischen Unbehagen und Wohlfühlen, wusste nicht, was da gerade mit ihr passierte. Da küsste er sie erneut und sie vergaß alles um sich herum. Sie tauchte ein in eine Welle der Gefühle und bekam weder mit, wie er sich seines letzten Kleidungsstücks entledigte, noch wie er sich sanft zwischen ihre Beine schob. Seine Hände verschlangen sich mit den ihren und er hörte gar nicht mehr auf, sie zu küssen. Und dann tauchte er ein – in die Tiefen ihres Körpers. Ein stechender Schmerz jagte durch Charlenes Unterkörper, als er sich mit ihr vereinte. Vor Angst und Schreck riss sie die Augen auf und starrte ihn an. Doch Alex hatte die Augen geschlossen, seine Lippen verschlossen die ihren und ihre Hände waren neben ihrem Kopf mit den seinen verwoben. Tränen rannen ihr aus den Augenwinkeln und tropften ins Heu, doch davon bekam er gar nichts mit.

Der Schmerz verebbte genauso schnell, wie er gekommen war und sie spürte, wie er sich immer wieder zurückzog, um dann erneut in sie vorzudringen. Sie fing an, zu begreifen, was es war, das sie spürte, und fragte sich, warum er es tat. Gleichzeitig war es aber auch irgendwie nicht unangenehm – jetzt, nachdem der Schmerz verebbt war. Sein Glied war warm und feucht, als wenn es eingeölt worden wäre, und glitt leicht hin und her. Für einen kurzen Moment hielt Alex inne, verharrte eng an sie gepresst. Dann entspannte er sich wieder etwas und bewegte seine Hüften erneut sanft vor und zurück, bis er schließlich neben sie glitt, die Augen öffnete und sie liebevoll anlächelte.

Ein Lichtstrahl traf das Gesicht des Mädchens und er zuckte erschrocken zurück, als er die Tränen bemerkte, die deutliche Spuren auf ihrer Haut hinterlassen hatte. „Was hast du? Habe ich etwas falsch gemacht?", fragte er verwirrt, da er bisher geglaubt hatte, sie hätte den Sex genauso genossen, wie er selbst. Genauso hatte er sich sein Erstes Mal immer vorgestellt – doch in seinen Träumen hatte Charlene nie geweint.

Das Mädchen richtete sich halb auf und blickte ihn vorwurfsvoll an. „Warum hast du das getan?"

„Warum habe ich was getan?" Alex verstand gerade gar nichts mehr. Mit einem unguten Gefühl schlüpfte er in seine Hose.

„Warum hast du ihn... in mich reingesteckt?" Die Frage kam im interessierten Ton, als wenn sie ihn fragen würde, warum die eine Kuh mehr Milch geben würde, als die andere.

Verdattert stand er vor dem noch immer nackten Mädchen, dessen Anblick ihn nach wie vor erregte. „Weil... weil ich mich... in dich verliebt habe. Ich habe dir doch gesagt, dass ich mit dir schlafen will. Und du hast zugestimmt."

„Ja, schon. Aber ich wusste nicht... Mit meinem Vater und Bruder war das immer anders, wenn wir zusammen im Zelt geschlafen haben."

Alex fing an zu lachen. Er glaubte tatsächlich, sie wollte ihn verkohlen. „Sag' mal, von welchem Mond kommst du eigentlich, kleine Lady? Erzähle mir jetzt nicht, dass du keine Ahnung hattest, was auf dich zukommt. Weiß du wirklich nicht, was Sex ist?" Er kniete sich neben sie und ergriff sanft ihre Hand.

„Ich... ich...", stotterte das Mädchen, „...nein, ich... bin doch erst... dreizehn", kam es dann ganz leise aus ihrem Mund.

In diesem Moment änderte sich die Haltung des Jungen schlagartig. Als wenn sie ihm einen elektrischen Schlag versetzt hätte, ließ er ihre Hand los und sprang auf. „Du bist was?" Er schrie die Worte beinahe – entsetzt über das eben gehörte.

„Dreizehn", sagte Charlene erneut und Tränen liefen ihr über die Wange.

Alex ging noch ein paar Schritte weiter nach hinten, als wenn er sich vor ihr fürchten würde. „Aber... du hast doch gesagt... Ich dachte, du bist... Scheiße,

68

man! Hast du überhaupt eine Ahnung, was das heißt? Ich hatte Sex mit einem Kind! – Verdammt, dafür kann ich in den Knast kommen."

„Es tut mir leid…", fing Charlene schluchzend an, stand auf und kam langsam auf ihn zu.

„Fass' mich nicht an", fauchte er wütend. „Verschwinde! Hau' ab! Lass' mich einfach in Ruhe!" Ohne sich noch einmal umzudrehen, rannte er Hals über Kopf aus der Scheune und war wenig später in der Dunkelheit verschwunden.

Charlene vergrub das Gesicht in ihren Händen und weinte, bis die Tränen irgendwann nicht mehr kamen. Dann erst suchte sie sich ihre Sachen zusammen und zog sich an. Ihr Unterleib zog ein wenig, doch die Leere in ihrem Herzen war viel schlimmer, als das. Als sie in Richtung Tür ging, fiel ihr Blick auf das T-Shirt von Alex, welches er in seiner überstürzten Flucht hatte liegen lassen. Sie nahm es an sich und zog den Duft seines Aftershaves ein. Dann rollte sie es fest zusammen und nahm es mit.

LIEBESKUMMER

Ohne groß nachzudenken, lief Alex in die Dunkelheit hinein. Ein Mix aus Gefühlen stürmte auf ihn ein. Eben noch war er vollkommen glücklich gewesen und nun das. Warum hatte sie ihn angelogen? Warum hatte sie vorgegeben, älter zu sein, als sie eigentlich war?

Am Anfang… ja, da konnte er es verstehen. Einer 13-Jährigen würde wohl kaum jemand einen Job geben. Aber dann – als sie sich nähergekommen waren – hätte sie es ihm sagen müssen. Er hatte geglaubt, sie mochte ihn genauso sehr, wie er sie, doch da hatte er sich wohl getäuscht. Wie hatte er nur auf sie reinfallen können?

Alex fühlte sich hin und her gerissen. Einerseits liebte er dieses Mädchen immer noch. Doch da waren auch noch andere Gefühle: Wut über ihr fehlendes Vertrauen, Ekel vor sich selbst, weil er mit ihr geschlafen hatte, und eine abgrundtiefe Enttäuschung. Gleichzeitig stieg aber auch Angst in ihm auf. Angst davor, sie könnte irgendjemandem davon erzählen, was er getan hatte.

Was würde dann passieren? Würde man ihn verhaften… ja vielleicht sogar ins Gefängnis stecken? Er wusste es nicht genau – nur bei einem war er sich sicher: Sollte Charlene ihn anzeigen, würde ihm wohl niemand glauben, dass er nicht hatte wissen können, wie alt sie tatsächlich war.

70

Der Junge wanderte bis in die frühen Morgenstunden herum. Die Luft hatte ein wenig abgekühlt und war angenehm frisch. Aber eigentlich hatte er einfach nur Angst, Charlene unter die Augen zu treten. Erst, als es Zeit für die Morgenarbeit wurde, kehrte er schließlich zur Farm zurück und schlich in sein Zimmer, um sich umzuziehen. Als er die Taschen seiner Hose leerte, um diese in den Wäschekorb zu werfen, hielt er plötzlich ein kleines Päckchen in der Hand, das er wie versteinert minutenlang anstarrte.

Auch das noch! Jetzt war er total geliefert. Er war so gefesselt gewesen von seinen Gefühlen und seiner Zuneigung zu Charlene, dass er doch tatsächlich vergessen hatte, das Kondom zu benutzen. Hatte er denn den Verstand verloren? Oder war er auch nur einfach einer von den Typen, deren Verstand vollkommen aussetzte und die nur noch mit dem Schwanz dachten, wenn es um Sex ging? Wütend warf er das Corpus Delicti in seine Schublade, pfefferte die Hose in den Wäschekorb und starrte seine Genitalien an. „Ich hoffe, du bist auf deine Kosten gekommen", zischte er leise, „denn das war das letzte Mal. So etwas wird nicht noch einmal passieren – nie wieder! Du wirst niemals wieder mit einer Frau schlafen!" Entschlossen zog er sich an. In diesem Moment meinte er jedes Wort, das er gesagt hatte, todernst.

Als er in den Hühnerstall kam, war er der erste. Von Charlene war nichts zu sehen – und genaugenommen war er sogar froh darüber. Er wollte mit seinen Gedanken allein sein. Nachdem er die Tiere versorgt hatte, kehrte er ins Haus zurück, obwohl ihm gar nicht nach Frühstück war.

„Wo ist denn Charlene?", fragte Jessica neugierig, als der Junge die Küche betrat.

„Woher soll ich das wissen? Bin ich ihr Kindermädchen?", antwortete er unfreundlich und seine Mutter blickte ihn eine Weile irritiert an.

„Wohl heute mit dem falschen Fuß aufgestanden, was?" Alex verkniff sich den Kommentar, dass er gar nicht im Bett gewesen war. „Kannst du bitte mal nach ihr schauen?"

Der Junge riss die Augen auf und starrte seine Mutter an, als hätte sie gerade von ihm verlangt, ohne Fallschirm aus einem Flugzeug zu springen. „Spinnst du? Ich kann doch nicht einfach so in ihr Zimmer gehen. Außerdem habe ich keine Zeit – und Hunger habe ich auch keinen. Ich gehe am besten gleich an die Arbeit." Und weg war er. Bevor Jessica sich wieder gefangen hatte, rauschte er aus der Küche und wäre dabei beinahe noch mit seinem Vater zusammengerempelt.

„Welche Laus ist dem Jungen denn über die Leber gelaufen?", fragte Frank überrascht, während er sich die Hände an der Spüle wusch.

„Ich habe keine Ahnung. Er ist heute Morgen irgendwie komisch. Mich hat er total angeblafft, nur weil ich ihn gebeten habe, nach Charlene zu sehen."

„Komisch. Die sind doch sonst auch ein Herz und eine Seele. Ob sie sich gestern gezofft haben?"

„Weiß nicht. Kannst du bitte mal kurz die Eier im Auge behalten? Ich sehe mal nach ihr."

„Natürlich, gerne."

Jessica übergab ihm den Kochlöffel und ging zum Zimmer des Mädchens, um zu klopfen. Doch nichts rührte sich. Sie klopfte erneut, wartete kurz und öffnete schließlich die Tür. „Charlene? Alles in Ordnung bei dir?", fragte sie und trat ein. Doch das Zimmer war leer. Das Bett war ordentlich gemacht und ihre

Sachen verschwunden. Die Frau öffnete die Kommode – auch hier war alles leer. Als sie den Raum schon wieder verlassen wollte, fiel ihr Blick auf etwas, das auf dem Kopfkissen lag. Sie ging näher und hob es auf. Es war ein Geldschein – der Lohn des Mädchens der letzten Woche – den sie erst am Tag zuvor von Frank bekommen hatte. Außerdem ein zusammengefalteter Zettel, auf dem der Name ihres Sohnes stand. Sie ging in die Küche zurück und zeigte beides ihrem Mann. „Sieht so aus, als wenn sie die Biege gemacht hat. Hast du eine Idee, warum sie ohne ein Wort einfach so verschwindet?"

„Nee, ich hatte eigentlich den Eindruck, dass sie sich recht wohl fühlt. Sie war fleißig, hat sich super mit unserem Sohn verstanden und war immer freundlich, wenn ich mit ihr sprach. Okay, sie wollte zwar nur bleiben, bis sie wieder etwas Geld zusammen hat, aber wenigstens verabschieden hätte sie sich doch können."

„Und warum hat sie das Geld dagelassen? Sie braucht das doch."

„Warte." Frank ging zur Tür und streckte den Kopf hinaus. „Alex! Kommst du bitte mal?" Er wartete, bis sein Sohn ins Haus kam und fragte dann: „Weißt du, wo Charlene ist?"

„Ich habe Mum schon gesagt, dass ich nicht ihr Kindermädchen bin", blaffte ihn der Junge an.

Sein Vater wollte ihm Kontra geben, doch seine Mutter erstickte den Disput der beiden im Keim und sagte: „Sie ist verschwunden – genau, wie ihre Sachen. Im Zimmer lag nur ihr Lohn und das hier." Sie reichte ihm den Zettel mit seinem Namen.

Alex starrte ihn an, wie unter Schock. Dann öffnete er ihn mit zitternden Fingern. Nur ein einziger Satz stand darauf:

Es tut mir leid

Wütend knüllte der Junge den Zettel zusammen und stopfte ihn in die Hosentasche. „Das hilft mir auch nichts", murmelte er zu sich selbst und war im nächsten Moment wieder aus der Küche verschwunden. Die Eltern blickten sich irritiert an.

In den kommenden Tagen versuchten Jessica und Frank immer wieder, mit Alex zu sprechen, doch ihr Sohn machte komplett dicht. Er sprach kaum, aß noch weniger und verschwand nach der Arbeit im Gelände. Wo er hinging, wussten sie nicht, doch sie bemerkten, dass er immer wieder die Auffahrt entlangblickte, als wenn er damit rechnete, dass sie Besuch bekamen.

Tatsächlich rechnete Alex jeden Tag damit, dass die Polizei auftauchen und ihn mitnehmen würde. Doch nichts dergleichen geschah. Nach dem Wochenende fuhr er morgens nach dem Melken in die Schule. Die Ferien waren vorbei und anstatt durch die Landschaft zu streifen, musste er die Schulbank drücken.

Auch seine Mitschüler bemerkten, dass sich ihr Klassenkamerad über den Sommer verändert hatte. Er war stiller und nachdenklicher geworden, blieb gerne für sich und distanzierte sich sehr auffällig von allem, was mit dem weiblichen Geschlecht zu tun hatte. „Sag' mal, kann es vielleicht sein, dass du Liebeskummer hast, Alex?", fragte ihn sein Klassenkamerad Bill eines Nachmittags auf dem Weg zum

Parkplatz.

Wie angewurzelt blieb der Angeredete stehen und wirbelte herum. „Pah! Ich doch nicht! Mit so etwas gebe ich mich gar nicht erst ab. Wozu auch?"

„Man, bist du schräg", stellte Bill daraufhin fest. „Du bist vermutlich der einzige 16-Jährige, der nicht davon träumt, sich richtig auszutoben. Es gibt nichts Besseres, als ein hübsches Mädchen zu vernaschen, das kann ich dir aus eigener Erfahrung bestätigen. Oder... nee... stehst du etwa auf Kerle?" Der Junge wirkte ein wenig angeekelt.

„Quatsch! Ich steh' auf gar niemanden. Sex wird doch total überbewertet. Ich brauche das einfach nicht. Weder mit Jungs noch mit Mädels. Kapiert?" Ohne eine Antwort abzuwarten, stieg er in den alten Pickup und fuhr davon, während ihm der Schulkamerad nachdenklich hinterherblickte.

„Was ist denn mit dem los?', fragte er sich und stieg nun seinerseits in seinen Wagen. *„Der ist ja wohl total gestört!'*

Doch Alex war alles andere als gestört – er hatte einfach nur schrecklichen Liebeskummer. Obwohl er Charlene am liebsten vergessen hätte, dachte er ständig an das Mädchen. Er vermisste ihr Lachen, ihre Art, sich durch die Haare zu fahren und das Kribbeln, das sich in seinem Körper breit machte, wenn sie ihn anblickte oder berührte. Jede Nacht träumte er davon, mit ihr die Kühe zu melken, im Bach zu planschen und um die Wette zu laufen. Und er träumte von ihren weichen Lippen, dem Duft ihrer Haut und der Berührung ihrer Hände.

Der Junge fragte sich immer wieder, warum sie ihn nicht angezeigt hatte, und vor allem, wo sie jetzt war und ob es ihr gut ging. Er machte sich Sorgen, dass sie nicht genug zu essen bekam, man sie überfallen könnte oder sie nicht wusste, wo sie schlafen sollte. Außerdem versuchte er, zu verstehen, warum sie überhaupt allein durch Texas wanderte. Sie hatte gesagt, sie sei dreizehn, also musste sie doch noch zur Schule gehen, hatte bestimmt Eltern, Großeltern, Freunde oder Geschwister, die sie vermissten. Ein Mädchen fiel doch nicht einfach so vom Himmel. Sie war intelligent – sonst hätte sie ihm nicht so lange die 16-Jährige vorspielen können. Also musste sie doch auch zur Schule gegangen sein.

In der Schulbibliothek suchte er am Computer nach Eintragungen zu vermissten Mädchen, konnte jedoch niemanden finden, dessen Beschreibung auf Charlene passte. Inzwischen glaubte er auch, dass Charlene gar nicht ihr richtiger Name sei, genauso wenig wie ihr angebliches Alter. An den Wochenenden verschwand er nach der Arbeit mit seinem Quad oder dem Pickup und suchte nach ihr – doch Charlene schien wie vom Erdboden verschluckt zu sein.

Nach dem Streit mit Alex war Charlene in ihr Zimmer gegangen. Sie hatte begriffen, dass sie Alex schwer enttäuscht hatte, auch wenn sie nicht verstand, warum er glaubte, ins Gefängnis gehen zu müssen. Er hatte doch nichts Böses getan. Im Gegenteil – er war sehr zärtlich zu ihr gewesen und auch wenn sie noch nicht verstand, wieso ein Junge seinen Penis in die Scheide eines Mädchens stecken wollte oder wieso das für einen kurzen Moment wehgetan hatte, war es doch anschließend auch irgendwie ein schönes Gefühl gewesen. Sie fühlte sich ihm so nah in diesen Minuten, als wenn sie eins geworden wären. So etwas hatte sie noch nie erlebt. Doch ihre unbedachte Frage hatte alles zerstört. Er war wütend und böse auf sie, weil sie ihm nicht vertraut hatte.

Die Worte ihres Vaters klangen in ihren Ohren: ‚Vertraue niemanden!'. Daran hatte sie sich gehalten, doch irgendwie bekam sie das Gefühl nicht los, dass es vielleicht besser gewesen wäre, Alex zu vertrauen. Jetzt war es zu spät dafür und sie hielt es für besser, zu verschwinden. So leise sie konnte packte sie ihre Sachen zusammen, legte ihren letzten Lohn auf das Kopfkissen und schrieb eine Entschuldigung für Alex. Vielleicht konnte er ihr ja irgendwann einmal verzeihen.

Mit Tränen in den Augen schloss sie ihre Tür, warf einen letzten Blick auf die gemütliche Küche und schlich in die Dunkelheit hinaus. Dann machte sie sich auf den Weg durch die feuchte Landschaft. Durch den Regen war es angenehm frisch und sie lief die ganze Nacht hindurch. Am Morgen erreichte sie eine Ranch, auf der sie einen Apfel und eine Karotte aus einer Futterkiste stahl und sich anschließend in einer Scheune auf dem Heuboden versteckte, um sich ein wenig auszuruhen. Ihr Unterleib zog ein wenig, ähnlich wie wenn sie ihre Regel bekam. Deshalb legte sie sich etwas ins Stroh und starrte an die Decke.

Irgendwann nickte sie ein und wäre dadurch beinahe von einem der Ranch-Arbeiter erwischt worden. Gerade noch rechtzeitig wachte sie auf, krabbelte tiefer ins Heu und schielte durch eine Ritze im Holzboden nach unten, wo sich ein verschwitzter, unrasierter Mann direkt unter ihr auf einem Holzblock niederließ und aus einer Nische – scheinbar sein persönliches Versteck – ein Magazin hervorzog.

Charlene konnte genau sehen, wie er es öffnete und blickte überrascht auf das Foto einer Frau, die sich vollkommen nackt auf dem Bild rekelte. Der Mann strich ihr über die geöffneten Beine und die Brüste. Dann blätterte er weiter. Wie hypnotisiert blickte das Mädchen nach unten. Immer mehr nackte Frauen erschienen auf den Fotos. Während der Mann sie betrachtete, öffnete er plötzlich seine Hose. Sie konnte sehen, wie er etwas hervorzog und seine Hand immer wieder hin- und her bewegte. Dabei stöhnte er leise, bis er schließlich einen erleichterten Ruf ausstieß und etwas durch die Gegend spritzte. Er schloss das Magazin wieder, schob es zurück in sein Versteck und stand auf. Mit einem zufriedenen Lächeln zog er sich die Hose zurecht und schloss den Reißverschluss wieder. Dann verschwand er aus der Scheune und Charlene beeilte sich, die Leiter herunterzuklettern und heimlich zu verschwinden.

Der Mann hatte ihr irgendwie Angst gemacht. Instinktiv wusste sie, dass sie in Gefahr wäre, wenn der Kerl erfuhr, dass sie ihn beobachtet hatte. So schnell sie konnte rannte sie los und wurde erst langsamer, als sie einen großen Abstand zu der Scheune bekommen hatte. Keuchend lehnte sie sich an einen Baum, um erst einmal zu verschnaufen. Was hatte der Mann nur getan? Inzwischen war ihr klar geworden, was er aus seiner Hose gezogen hatte, doch warum er es getan hatte und warum er danach so zufrieden aussah, war ihr ein Rätsel.

Zwei Tage später kam sie in ein kleines Dorf, in dem sie sich etwas zu essen besorgte. Dabei kam sie auch zu einer kleinen Bibliothek, die wegen Krankheit kurzfristig eine Hilfe suchte. Kurz entschlossen ging sie hinein. „Entschuldigen Sie bitte. Ich habe das Schild im Fenster gesehen."

„Ja, wir suchen jemanden, der aushelfen kann, bis

meine Kollegin wiederkommt. Dies ist die einzige Bücherei in der Gegend, aber ich kann nicht die ganze Zeit hier sein. Hätten Sie Interesse an dem Job?"

Charlene überlegte. „Was muss ich denn da tun? Ich habe noch nie in einer Bibliothek gearbeitet."

Die Frau erklärte ihr die Aufgaben und fragte Charlene nach ihrem Alter und wie sie hierherkam. Wieder erzählte das Mädchen, sie sei auf Tour, änderte jedoch die Hintergründe. Sie erfand eine Geschichte von einem Feuer, bei dem ihre Eltern gestorben seien und sie jetzt allein zu Verwandten reise, um dort die Schule fertig zu machen. Diese hätten jedoch nicht das Geld, um sie einfach in einen Bus zu setzen und so würde sie eben zu Fuß gehen und sich mit kleinen Gelegenheitsjobs über Wasser halten.

Die Frau hatte Mitleid mit dem Mädchen und bot ihr an, im Hinterzimmer schlafen zu können. Dort gab es auch ein Waschbecken, an dem sie sich waschen konnte. Dankbar nahm das Mädchen an und brachte ihre Sachen dorthin. Die Frau zeigte ihr alles, erklärte ihr das Karteikartensystem, den Computer und wie sie die Bücher wieder einsortieren musste, damit man sie finden konnte.

Von da an arbeitete das Mädchen in der Bibliothek und hatte sich bald eingewöhnt. Nachts schlief sie in der Kammer und während der Öffnungspausen oder am Sonntag las sie Bücher. In einem Lexikon hatte sie nach den Begriffen ‚miteinander schlafen' und ‚Sex' gesucht und einige Eintragungen gefunden. Auch Hinweise auf andere Bücher hatte sie im Computer entdeckt, der zum Suchen des richtigen Buches verwendet wurde. Darunter war auch ein Buch mit kindgerechten Erklärungen zum Unterschied zwischen Jungen und Mädchen, Pubertät und Sexualkunde, das

Charlene regelrecht verschlang. Mit ihren inzwischen vierzehn Jahren verstand sie zum ersten Mal, warum sie mit monatlichen Blutungen leben musste, warum ihre Brüste wuchsen, warum sich ihre Eltern manchmal hinter verschlossenen Türen versteckt hatten und vor allem, was mit Alex in der Scheune passiert war und warum. Das einzige, was im Dunkeln blieb, war die Sache mit dem Gefängnis, denn so wie Charlene es verstand, war es eine völlig normale Sache, wenn zwei Menschen, die sich liebten, Sex miteinander hatten. Warum hatte er sich also so aufgeregt, als er erfahren hatte, dass sie ein paar Jahre jünger war, als er angenommen hatte?

Nach gut zwei Wochen war die eigentliche Mitarbeiterin endlich wieder gesund. Charlene hatte bereits ihre Sachen gepackt und wartete auf die Dame, um ihr die Schlüssel zu übergeben, als ein Mann in die Bibliothek trat. „Entschuldigen Sie bitte, aber wir haben geschlossen", sagte sie freundlich. „Kommen Sie bitte in zwei Stunden wieder, dann wird die Mitarbeiterin für sie da sein."

„Ich will aber, dass *du* für mich da bist, hübsches Kind", lallte der offensichtlich betrunkene Mann.

„Das geht leider nicht. Die Bücherei ist geschlossen. Bitte gehen Sie!" Charlenes Stimme klang streng, doch tief in ihrem Bauch machte sich Angst breit. Was wollte der Kerl nur? Geld gab es hier keines, wenn man mal von dem wenigen Bargeld in ihrem Rucksack absah.

Der Mann kam näher und ließ seinen Blick über das Mädchen wandern, das mit stolz erhobener Brust vor ihm stand. Sie wollte sich nicht anmerken lassen, welche Angst sie hatte. Ohne Vorwarnung ergriff er ihre Arme und drückte sie an die Wand. Starr vor

Schreck brachte Charlene keinen Ton heraus. Im nächsten Moment drückte er ihr seinen stacheligen Mund auf die Lippen. Sie konnte Bier riechen, Übelkeit machte sich in ihrem Bauch breit und sie zitterte vor Angst. Sein Kuss hatte so gar nichts von den Küssen, die sie von Alex her kannte. Sie waren einfach nur ekelerregend.

Als er sie für einen kurzen Moment losließ, versuchte sie zu fliehen, doch er schaffte es trotz seines alkoholisierten Zustandes, sie erneut zu packen und gegen ein Regal zu pressen.

„Lassen Sie mich los!", rief sie nun doch laut und versuchte, den Arm abzuschütteln, der sie festhielt. Aus den Augenwinkeln bemerkte sie, wie der Mann seine Hose nach unten schob und plötzlich begriff sie, warum er gekommen war. Sie hatte bei ihrer Recherche in Sexualkunde einen Artikel über eine ähnliche Situation im Internet gefunden. Panik machte sich in ihr breit. Das hier war etwas völlig anderes als mit ihrem Freund. Sie würde nicht zulassen, dass er ihr das antat. Jetzt machte er sich an ihrer Jeans zu schaffen. In Panik tasteten ihre Hände nach irgendetwas, was sie als Waffe einsetzen konnte, während sie ihn immer wieder anflehte, sie gehen zu lassen. Ihre Finger schlossen sich um den Umschlag eines dicken Buches, hoben es hoch und ließen es auf den Kopf des Mannes sausen. Gelichzeitig zog Charlene ein Knie an und rammte es ihm in den Unterleib. Lautlos brach der Mann vor ihr zusammen und knallte mit einem dumpfen Ton auf den Boden – noch immer mit geöffneter Hose. Entsetzt starrte das Mädchen auf den Mann, der sich nicht mehr rührte. Ihre Panik verdoppelte sich, denn sie glaubte, ihn getötet zu haben. Völlig kopflos rannte sie zu ihrem Rucksack, warf ihn über und stürmte aus dem Gebäude. Dabei lief sie auf der Straße noch einen jungen Mann über den Haufen, der ihr mit geballter Faust hinterherschrie. Doch sie beachtete seine Wut-Tiraden gar nicht.

Als Charlenes Angreifer einige Zeit später gefunden und die Polizei informiert wurde, war das Mädchen bereits weit entfernt von dem Dorf. Erneut war sie auf der Flucht – doch diesmal nicht vor Verbrechern oder ihren Gefühlen, sondern vor der Polizei. Jetzt würde man sie wegen Mordes suchen. Sie konnte nicht mehr zu *Butterfly* gehen, sondern musste von der Bildfläche verschwinden.

Wieder einmal lief sie die ganze Nacht hindurch, bis sie in den frühen Morgenstunden eine Stadt erreichte. Vorsichtig Deckung suchend schlich sie durch die Straßen. Zweimal kam eine Streife vorbei, die sicherlich nach ihr suchten, wie Charlene glaubte. Jetzt war sie richtig froh, dass sie in der Bibliothek nur ihren zweiten Vornamen Francis angegeben hatte. So wussten sie wenigstens nicht ihren ersten Namen, wie Alex und seine Familie. Und damit man keinen Zusammenhang zu ihr feststellen konnte, würden sowohl Charlene als auch Francis heute Abend verschwunden sein.

Als sie an einen Walmart kam, ging sie hinein und nahm sich einen der Einkaufskörbe. Zügig lief sie durch die Abteilungen, bis sie alles hatte, was sie brauchte, bezahlte und war eine halbe Stunde später auf dem Weg aus der Stadt. An einer Landstraße fand sie ein billiges Stundenhotel, in dem sie sich ein Zimmer für drei Stunden mietete. Der Besitzer wunderte sich zwar, weil sie so jung aussah und noch dazu allein kam, stellte aber keine Fragen. In diesem Business hielt man besser die Klappe.

SPURENSUCHE

Charlene ging auf ihr Zimmer und verriegelte die Tür. Die nächste Stunde verbrachte sie damit, ihre langen, rotblonden Haare abzuschneiden, bis nur noch kurze Stoppeln übrigblieben. Anschließend wurden diese gefärbt. Da sie noch etwas Zeit hatte, nutzte sie die Gelegenheit, um ausgiebig zu duschen. Schließlich schlang sie sich einen breiten Gürtel aus Elastan um die Brust, den fülligere Menschen gerne benutzen, um ihren Bauch zu kaschieren. Dadurch wurden ihre Brüste etwas plattgedrückt und blieben unter dem T-Shirt verborgen. Glücklicherweise besaß sie keine typischen Mädchen-Shirts, sondern recht neutrale Kleidung, die von Mädchen oder Jungen getragen werden konnte.

Mit den kurzen, dunklen Haaren, den nun fehlenden Wölbungen unter dem Shirt und einem einfachen Basecap, die sie verkehrtherum auf den Kopf setzte, sah sie aus wie ein junger Bursche. Ein billiges Herrendeo sorgte für den passenden Duft. So ausgestattet machte sie sich auf den Weg zur nächsten, kleinen Farm. Nach mehreren missglückten Versuchen fand sie schließlich einen Schafzuchtbetrieb, bei dem sie eine Weile unterkommen konnte. Sie stellte sich als Charly vor, auf der Flucht vor einem gewalttätigen Vater. Die Mutter sei krank und nun läge es an dem Jungen, Geld zu verdienen, um der Mutter eine medizinische Behandlung ermöglichen zu können. Es überraschte Charlene, wie leichtgläubig die Menschen doch waren. Egal, welche Story sie auftischte, jeder schien sie ihr abzukaufen. Sie durfte im Heu schlafen und zweimal die Woche im Haus duschen.

Nachts wickelte Charlene den Elastan-Gürtel ab, wusch ihn durch und ließ ihn bis zum Morgen trocknen. Sie merkte, wie ihr die Brüste manchmal wehtaten und ein wenig anschwollen, was sie wiederum dazu veranlasste, ihn am nächsten Tag fester zu wickeln. Sie spürte zwar, dass es ihr nicht guttat und die Schmerzen stärker wurden, doch sie biss die Zähne zusammen. Wenigstens bekam sie regelmäßig zu essen und nahm endlich wieder ein paar Kilo zu. Doch die Angst saß ihr noch immer im Nacken. Wann immer sie die Möglichkeit hatte, verfolgte sie die Nachrichten, doch niemand schien nach ihr zu suchen – oder zumindest nicht in dieser Gegend.

In den folgenden Monaten arbeitete sie für verschiedene Leute. Mal jobbte sie in einem kleinen Laden als Regal-Einräumer, dann auf einer Hühnerfarm, in einem Reitstall und sogar in einer Gärtnerei. Bisher hatte niemand ihren Schwindel bemerkt. Von ihrem Gehalt besorgte sie sich regelmäßig Haarfärbemittel, um ihre Tarnung aufrecht zu erhalten. Jetzt, wo es kälter wurde, war es auch einfacher, ihre Weiblichkeit zu verbergen, sodass sich ihre Brüste wieder etwas erholen konnten.

Ende Januar befand sie sich bei einem älteren Ehepaar auf einer kleinen Schweinefarm. Die beiden hatten zwei Söhne gehabt, von denen einer gestorben war und der andere studierte. Er kam nur an den Wochenenden nach Hause. Das Mädchen hatte es hier recht gut. Sie wohnte im ehemaligen Zimmer des verstorbenen Sohnes und durfte sogar den Fernseher benutzen, der dort stand. So konnte sie weiterhin die Nachrichten im Auge behalten.

An einem Freitagabend traute sie ihren Augen nicht, als man dort den Wagen ihres Vaters zeigte. Sie erkannte das Fahrzeug sofort wieder, auch wenn die Natur den Wagen inzwischen ein wenig zugewuchert hatte. Wie gebannt starrte sie auf den Bildschirm.

„…Der Wagen wurde gestern Abend von einem Wanderer entdeckt", teilte der Nachrichtensprecher gerade mit. „Ersten Ermittlungen zufolge handelt es sich bei dem Fahrzeughalter um den 41-jährigen Charles Fisher aus Louisiana, der mit seiner Familie seit mehreren Monaten nicht mehr gesehen wurde. Die Familie umfasst seine Ehefrau Melissa, 38, sowie seine drei Kinder im Alter von sieben bis fünfzehn Jahren. Auch wenn anfangs alles nach einem Unfall aussah, kann zurzeit ein Gewaltverbrechen nicht ausgeschlossen werden. Fest steht jedoch, dass sich im Wagen lediglich die Überreste von vier Personen befinden. Dabei handelt es sich aller Wahrscheinlichkeit nach um die beiden Eltern und zwei ihrer Kinder, die siebenjährige Ashton und eine weitere, jugendliche Person. Ob es sich dabei um die zum Zeitpunkt des Verschwindens 13-jährige Charlene oder ihren knapp zwei Jahre älteren Bruder Marlon handelt, wird nach der langen Zeit erst die Obduktion zeigen können. Es wird jedoch vermutet, dass auch das dritte Kind bei dem Unfall getötet wurde. Möglich wäre, dass Marlon oder Charlene aus dem Wagen geschleudert wurde und abseits des Wagens liegt. Eine großflächig angelegte Suchaktion wurde in die Wege geleitet, um auch die letzte Leiche zu finden. Allerdings sind seit dem Verschwinden der Familie sieben Monate vergangen und wilde Tiere könnten das Kind verschleppt haben. Warum an jenem Tag eine ganze Familie ausgelöscht wurde, werden die Ermittlungen ergeben. Eine Sonderkommission wurde eingerichtet."

Charlene liefen bei dem Bericht die Tränen über das Gesicht. Plötzlich war alles wieder da, was sie in den letzten Monaten so erfolgreich verdrängt hatte: Die Verfolgungsjagd, der Unfall, die Leichen ihrer Familie und die Leere in ihrem Herzen. Ihr fiel das kleine Lederbuch wieder ein und das Versprechen an ihren Vater. Wie in Trance packte sie ihre Sachen zusammen und schlich aus dem Haus. Sie musste weiter – weiter nach Westen bis Austin. Sie musste *Butterfly* finden!

Plötzlich war es ihr egal, dass man sie vielleicht verhaften würde wegen der Sache in der Bibliothek. Nur ihre Familie war noch wichtig. Sie musste endlich gerächt werden. Noch immer hatte das Mädchen einen langen Weg vor sich. Während sie durch die Dunkelheit lief, machte sich bereits Übelkeit in ihrem Bauch breit, die sie jedoch ignorierte. Im Laufe der Nacht wurden die Bauchschmerzen immer schlimmer. Sie musste sich übergeben und hatte Krämpfe, die weiter an Stärke zunahmen. Immer wieder liefen die Tränen – Trauer und Schmerzen verlangten dem Mädchen fast ihre gesamten Kräfte ab, bis sie schließlich in einem kleinen Wald zusammenbrach und einfach nur noch sterben wollte.

Etwa zur gleichen Zeit lag Alex in seinem Bett und starrte an die Decke. Doch er ruhte sich nicht wirklich aus. Im Gegenteil: Sein Kopf lief auf Hochtouren. Auch er hatte die Nachrichten gesehen, doch im

Gegensatz zu seinen Eltern, die zwar Bemerkungen wie ‚schrecklich‘ oder ‚die arme Familie‘ hatten fallen lassen, war er der einzige, dem die Verbindung aufgefallen war. Durch seinen engen Kontakt zu dem Mädchen verfügte er über Informationen, die seinen Eltern fehlten. Doch je mehr Alex darüber nachdachte, desto sicherer war er, dass es sich bei seiner Freundin um das vermisste Familienmitglied der Fishers handelte. Irgendwie musste sie den Unfall oder was immer es gewesen war, überlebt haben. Er dachte an die lange Narbe auf ihrem Arm. Sie war noch nicht alt gewesen und könnte ohne weiteres von dem Unfall ein paar Wochen vorher stammen. Auch war sie am Anfang noch ein wenig gehumpelt, was sich jedoch bald gelegt hatte.

Wenn Charlene dieses Mädchen war, würde es auch erklären, warum sie nicht gerne über ihre Familie sprach und immer wieder in eine gewisse Melancholie verfiel, wenn er sie erwähnt hatte. Auch das Alter stimmte. Im Bericht hieß es, sie sei dreizehn und genau dieses Alter war Charlene herausgerutscht, nachdem sie miteinander geschlafen hatten. Seine Eltern wussten davon jedoch bis heute nichts.

Alex fiel wieder der Albtraum ein, den sie in der ersten Nacht hatte. Was hatte sie nochmal gesagt? ‚Bitte nicht schießen!‘ Ja, genau. Das war es gewesen. Alex setzte sich auf. ‚Ein Gewaltverbrechen kann zurzeit nicht ausgeschlossen werden‘, hatte der Nachrichtensprecher gesagt. Ihm kam ein fürchterlicher Gedanke: Hatte das Mädchen etwa mit ansehen müssen, wie ihre Familie erschossen wurde? Doch warum wurde sie dann verschont? Immerhin war sie eine Zeugin und damit eine große Gefahr für den oder die Täter.

Oder hatte Charlene die Tat eventuell aus einem

Versteck beobachtet? War sie vielleicht wirklich aus dem Wagen geschleudert worden und in der Lage gewesen, sich zu verstecken, bevor die Mörder kamen? Doch warum war sie dann nicht einfach zur nächsten Polizeidienststelle gegangen und hatte erzählt, was sie gesehen hatte? Stattdessen schien sie sich auf der Flucht zu befinden, erzählte irgendwelche erfundenen Geschichten und verschwieg ihr tatsächliches Alter.

Seit Monaten verbrachte Alex das gesamte Wochenende und Feiertage in seinem Pickup und versuchte, eine Spur von ihr zu finden. So war er auch in dem Ort gelandet, in dem es einige Wochen vor seinem Eintreffen ein merkwürdiges Vorkommnis gegeben hatte. Durch Zufall war Alex bei einer Pause ins Gespräch mit dem Wirt gekommen und hatte ihm erzählt, dass er ein junges Mädchen suchte, das bei ihnen gearbeitet hatte und spurlos verschwunden war.

Der Mann hatte daraufhin gemeint: „Das scheint heutzutage normal zu sein, dass diese jungen Dinger einfach verschwinden."

„Wieso", hatte Alex gefragt. „Ist denn hier auch ein Mädchen verschwunden?"

„In der Tat. Die junge Francis hat in der Bücherei gearbeitet und dort einen Mann niedergeschlagen, bevor sie verschwand."

„Niedergeschlagen? Einfach so?"

„Die genauen Umstände weiß nur die Polizei. Ich habe nur den Flurfunk mitbekommen – was halt so in einer Kneipe die Runde macht. Aber ich weiß, dass das Mädchen seit diesem Abend verschwunden ist."

„Wie alt ist das Mädchen denn?"

„Keine Ahnung. Vierzehn, fünfzehn vielleicht?"

Alex hatte überlegt, ob es sich bei Charlene und Francis um dieselbe Person handeln könnte und war daher zur örtlichen Polizeidienststelle gegangen. Dort hatte er dann eine etwas andere Geschichte erfahren, nachdem er seinen Verdacht geäußert hatte, die besagte Francis vielleicht zu kennen.

„Die Geschichte, die Sie gehört haben, entspricht nicht ganz den Tatsachen", hatte ihm der Beamte mitgeteilt.

„Sie hat also niemanden niedergeschlagen?", hatte Alex erleichtert gefragt, war jedoch enttäuscht worden.

„Oh doch, das hat sie. Allerdings hatte sie auch einen guten Grund dazu. Es war Notwehr."

„Gott sei Dank. Haben Sie eine Beschreibung des Mädchens? Vielleicht ist es ja wirklich dieselbe Person."

„Ich habe sogar etwas viel Besseres. Warten Sie einen Moment." Der Beamte hatte ihm daraufhin ein Video der Überwachungsanlage gezeigt. Tränen waren ihm in die Augen gestiegen, als er hatte mit ansehen müssen, wie Charlene von einem betrunkenen Mann belästigt und begrabscht worden war, bis sie ihm schließlich ein dickes Buch um die Ohren schlug und der Mann zu Boden ging. Wenig später war sie geflüchtet, kurz bevor der Mann angefangen hatte, sich wieder zu rühren.

Der Beamte hätte sich seine folgende Frage eigentlich sparen können. „Ist es das Mädchen, das Sie suchen?"

Alex hatte genickt. „Ja, das ist Charlene. Obwohl ich nicht sicher bin, ob sie tatsächlich so heißt. Aber sie hat für meine Eltern gearbeitet und einige Wochen bei uns gelebt. Wir dachten, sie wäre schon sechzehn, doch bevor sie weglief, rutschte ihr ihr wirkliches Alter heraus, nachdem…"

„Nachdem was?", hatte der Beamte gefragt.

Alex hatte daraufhin in der Klemme gesessen. Er hatte die Polizei nicht anlügen wollen und deshalb sein Geheimnis gelüftet: „Ich… ich möchte mich gerne selbst anzeigen."

Der Polizist hatte ihn ein wenig ungläubig angestarrt und dann schien er endlich zu begreifen: „Sie haben sich in das Mädchen verliebt, nicht wahr? Deshalb suchen sie auch nach ihr." Alex hatte genickt. „Und warum möchten Sie sich dann selbst anzeigen? Das ist doch nicht strafbar."

„Das allein nicht. Aber ich… ich habe mich nicht nur einfach in sie verliebt. Das war viel mehr – ist es noch immer, auch wenn ich jetzt weiß, dass sie nicht alt genug ist. Aber damals wusste ich das nicht, sonst hätte ich doch niemals…"

„Jetzt begreife ich", hatte der Polizist gesagt. „Sie haben mit ihr geschlafen, richtig? Einvernehmlich?"

„Ja, irgendwie schon – aber irgendwie auch wieder nicht."

Verwirrt hatte der Beamte ihn angestarrt. „Ich glaube, das müssen Sie mir wohl genauer erklären." Und das hatte Alex getan. Der Polizist hatte alles aufgenommen, ihm jedoch nicht sagen können, ob er nun mit einer Bestrafung rechnen müsste oder nicht. Doch er hatte gehen dürfen – seine Daten lagen ja nun vor.

Bei seiner weiteren Suche hatte Alex jedoch keine Spur mehr von Charlene oder Francis finden können, allerdings war er bei seinen Nachfragen immer wieder auf einen Jungen namens Charly gestoßen. Doch erst heute war ihm die Idee gekommen, dass Charlene sich vielleicht als Junge verkleidet haben könnte. Nach ihrem entsetzten Gesichtsausdruck auf dem Überwachungsvideo zu urteilen, könnte sie den Mann für tot gehalten haben. Vielleicht hatte sie nun nicht nur ihr Alter oder ihren Namen, sondern auch ihr Aussehen verändert. Entschlossen sprang er aus dem Bett, packte seine Tasche, die er am Wochenende immer mitnahm, am Griff und lief zu seinem Wagen. Bis in die Gegend, in der er zuletzt von Charly gehört hatte, musste er eine ganze Weile fahren und kam im Morgengrauen dort an – nur um zu erfahren, dass der Junge namens Charly bereits weitergezogen war.

Enttäuscht nahm sich Alex die Karte und markierte die Punkte, an denen Charlene, Francis und Charly nach seinen Informationen gearbeitet hatten oder gesehen worden waren. Es ergab eindeutig eine Linie – nicht sehr gerade, doch man konnte deutlich die Richtung erahnen. Wenn er den Weg weiterging, würde er etwa zwischen San Antonio und Austin ankommen. War das vielleicht ihr ursprüngliches Ziel gewesen – eine dieser beiden Großstädte? Doch was wollte sie dort? Hatte sie vielleicht Freunde oder Verwandte in dieser Gegend?

Alex beschloss, diesem Weg zu folgen und suchte sich sämtliche Farmen, Ranchen und andere Betriebe heraus, bei denen sie vielleicht nach Arbeit gefragt haben könnte. Dorthin fuhr er, um sich nach einer passenden Aushilfskraft zu erkundigen.

RETTER IN DER NOT

Dr. Matthew Star genoss die Ruhe und die Wildnis in vollen Zügen – wie immer, wenn er sich den Luxus gönnte, seine Praxis zu schließen und ein paar Tage auszuspannen. In dem Ort, in dem er seine Praxis hatte, war er der einzige Arzt – daher hatte er nicht selten einen 24-Stunden-Job. An Sprechstundenzeiten hielten sich die wenigsten – vor allem nicht Unfälle, Geburten, Herzinfarkte oder Schlaganfälle. Und wenn kein Zweibeiner nach ihm verlangte, gab es mit Sicherheit einen Notfall auf einer Farm, zu denen er gerufen wurde, denn er war nicht nur Doktor der Humanmedizin, sondern auch Veterinär – zumindest für Notfälle.

Doch hin und wieder machte er die Praxis für einige Tage dicht und die Patienten mussten in den Nachbarort fahren, der glücklicherweise nicht weit weg war. Dann schnappte er sich seinen Jeep und fuhr einfach los – weg von der Hektik und den Notfällen. Einfach raus in die Natur. Er hatte ein stabiles Zelt, in dem er es auch um diese Jahreszeit warm genug hatte. Sehr kalt wurde es in Texas sowieso nicht.

Nun war es seit Wochen endlich wieder mal so weit. Freitagabend war er losgefahren und hatte sich ein gemütliches Plätzchen in einem Wald gesucht, sein Zelt aufgebaut und die nächtliche Ruhe genossen. Er wusste, dass hier in der Nähe nichts als Wald und Wildnis lag. Umso erstaunter war er, als er in den frühen Morgenstunden von einem Schrei geweckt wurde. Zuerst glaubte er an ein Tier, doch nach dem zweiten glaubte er, es könne sich um einen Menschen handeln. Schnell zog er sich seine Schuhe über, schnappte sich aus dem Wagen, der nicht weit entfernt stand, seine Notfalltasche und lief los.

Die Schreie kamen unregelmäßig, wie wenn jemand große Schmerzen hatte, diese aber zu unterdrücken versuchte, es jedoch irgendwann nicht mehr schaffte, dem Druck standzuhalten. Sie waren nicht mal laut gewesen, doch Matt hatte schon immer einen leichten Schlaf gehabt und sie daher gehört. Nun wurden sie lauter, als er sich der Quelle der Rufe näherte. Er beschleunigte seine Schritte und kam schließlich auf eine Lichtung, auf der sich ein junger Mensch auf dem Boden krümmte, scheinbar halb ohnmächtig vor Schmerzen. Durch die kurzen Haare glaubte er, einen jungen Burschen vor sich zu haben, kniete sich nieder und befühlte die Stirn des Patienten. Sie war schweißbedeckt und heiß. „Was ist passiert, Junge?", fragte Matt, während er ein Stethoskop aus der Tasche zog und sich anschickte, dieses unter dessen Pullover zu schieben, um ihn abzuhorchen.

Charlene hörte die Stimme des Mannes, war aber kaum noch in der Lage, zu begreifen, was vor sich ging. Erst als sie fühlte, wie ihr jemand den Pulli hochschob, reagierte sie und schlug die Hand des Mannes weg. „Nein, nicht!"

Doch der Mann hatte den Gürtel bereits entdeckt, der ihre Weiblichkeit verbergen sollte, und zuckte überrascht zurück. „Du bist ein Mädchen, was?", fragte er mit sanfter Stimme.

„Nein! Ich… ich bin… Charly. Ich bin… ahh!" Erneut krümmte sie sich zusammen.

94

Der Arzt glaubte ihr nicht. Ihre Züge waren zu weich für einen Jungen, die Stimme zu hell und er war sich fast sicher, dass unter dem Gürtel kleine Wölbungen verborgen waren. Sanft hielt er ihre Hand, bis der Schmerz wieder verebbte. „Ganz ruhig, Charly. Mein Name ist Matt und ich bin Arzt. Ich kann dir helfen. Aber du musst mir sagen, was los ist."

„Mein Bauch... es tut so weh", stammelte Charlene.

Erneut schob Matt den Pullover nach oben und öffnete ihren Hosenbund. Charlene hatte nicht mehr die Kraft, sich groß zu wehren, und ließ es daher geschehen. Seine Hände betasteten sanft ihren Bauch, der sehr angespannt war. „Wie weit bist du?", fragte er dann und schaffte es, sein Erstaunen für sich zu behalten.

„Wie weit?", fragte Charlene. „Keine Ahnung. Bin schon lange unterwegs. Einige Stunden."

„Du verstehst mich falsch. Ich muss wissen, in welchem Monat du bist."

„Monat? Ich... ich verstehe nicht... Ich bin vierzehn. Was... was meinen Sie... ahh!" Wieder konnte sie den Satz nicht vollenden.

„Vierzehn?", fragte Matt entsetzt und blickte anschließend auf den Bauch, der ihm allerdings viel zu flach für einen Babybauch vorkam. „Oh, mein Gott. Charly, du bist schwanger – du bekommst ein Kind."

Charlene schüttelte den Kopf. „Nein, das geht nicht. Wie kommt das denn da rein? Ich kann doch nicht..." Erneut brach sie ab, als ihr das Buch wieder einfiel, das sie in der Bücherei gelesen hatte. Dort stand auch etwas über Schwangerschaften, doch sie hatte es nicht beachtet, weil es ihr unwichtig vorkam.

Der Arzt nahm erneut Anlauf, als er deutlich eine Wehe unter seinen Händen spürte und auf seine Armbanduhr schielte, um den Abstand abzuschätzen. „Wann hast du mit dem Jungen geschlafen? Oder wurdest du gar vergewaltigt?"

„Nein, nicht vergewaltigt."

„Also hast du freiwillig mit einem Jungen geschlafen? Wann war das?"

„Im Sommer. Ende August, Anfang September, glaube ich. Alex… er wusste nicht…, wie alt ich bin. Er… hat keine Schuld."

„Das ist im Moment erst einmal egal, Charly. Aber das ist viel zu früh. Dein Kind darf noch nicht geboren werden."

„Warum nicht?", fragte sie ängstlich.

Matt zog ein paar Handschuhe aus seiner Tasche. „Entschuldige bitte, aber ich muss dich untersuchen. Ich muss wissen, ob wir es noch aufhalten können." Er zog ihr die Hose von den Beinen und bat sie, die Knie aufzustellen. Eine Hand ruhte auf ihrem Bauch, mit der anderen tastete er vorsichtig nach dem Muttermund. In diesem Moment kam die nächste Wehe. Charlene krümmte sich zusammen, schloss die Augen und schrie so laut auf, dass dem Arzt die Ohren klingelten. Dann sackte sie bewusstlos nach hinten. Matt war darüber eigentlich ganz froh, denn so blieb ihr der Anblick erspart, der sich ihm nun offenbarte. In seinen Händen hielt er ein winziges Wesen, nur wenige hundert Gramm schwer und gut zwanzig Zentimeter lang. Von dem übergroßen Kopf abgesehen, sah es schon wie ein kleiner Mensch aus, jedoch viel zu früh geboren, um überlebensfähig zu sein. Diesen Kampf hatte es vermutlich bereits vor Stunden verloren, wie Matt vermutete, denn was er in den

Händen hielt, war grau und leblos. Sanft legte er das Baby auf dem Boden ab, zog ein Verbandstuch aus seiner Tasche und wickelte es vorsichtig darin ein, nachdem er die Nabelschnur durchtrennt hatte. Er wollte nicht, dass Charlene das Kind sah, falls sie aufwachte.

Kurze Zeit später folgte auch die Nachgeburt. Doch Matt machte sich große Sorgen um das Mädchen. Sie war noch immer bewusstlos und verlor eine Menge Blut – viel mehr, als normal gewesen wäre. Sie musste so schnell wie möglich in die Klinik, doch die war fast zwei Stunden entfernt. Bis er dort war, wäre sie verblutet. Ihre einzige Chance war seine Praxis. Also zog er sie wieder an, legte ihr das Bündel auf den Bauch und hob sie hoch. Matt war überrascht, wie leicht das Mädchen war. Sie wirkte beinahe unterernährt und ausgezehrt, weshalb es ihm keine Schwierigkeiten bereitete, auch noch seine Tasche zu tragen. Eine viertel Stunde später gelangte er an seinen Wagen und bettete sie mit einer Wolldecke auf die Rückbank. Das Bündel nahm er mit nach vorne. Bevor er losfuhr, versorgte er Charlene noch mit einer Infusion. Dabei kam sie wieder zu sich, wirkte jedoch desorientiert und erschöpft. Was in der letzten halben Stunde geschehen war, hatte sie vermutlich gar nicht begriffen. Matt nahm ihren Rucksack von seinem Rücken und warf ihn in den Kofferraum, dann fuhren sie los. Während der Fahrt rief er mit dem Handy eine Freundin an, die ihm regelmäßig bei kleineren Notoperationen oder auch in der Praxis zur Hand ging. Erika versprach, sofort zu kommen und alles vorzubereiten.

Sie hielt Wort und als Matt den Wagen vor der Tür anhielt, kam sie ihm bereits mit der Rolltrage entgegen, auf die er das Mädchen bettete. Ihre Hose war inzwischen vollkommen durchweicht. „Oh mein Gott. Das ist ja noch ein Kind", stellte Erika entsetzt fest.

„Das ist jetzt erst einmal unwichtig, Erika. Im Moment geht es um ihr Leben. Kannst du bitte noch das Bündel mitnehmen?"

Die Frau öffnete die Beifahrertür, auf die der Arzt deutete und nahm das Bündel in den Arm. „Ist das...?" Der Arzt nickte nur traurig und schob die Trage in die Praxis. Wenig später lag Charlene auf einem Tisch in einem kleinen OP-Bereich. Sie war bereits in Narkose, als Erika sie auszog und ihre Beine an einem Gestell befestigte. Während Matt sich wusch und steril machte, warf er immer wieder einen besorgten Blick auf die Monitore. Im Moment schien sie noch stabil zu sein, doch er rechnete jeden Moment damit, dass ihr Kreislauf zusammenbrach.

Es dauerte eine Weile, bis er die Blutungen lokalisieren und schließlich stillen konnte. Erleichtert atmete er auf. Er hatte schon befürchtet, sie würde ihm unter den Händen wegsterben. Zusammen mit Erika machte er das Mädchen sauber, betteten sie um und brachte sie in ein anderes Zimmer. „Holst du bitte noch eine Blutkonserve?", bat er die Frau und ließ sich erschöpft auf einen Stuhl sinken.

„Das ist die letzte", teilte Erika mit, als sie ihm kurz darauf das Gewünschte reichte. „Ich werde gleich mit der Klinik telefonieren, um mehr zu bekommen. Soll ich mich dann gleich um die Verlegung kümmern?"

„Nicht nötig. Sie ist erst einmal stabil und ich habe irgendwie das Gefühl, dass es besser wäre, wenn sie hierbleibt."

„Wieso?"

98

„Kann ich dir auch nicht so genau sagen. Nur so eine Ahnung."

„Na gut. Was ist mit dem Kind?"

„Das sollen sie abholen. Vielleicht finden sie heraus, was zu dem Abort geführt hat."

„Wenn ich mir die Kleine so ansehe, tippe ich auf Mangelernährung. Sie hat wohl nicht so auf sich geachtet, wie man von einer Schwangeren erwartet."

„Sie wusste nichts von der Schwangerschaft. Wenn ich es richtig verstanden hatte, hatte sie nicht mal eine Ahnung davon, wie man schwanger wird."

„Aber wie man Sex hat – das weiß sie! Es ist doch immer wieder dasselbe… Selbst noch ein Kind, aber vögeln wie die großen und sich dann wundern, wenn man selbst Mutter wird. Wie alt ist die Kleine eigentlich?"

„Sie ist vierzehn, hat sie gesagt. Und ich denke nicht, dass es so war, wie du glaubst."

„Na, wenn du meinst", antwortete die Frau wenig überzeugt und machte sich auf den Weg zum Telefon. Matt legte seine Hand auf die Stirn des Mädchens. Er konnte fühlen, dass sie Fieber hatte, und holte ein Thermometer, um zu prüfen, wie weit es gestiegen war. Anschließend gab er ihr noch ein Antibiotikum und ließ sie dann eine Weile in Ruhe, während er den OP-Bereich reinigte.

Etwa zur gleichen Zeit erreichte Alex den letzten Arbeitgeber von Charlene. Als er sich nach ihr und einem Jungen namens Charly erkundigte, horchte der Mann auf. „Wir hatten hier einen jungen Burschen. der gestern spurlos verschwunden ist. Aber der hieß nicht Charly, sondern Marlon. Er hat gestern noch hier gearbeitet und ist ganz normal ins Bett gegangen.

Doch heute Morgen war der Bursche verschwunden. Hat nicht mal seinen Lohn abgeholt, bevor er sich vom Acker gemacht hat."

Alex nickte. „Das kommt mir bekannt vor."

„Wieso, macht er das öfter?", fragte der Mann überrascht.

„*Er* ist ein Mädchen und ja, sie ist schön öfter ohne Lohn verschwunden, was ich bisher herausgefunden habe."

„Ein Mädchen? Und du bist sicher, dass wir von der gleichen Person sprechen? - Obwohl, jetzt wo du es sagst, könnte das schon irgendwie hinkommen. Die Züge waren irgendwie zu weich und vom Stimmbruch war auch nichts zu bemerken. Vielleicht könnte es schon stimmen."

„Hatte sie zufällig Zugang zu den Nachrichten letzte Nacht?"

„Ja, schon. Er... ich meine sie hat im Zimmer meines verstorbenen Sohnes geschlafen. Dort steht ein Fernseher und ich glaube, der lief auch gestern Abend."

„Dann hat sie bestimmt den Bericht gesehen", murmelte Alex, „und alles kam wieder hoch."

„Wovon sprichst du?"

„Ach, nicht so wichtig. Irgendeine Idee, wohin sie gegangen sein könnte?"

„Nicht genau, aber ich habe heute früh eine Spur entdeckt, die in diese Richtung führte."

„Und was ist da?", fragte Alex.

„Nicht viel", gab der Mann bereitwillig Auskunft. „Da ist hauptsächlich Steppe, bis kurz vor den Fluss, dann fängt ein Waldgebiet an."

„In Ordnung. Danke für die Auskunft." Alex ging zurück zu seinem Fahrzeug und blickte auf die Karte.

Er fand die Gegend, die der Mann ihm angedeutet hatte und machte sich auf den Weg. Als er auf einem Umweg das Waldgebiet erreicht hatte, wurde es bereits dunkel. Dennoch machte er sich auf die Suche nach der Freundin, fand aber lediglich einen verlassenen Zeltplatz und ein paar Reifenspuren.

Er beschloss, sein Zelt ebenfalls hier aufzubauen. Sobald der Bewohner des anderen Lagers auftauchte, könnte er ihn nach der Freundin fragen. Vielleicht hatte er sie ja gesehen oder gar mit ihr gesprochen. Doch auch am nächsten Morgen war von dem Bewohner des Zeltes nichts zu sehen. Da er jedoch weitersuchen wollte, legte er einen Zettel auf den Schlafsack in dem Unterschlupf, mit der Bitte, ihn anzurufen. Dann verschloss er das Zelt sorgfältig und machte sich wieder auf die Suche nach der Freundin. Erst am Nachmittag gab er auf und fuhr zurück nach Hause. Am nächsten Morgen war Schule und die weitere Suche musste wohl erneut eine Woche ruhen. Alex war enttäuscht. Er hatte die Freundin nur um wenige Stunden verpasst. So nah war er ihr in den letzten Monaten nie gekommen und doch schaffte er es nicht, sie zu finden. Es war wie verhext, da war sie zum Greifen nahe und doch unerreichbar – wie ein Phantom.

Als er nach Hause kam, erwarteten ihn die Eltern bereits mit einem ausgiebigen Abendessen. Die Mutter nahm ihren Sohn tröstend in die Arme, als er mit gesenktem Kopf die Küche betrat. „Glaubst du nicht, du solltest die Suche langsam aufgeben? Seit einem halben Jahr verbringst du jedes Wochenende damit, einem Traum nachzujagen. Was, wenn sie gar nicht von dir gefunden werden will?"

„Mum! Du verstehst das nicht. Ich habe sie

angeschrien und beschimpft. Es ist meine Schuld, dass sie weggelaufen ist. Hätte ich gleich mit ihr gesprochen, hätten wir uns vielleicht wieder vertragen. Wir hätten einen Weg finden können."

„Aber warum habt ihr euch denn dermaßen gestritten? Was ist damals bei dem Unwetter passiert?", fragte Frank, denn bis heute hatte Alex den Eltern nicht erzählt, was er getan hatte. Und er hatte nicht vor, das zu ändern.

„Das geht allein Charlene und mich etwas an, Dad. Bitte akzeptiere das endlich." Mit diesen Worten legte er die Gabel auf den Teller und verschwand aus der Küche.

Jessica warf ihrem Mann einen vorwurfsvollen Blick zu. „Du weißt doch, dass er nicht darüber sprechen möchte. Warum drängst du ihn immer wieder, es auszusprechen?"

„Weil er ein Mann werden will und als solcher muss man zu seinen Fehlern stehen. Ich denke, ich weiß ziemlich genau, was in dieser Nacht zwischen den beiden geschehen ist. Was ich nicht verstehe, ist sein schlechtes Gewissen oder was immer es ist, das ihn quält. Mein Gott, zu unserer Zeit haben wir uns darüber auch keine Gedanken gemacht. Die beiden sind alt genug, um selbst entscheiden zu können, mit wem sie schlafen wollen. Und Alex ist nicht der Typ, sie zu irgendetwas zu zwingen. Außerdem scheint er wirklich sehr in sie verliebt zu sein, sonst hätte er längst aufgegeben."

„Da muss ich dir allerdings auch Recht geben. Der Junge hat seit Monaten nur noch dieses Mädchen im Kopf. Das macht sich sogar in seinen Noten bemerkbar." Jessica legte die Stirn in Falten. „Wenn ich nur wüsste, was dieses Mädchen zu etwas derart

Besonderem macht."

Die gesamte Nacht saß Dr. Matthew Star an Charlenes Bett, überwachte ihre Parameter und versorgte sie mit Infusionen und Medikamenten. Sie war einmal kurz aufgewacht, doch noch immer zu schwach, um zu sprechen oder zu begreifen, was geschehen war. Erst am Montagvormittag klarte sie endlich etwas auf und bemerkte den Mann, der neben ihrem Bett auf einem Stuhl saß und dessen Kopf auf seine Schulter gesackt war. Erschrocken versuchte sie, sich aufzurichten, wurde jedoch sogleich vom Schwindel in die Kissen zurück gezwungen. Ihre Bewegung weckte jedoch den Arzt, der sofort die Augen aufschlug. „Guten Morgen", grüßte er freundlich, nahm ihre Hand und überprüfte ihren Puls. Zufrieden legte er sie zurück auf die Decke.

Das Mädchen starrte ihn mit vor Angst weit aufgerissenen Augen an. „Wer sind Sie?" Ihre Stimme klang schwach und rau, doch es fiel ihr nicht schwer, zu sprechen.

Er lächelte noch immer, als er antwortete: „Mein Name ist Matt. Ich habe dir geholfen, als du so Schmerzen hattest. Erinnerst du dich?"

Sie warf einen Blick auf das Stethoskop um seinen Hals. „Sind sie Arzt?"

„Ja, Landarzt. Das ist meine Praxis. Wir mussten dich operieren, sonst wärst du verblutet."

„Warum? Was ist passiert?"

Matt stand auf und setzte sich auf die Bettkante. Vorsichtig nahm er ihre Hand und Charlene war überrascht, wie beruhigend sich diese einfache Berührung anfühlte. „Mädchen... du warst schwanger und hattest eine Todgeburt."

„Was bedeutet das?"

„Das bedeutet, dass dein Baby gestorben ist. Es war leider schon tot, als es geboren wurde. Ich konnte ihm nicht mehr helfen."

Charlene blickte auf ihren Bauch. „Aber warum... ich meine, wie kam es da rein?"

Matt strich ihr über die Haare. „Weißt du das denn wirklich nicht? Du hast mir erzählt, dass du im Sommer mit einem Jungen geschlafen hast. Und wenn man das tut, kann es passieren, dass man davon schwanger wird. Hast du denn gar nichts bemerkt? Das Ausbleiben deiner Regel, ein Spannen in deinen Brüsten oder das Wachsen des Bauches – irgendetwas? War das vielleicht der Grund, warum du dich als Junge ausgegeben hast?"

Charlene schüttelte den Kopf. „Nein, ich musste... Sie dürfen mich nicht finden."

„Wer darf dich nicht finden? Bist du vor jemandem weggelaufen? Was ist passiert? Es muss doch einen Grund geben, warum dein Baby gestorben ist."

In den Augen des Mädchens glänzte es verdächtig. „Weil sie alle umbringen, jeden einzelnen. Und mich werden sie auch kriegen." Sie drehte sich auf die Seite und fing an zu schluchzen.

Matt blickte entsetzt auf ihren bebenden Rücken. Was hatte dieses junge Mädchen bloß durchgemacht? Vor wem war sie auf der Flucht? Beinahe zärtlich streichelte er ihr über den Hinterkopf. „Du musst nicht darüber reden, wenn du noch nicht bereit bist. Ruh' dich ein bisschen aus; ich sehe später wieder nach dir." Er stand auf und verließ das Zimmer. Vielleicht war sie später bereit, mit ihm zu reden und zu erzählen, wovor sie davonlief.

Doch diese Hoffnung erfüllte sich nicht. Als er ihr

später etwas zu essen brachte, rührte sie dieses nicht an. Auch sprach sie kein Wort mehr mit ihm. Stumm lag sie in ihrem Bett, starrte an die Decke oder weinte leise in die Kissen. Die Untersuchungen ließ sie vollkommen teilnahmslos über sich ergehen. Matt hatte die Praxis wieder geöffnet und sah regelmäßig nach der Patientin, doch anstatt sich zu erholen, schien sie immer schwächer zu werden. Da halfen auch die Infusionen langsam nicht mehr. Sie musste dringend etwas essen.

Aber alles Bitten und Reden half nichts. Erst als Matt ihr am kommenden Wochenende damit drohte, die Polizei einzuschalten, nahm sie wortlos einen Zwieback und biss ein Stück ab. Es kostete sie sichtlich Überwindung, diesen hinunter zu würgen, doch je öfter er sie überreden konnte, desto einfacher wurde es. Erika erklärte sich bereit, ihre Kleidung zu waschen. Doch als er dafür ihre Sachen aus dem Rucksack holte, zeigte das Mädchen erstmals seit einer knappen Woche eine richtige Reaktion. Er zog gerade ein zusammengerolltes Shirt aus der Tasche, als sie sich aufsetzte, ihm das Kleidungsstück aus der Hand riss und sich daran festklammerte. „Nein, das nicht!", sagte sie entsetzt, als wenn es etwas Entsetzliches wäre, wenn dieses Shirt gewaschen würde.

„Gehört das jemandem, den du magst?", fragte er leise und zu seiner Überraschung ließ sie sich zu einer Antwort herab: „Alex." Doch damit war ihre Kooperationsbereitschaft wieder erloschen. Sie drückte die Rolle wie ein Kuscheltier an ihre Brust und rollte sich auf die Seite. Seufzend nahm Matt die restlichen Sachen und brachte sie zu Erika.

Langsam schien sich das Mädchen etwas zu erholen, sodass er nachts wieder in seinem Bett schlief und nicht mehr auf einem Stuhl neben ihrem Krankenbett. Doch als er am Freitagmorgen das Zimmer betrat, um ihr das Frühstück zu bringen, fand er dieses verlassen vor. Das Bett war ordentlich gemacht, ihre Tasche verschwunden und auch von dem Mädchen fehlte jede Spur. Sofort lief er nach draußen und blickte sich um, doch er konnte niemanden entdecken. Traurig und enttäuscht ging er zurück ins Haus. Er hatte so gehofft, sie irgendwann überreden zu können, sich ihm anzuvertrauen.

Als er sich an seinen Schreibtisch setzen wollte, fiel sein Blick auf einen gefalteten Zettel, der gestern noch nicht dort gelegen hatte. Er zog ihn näher und faltete ihn auseinander. Ein ganzer Packen Geldscheine fiel ihm entgegen. Erstaunt schob er das Geld zur Seite und blickte auf die Zeilen, die mit einer gleichmäßigen Kinderschrift auf das Papier geschrieben worden waren:

Lieber Matt,

bitte verzeihe mir, aber ich kann nicht bleiben. Ich weiß, dass sie mich suchen. Sie werden mich töten – genau wie die anderen. Ich muss sie aufhalten. Dad hat mich gewarnt, niemandem zu vertrauen. Ich weiß nicht, ob das richtig ist, denn es macht mich traurig.

Alex habe ich enttäuscht und wütend gemacht; und dich jetzt auch. Ich weiß, dass das Geld nicht reicht, um deine Hilfe zu bezahlen, aber mehr habe ich nicht. Ich habe mir eine deiner Karten genommen. Sollte ich überleben, werde ich Geld verdienen und es dir schicken.

Du bist ein toller Arzt und ein netter Mensch. Bitte sei nicht allzu böse auf mich. Es ist besser so.

Charly.

Matt ließ das Papier sinken und zog das Geldbündel näher. Es waren mehrere hundert Dollar. Woher hatte das Mädchen nur all das Geld? Und vor wem rannte sie weg? Matt wusste nichts von dem Bericht über ihre Familie und konnte sich keinen Reim darauf machen. Auch hatte sie ihm nie gesagt, wie sie wirklich hieß. Er hatte sie einfach weiterhin Charly genannt, weil das der Name war, den sie ihm im Wald gesagt hatte. Er wusste nicht, dass es auch die Kurzform ihres richtigen Namens war. Matt legte das Geld in seinen Schreibtisch und steckte den Zettel in seine Brieftasche.

Er war sich nicht sicher, ob er ihn zur Polizei bringen sollte. Würden die mit den wenigen Informationen denn etwas anfangen können? Der Arzt beschloss, seine Praxis für das Wochenende zu schließen und zurück in den Wald zu fahren, um seine verlorene Ausspannzeit in seinem Zelt nachzuholen. Als er dort ankam, fand er verwundert einen weiteren Zettel in seinem Zelt vor. War Charly hier gewesen? Neugierig hob er ihn auf und las ihn durch. Anfangs glaubte er, dass er von Charlys Verfolgern stammen könnte und wollte ihn schon zusammenknüllen, als sein Blick auf die Unterschrift fiel: Alex Wayne.

Alex! Das war doch der Name, den das Mädchen mehrfach erwähnt hatte – der Junge, mit dem sie geschlafen hatte, und vermutlich der Vater des totgeborenen Kindes. Sie hatte geschrieben, sie hätte ihn enttäuscht, doch wenn es sich um dieselbe Person handelte, suchte er sie noch immer - nach über einem halben Jahr. Sie musste ihm etwas bedeuten und er wusste, dass Alex auch dem Mädchen viel bedeutete, denn er war sich sicher, dass es sein T-Shirt gewesen war, das sie so liebevoll im Arm gehalten hatte. Er blickte auf die Uhr; es war jetzt kurz nach vier. Warum eigentlich nicht? Er zog sein Handy aus der Tasche und wählte.

„Ja?", meldete sich eine Stimme, kaum dass es geläutet hatte.

„Hi, mein Name ist Matt. Sie sind auf der Suche nach einem Jungen namens Charly? Ich habe ihren Zettel in meinem Zelt gefunden." Für einen Moment war es still am anderen Ende. Matt glaubte schon, er wäre falsch verbunden, als der junge Mann antwortete. Der Arzt konnte hören, dass seine Stimme zitterte.

„Eigentlich ist sie ein Mädchen, sie verkleidet sich nur als Junge und nennt sich Charly. Bitte sagen Sie mir, dass Sie wissen, wo sie ist. Geht es ihr gut?"

Matt überlegte blitzschnell und sagte dann: „Das würde ich gerne persönlich besprechen, wenn es Ihnen recht ist. Könnten Sie herkommen?"

„Zum Zelt? Ja, klar. Ich brauche etwa zwei Stunden."

Die Suche geht weiter

Die Zeit war noch nicht ganz verstrichen, als der Arzt einen Wagen näherkommen hörte und sich erhob. Er hatte inzwischen ein Lagerfeuer angezündet, das eine angenehme Wärme verströmte. Neugierig blickte Matt auf den Pickup, der neben seinem Jeep anhielt und aus dem wenig später ein Junge stieg, der nicht viel älter als sechzehn sein konnte. Sein besorgter Blick wanderte umher und schlug in Enttäuschung um, als er begriff, dass seine Freundin nicht hier war.

Matt trat auf ihn zu und reichte ihm die Hand. „Du musst Alex sein. Hi, ich bin Matt – Dr. Matthew Star. Ich habe Charly gefunden und behandelt."

„Wieso behandelt? Hatte sie einen Unfall?"

Matt lächelte freundlich. „Naja, irgendwie schon. Und zwar mit dir, wenn ich das richtig verstanden habe. Komm', setze dich zu mir." Der Arzt wartete, bis sich der Junge gesetzt hatte, und fragte dann. „Du weißt, dass das Mädchen erst vierzehn ist?"

Mit einem unguten Gefühl nickte Alex. Wusste der Mann, was er getan hatte? Hatte Charlene sich ihm anvertraut? „Ja, oder besser nein. Ich... ich weiß nicht, wann sie Geburtstag hat. Sie hat mir im Sommer gesagt, sie sei dreizehn. Aber leider erst..." Er senkte verlegen den Kopf.

Matt verstand auch so. „...erst, nachdem du mit ihr geschlafen hast, richtig?"

„Ja", gab Alex zu. „Ich war so blöd, dass ich es nicht schon vorher begriffen habe. Aber ich habe ihr geglaubt. Charlene kann sehr erwachsen wirken und sah auch viel älter aus. Ich wusste nicht, dass sie keine Ahnung hatte, um was es ging, als ich sie fragte, ob sie mit mir schläft. Es tut mir so leid. Ich war irgendwie..."

„Blind vor Liebe und bis über beide Ohren verknallt. Und von Verhütung hast du auch noch nichts gehört, was?" Selbst in der Dämmerung konnte Matt sehen, wie die Ohren des Jungen anfingen zu leuchten.

„Doch schon. Ich hatte auch ein Kondom."

„Tja, haben allein hilft leider nicht. Vielleicht hättest du es auch benutzen sollen."

„Ich... ich habe es vergessen", gab Alex kleinlaut zu.

Matt konnte nicht anders, als er den Jungen so vor sich sah. Er tat ihm irgendwie leid. „Es ist immer wieder dasselbe. Aber gute Vorsätze allein schützen weder dich noch deine Freundin. Schreib' dir das bitte für die Zukunft hinter die Ohren!"

„Keine Sorge, dazu wird es eh nicht mehr kommen!"

„Sag' das nicht. Charlene wird ja nicht immer so jung bleiben."

Sein Gegenüber winkte ab. „Woher wissen Sie das eigentlich? Hat Charly ihnen gesagt, was ich getan habe?"

„Nicht direkt, aber ich kann zwei und zwei zusammenzählen. – Alex, deine Freundin war schwanger."

Ein Kinnhaken hätte Alex nicht weniger umwerfen können. Langsam stand er auf und ging ein paar Schritte, während er versuchte, seine Gefühle zu ordnen. Dann drehte er sich ruckartig zu dem Arzt um. „Was meinen Sie mit: '*sie war schwanger*'?"

„Weil sie es nicht mehr ist", sagte Matt einfühlsam. „Sie hatte eine Totgeburt. Ich habe sie nicht weit von hier gefunden und das war ein Glück, sonst wäre sie verblutet."

„Oh nein!" entfuhr es dem Jungen. „Das ist alles meine Schuld. Das wollte ich nicht. Es tut mir alles so leid."

„Sag' das nicht mir, Alex, sondern Charly."

„Das würde ich ja gerne, aber sie scheint mir immer knapp zu entgleiten. Ich hätte sie fast gehabt, war nur einen halben Tag zu spät, aber dann habe ich ihre Spur verloren." Alex dachte einen Moment nach, bevor er weitersprach. „Wann ist das passiert?"

„Vor knapp zwei Wochen – in der Nacht von Freitag auf Samstag. Ich fand sie im Morgengrauen, nachdem ich sie habe schreien hören."

„Das hatte ich befürchtet. Am Freitagabend lief der Bericht im Fernsehen. Das muss sie total aufgewühlt haben. Nach dem, was ich weiß, war sie abends noch im Zimmer und muss in der Nacht weggelaufen sein."

„Ein Bericht im Fernsehen? Um was geht es da?", fragte der Arzt, der zu diesem Zeitpunkt ja bereits in seinem Zelt war und auch in den letzten zwei Wochen nicht wirklich dazu gekommen war, die Nachrichten zu verfolgen.

Alex setzte sich wieder an das Feuer, bevor er ihn aufklärte. „Man hat nicht weit von der Grenze entfernt in Louisiana ein Fahrzeug entdeckt, in dem sich die Leichen einer ganzen Familie befanden: Vater, Mutter, ein kleines Mädchen und ein Teenager. Die Familie galt seit Beginn der Sommerferien als vermisst. Bei der letzten Leiche war man sich nicht sicher, ob es sich um den Sohn Marlon oder die zweite Tochter handelt: Charlene."

„Oh mein Gott. Sagtest du nicht, der Name deiner Freundin sei Charlene?"

Der Junge nickte und erzählte weiter: „Man vermutete, dass einer der Teenager bei dem Unfall aus dem Wagen geschleudert wurde, doch die Leiche wurde nicht gefunden. Inzwischen weiß man auch, dass es Marlon war, der im Auto saß. Aber es wurden blutverschmierte Kleidungsstücke von Charlene gefunden. Außerdem habe ich die Tage gehört, dass die Leichen sich an den Händen gehalten haben und mit Decken verhüllt waren. Inzwischen steht auch fest, dass jemand den Wagen von der Fahrbahn gedrängt hat und dass der Vater wohl nicht an den Folgen des Unfalls gestorben ist."

In den Augen des Arztes spiegelte sich Entsetzen wider. „Sie werden mich töten – genau wie die anderen", murmelte er vor sich hin.

„Wie bitte?"

„Das hat Charly... Charlene geschrieben, bevor sie wegging. Warte, Ich habe den Brief in meiner Brieftasche." Er zog ihn heraus und reichte ihn dem Jungen.

Der erkannte die Handschrift sofort wieder. Es war die gleiche, wie auf dem Zettel, den sie ihm hinterlassen hatte. „Ich hatte also Recht: Sie ist das vermisste Mädchen und sie scheint mir nicht böse zu sein."

„Das denke ich auch. Ich glaube sogar, dass sie dich liebt. Du vermisst nicht zufällig ein rotes Shirt?"

„Ähm, doch... ja. Das T-Shirt von der Nacht, in der wir... ich konnte es nicht mehr finden", gab Alex zu.

„Das konntest du auch nicht. Sie hat es bei sich und hütet es, wie ihren größten Schatz." Er klopfte dem

Jungen freundschaftlich auf die Schulter.

Alex wurde wieder verlegen und wechselte schnell das Thema: „Du sagtest, dass sie fast verblutet wäre. Ist sie denn dann schon stark genug, um weiterzugehen?"

Die Züge des Arztes wurden wieder besorgt. „Ehrlich gesagt: Nein. Es war ziemlich knapp und sie hat fast eine Woche lang die Nahrung verweigert. Wir haben sie mit Infusionen am Leben gehalten, bis ich gedroht habe, die Polizei einzuschalten. Da fing sie an, etwas zu essen, aber sie hat viel Gewicht verloren, und dass bei ihrer vorherigen Unterernährung. Sie muss seit Monaten kaum gegessen haben."

„Das kann ich bestätigen. Als sie zu uns kam, hat meine Mutter zwar versucht, sie aufzupäppeln, aber außer frischer Milch hat sie nur wenig zu sich genommen. Erst nach etwa zwei bis drei Wochen fing sie an, etwas mehr zu essen."

„War das die Zeit, als ihr euch angefreundet habt?", fragte der Arzt interessiert.

„Ja, schon. Das könnte in etwa passen, jetzt, wo ich darüber nachdenke. Vorher ist mir das gar nicht so aufgefallen. – Aber was passiert denn, wenn sie in ihrem jetzigen Zustand weitermacht?"

„Das ist schwer zu sagen", gab Matt zu." Ich denke nicht, dass sie sehr weit gehen kann nach zwei Wochen im Bett. Ihre Ausdauer wird geschwächt sein. Sie muss regelmäßig essen, sonst bricht sie zusammen. Ich weiß nicht, ob und wieviel Geld sie noch hat, aber es wird bestimmt nicht lange halten. Sie muss sich also etwas verdienen, obwohl sie kaum in der Lage sein dürfte, auf einer Farm zu arbeiten. Eigentlich braucht sie Ruhe und Pflege."

„Wir sollten zur Polizei gehen, Matt. Du hast den

Brief, den du ihnen zeigen kannst und ich glaube inzwischen, dass sie Richtung San Antonio oder Austin unterwegs ist... Und Charlene könnte Recht haben, wenn sie schreibt, dass sie die Männer aufhalten muss, die hinter ihr her sind. Wenn diese den Bericht gesehen haben, wissen sie, dass es eine Zeugin gibt, die sie ans Messer liefern kann. Vielleicht hat sie etwas gesehen oder verfügt gar über irgendwelche Beweise. Wir müssen sie unbedingt finden, bevor es diese Mörder tun. Und die Polizei könnte helfen."

„Aber warum ist sie nicht schon längst zur Polizei gegangen, wenn es so ist?"

„Keine Ahnung", gab Alex zu. „Vielleicht soll sie die Beweise zu einer bestimmten Person bringen. Sie schrieb doch etwas davon, dass sie laut ihrem Vater niemandem vertrauen darf. Also auch nicht der Polizei. Verdammt! Wenn sie sich uns doch anvertraut hätte! Ich möchte keinen Fehler machen, indem ich zur Polizei gehe. Aber was, wenn wir sie nicht rechtzeitig finden?"

„Das ist eine schwere Entscheidung und eine große Verantwortung. Ich weiß leider auch nicht, was richtig ist. Aber ich mache dir einen Vorschlag. Ich helfe dir dieses Wochenende, Charlene zu suchen. Wenn wir bis Sonntagabend keine Spur von ihr haben, gehen wir zur Polizei. Aber wir müssen vorsichtig sein. Wenn unsere Vermutung stimmt, gibt es ein paar ziemlich böse Typen, die hinter deiner Freundin her sind. Wir müssen die Augen offenhalten. Und wenn wir das Gefühl haben, die Kerle könnten in der Nähe sein, überlassen wir die Suche den Behörden."

„Ich glaube, damit kann ich leben", sagte Alex.

„Dann lass' uns heute Abend einen Schlachtplan schmieden. Inzwischen ist es eh zu dunkel, um mit der Suche zu beginnen. Lass' uns erst etwas essen."

Schon wenige Stunden nach ihrem Aufbruch bereute Charlene ihre Entscheidung. Obwohl sie in den letzten zwei Wochen viel geschlafen hatte, fühlte sie sich, als wenn sie seit Wochen unter Schlafmangel leiden würde. Immer wieder fühlte sie sich schwindelig und musste eine Pause einlegen. Die Packung Kekse, die sie noch in ihrem Rucksack gehabt hatte, hielt sie aufrecht, doch ihr war klar, dass sie mehr brauchen würde als das, um genug Kraft zu haben und einer Arbeit nachgehen zu können. Als es dunkel wurde, hatte sie gerade mal den Wald erreicht, in dem sie vor zwei Wochen zusammengebrochen war, und in dem Alex und Matt zusammen am Lagerfeuer saßen. Hätten die beiden gewusst, dass das Mädchen nur etwa eine Meile von ihnen entfernt war, hätten sie alles stehen und liegen lassen und wären zu ihr geeilt.

So aber saß das Mädchen allein zwischen den Bäumen – eingehüllt in ihre Decke. Ihr Körper bebte vor Angst und Kälte. Mitten in der Nacht fing es auch noch an zu regnen. In ihren Zelten hatten es Alex und Matt trocken und warm, doch diesen Luxus hatte Charlene natürlich nicht. Binnen weniger Minuten war sie bis auf die Haut nass. Da half auch ihre Decke nicht viel, die genauso triefte wie sie. Am liebsten wäre sie einfach sitzen geblieben, hätte die Augen geschlossen und aufgegeben. Doch etwas zwang sie, ihre müden Knochen zu erheben: Ein kleines, in Leder eingebundenes Buch und der Wunsch nach Vergeltung tief in ihrem Herzen, der wie ein kleines Flämmchen in ihren Eingeweiden loderte und ihr die Kraft gab, weiterzugehen. Mit schleppenden Schritten zwang sie sich weiter und weiter. Als die Sonne aufging und die Wolken endlich vertrieb, war sie selbst zum Zittern zu schwach. Die Februar-Sonne war natürlich nicht so kraftvoll wie im texanischen Sommer, doch es reichte immerhin, um ihre Kleidung ein wenig zu trocknen. Allerdings nur die äußere Schicht. An ihrer Haut klebte nach wie vor die Feuchtigkeit. Doch darüber war Charlene eigentlich ganz froh, denn nachdem sie die ganze Nacht gefroren hatte, hatte sie nun das Gefühl, in einem Backofen zu sitzen. Sie schwitzte und die Schweißperlen standen ihr auf der Stirn. Deshalb fühlten sich die feuchten Kleidungsstücke wie eine angenehme Kühlung an – auf die Idee, dass sie krank war und Fieber hatte, kam sie gar nicht.

Während Matt und Alex mit ihren Fahrzeugen sämtliche Ranchen, Farmen und Dörfer zwischen der Praxis des Arztes und den Orten in Richtung Austin beziehungsweise San Antonio absuchten, die man bei einem guten Tagesmarsch erreichen konnte, schleppte sich Charlene unermüdlich weiter, sehr darauf bedacht, jedem menschlichen Wesen aus dem Weg zu gehen. So war es natürlich nicht verwunderlich, dass niemand den beiden Suchenden helfen konnte. Dennoch hinterließen sie ihre Nummern, für den Fall, dass sie irgendwo auftauchen sollte. Doch niemand meldete sich bei ihnen.

Erst am Sonntagvormittag, als sich die beiden zu einer kurzen Besprechung trafen, um ihre weitere Suche zu koordinieren, klingelte es auf dem Handy des Arztes. Ein Mann hatte beim Joggen einen halb bewusstlosen Jungen gefunden, der ihm eine Visitenkarte von Dr. Star gab und ihn bat, diesen anzurufen. Matt wusste sofort, um wen es sich handelte, denn die Visitenkarten hatte er erst seit kurzem und noch niemandem ausgehändigt. Charlene war die einzige Person, die eine besaß. Sie ließen Alex' Pickup einfach stehen und sprangen in den Wagen des Arztes. Eine halbe Stunde später erreichten Sie ein kleines, abgelegenes Häuschen, vor dem sie von einem bellenden Hund empfangen wurden.

„Rex! Aus!", rief eine kräftige Stimme und sofort verstummte der Hund und zog sich zurück. „Entschuldigen Sie, aber hier draußen ist er manchmal ganz nützlich. Was kann ich für Sie tun?"

Matt trat vor. „Ich bin Dr. Star. Hatten Sie mich angerufen?"

„Ja, habe ich. Der Junge ist im Wohnzimmer. Ich wollte, dass er die nassen Sachen auszieht, aber er hat sich geweigert. Doch er murmelte immer wieder ihren Namen. Sind Sie sein Hausarzt?"

„So etwas in der Art. Zeigen Sie uns den Weg?"

„Gerne. Kommen Sie mit." Alex drängte bereits vorwärts, während die Männer sprachen. Würde er wirklich endlich seine große Liebe wiedersehen? Nach über einem halben Jahr hielt er es kaum noch aus und als der Mann auf ein Sofa deutete, auf dem eine blasse Gestalt in eine Wolldecke eingewickelt lag, stürmte er sofort hin und fiel auf die Knie. Trotz der kurzgeschnittenen und inzwischen dunklen Haare, erkannte er sie sofort wieder. Tränen traten ihm vor Freude in die Augen und er hätte sie am liebsten in den Arm genommen und nie wieder losgelassen. Zärtlich strich er ihr über die Wange, die zu glühen schien, doch ihre Augen blieben geschlossen.

Alex spürte die Hand des Arztes auf seiner Schulter. „Ich weiß, dass du lange auf diesen Moment gewartet hast, Alex. Aber es wäre trotzdem besser, wenn du mich erst einmal meine Arbeit machen lässt."

Alex nickte, stand auf und trat einen Schritt zur Seite, während Matt sich auf einen Fußhocker setzte, um sich nicht die ganze Zeit nach unten beugen zu müssen. Mit einem Thermometer prüfte er ihre Temperatur – sie war gefährlich hoch. „Hilf' mir mal bitte, sie aufzurichten, Alex", bat er und gemeinsam brachten sie das Mädchen in eine sitzende Position. Matt schob ein Stethoskop unter ihren Pullover, um ihre Lungen abzuhören. Noch immer hatte Charlene ihre Augen geschlossen, doch die veränderte Position brachte sie zum Husten. Der Arzt machte ein besorgtes Gesicht, während er nun auch noch ihre Brust abhorchte und sie anschließend wieder auf die Couch sinken ließ.

„Was ist los, Matt? Was hat sie denn?", fragt Alex, dem die Sorge um die Freundin deutlich anzusehen war.

„Später", winkte der Arzt ab. „Sieh mal bitte nach, ob du in ihrer Tasche noch etwas Trockenes zum Anziehen findest. Sie muss unbedingt aus den nassen Sachen raus."

Der Junge nickte und zog den Rucksack näher, der neben der Couch stand. Als erstes fiel ihm sein T-Shirt in die Hände, das im Sommer verschwunden war. Ein kurzes Lächeln huschte über seine Züge, dann suchte er weiter. Doch alle Sachen waren irgendwie feucht. Sie musste eine ganze Weile im Regen gewesen sein. Er blickte Matt an und schüttelte den Kopf.

„Okay", sagte der Arzt. „Dann machen wir das anders. Gehe bitte mal zu meinem Wagen. Im Kofferraum ist eine Kiste. Dort findest du zwei Wolldecken… und ein Flanellhemd sollte dort auch noch drin sein. Bring' die Sachen bitte her."

Wieder nickte der Junge und verschwand durch die Tür. Vorsichtig trat der Mann, der Matt angerufen hatte, näher. „Das ist ein Mädchen?", fragte er sichtlich überrascht.

„Richtig. Das ist Charlene. Sie verkleidet sich nur als Junge."

„Ach, deshalb wollte sie die Sachen nicht ausziehen. Jetzt verstehe ich. Ich gehe dann besser mal raus. Kann ich noch etwas für Sie tun?"

„Nein, danke. Wir werden sie transportfähig machen und dann in meine Praxis bringen. Vielen Dank, dass Sie uns angerufen haben."

„Nicht dafür. Ich hoffe, er… ähm, *sie* wird wieder ganz gesund."

„Das hoffen wir auch", gab Matt zurück und wandte sich wieder dem Mädchen zu, das erneut stark hustete, jedoch nicht wirklich bei Bewusstsein war. Vorsichtig schälte er sie aus den nassen Sachen. Alex kam zurück und legte die Decken und das Hemd neben die Couch auf den Boden, um die Hände frei zu haben und dem Arzt zu helfen. Entsetzt blickte er auf den dürren Körper der Freundin. Sie schien noch schmaler zu sein, als damals im Sommer, als er sie kennengelernt hatte. Während sie kurz darauf bis auf die Unterhose ausgezogen auf der Couch lag, konnte man jede Rippe einzeln sehen. Sie zitterte heftig und die beiden Männer mussten sich beeilen.

Alex blickte auf das recht dünne Hemd des Arztes, das er aus dem Wagen geholt hatte, zog kurz entschlossen seinen dicken Pullover aus und streifte ihn dem Mädchen über den Kopf. Durch seine eigene Körperwärme war dieser bereits angenehm warm und außerdem um einiges dicker, als das Hemd. Jetzt trug der Junge nur noch ein dünnes T-Shirt.

„Gute Idee", lobte der Arzt. „Aber dann zieh' du bitte wenigstens mein Hemd drüber. Ich brauche nicht noch einen Kranken, um den ich mich kümmern muss."

Doch Alex rührte sich nicht und starrte auf die Freundin, die erstmals eine leichte Reaktion zeigte. Sie hielt ihren rechten Arm, als wenn sie ein Kuscheltier umarmen würde, lächelte plötzlich mit geschlossenen Augen und hauchte mit schwacher Stimme ein einziges Wort: „Alex!"

Sofort kniete der Junge neben sie, strich ihr sanft über die Wange und sagte: „Ich bin hier, Charlene. Und Matt auch. Alles wird wieder gut. Du musst kämpfen. Bitte gib nicht auf. Ich habe dich doch so lieb."

Matt hatte ihn nicht unterbrochen, weil er das Gefühl hatte, seine Nähe und der Geruch seines Pullovers würden das Mädchen beruhigen. Doch nun legte er ihm erneut die Hand auf die Schulter. „Komm' jetzt. Zieh' das Hemd an, während ich ihr noch einen Zugang lege, und dann müssen wir dringend los." Er nahm eine der beiden Wolldecken und wickelte sie unter ihren Armen fest um den Körper des Mädchens, sodass nun auch ihre Beine in einer warmen Hülle steckten. Dann legte er ihr einen Zugang in einen ihrer Handrücken und gab ihr eine Infusion und verschiedene Medikamente, während Alex das Hemd überstreifte und zuknöpfte. Dabei ließ er den Blick jedoch nicht von dem Mädchen, als wenn er sie mit seinen Augen festhalten und nicht mehr loslassen wollte.

Schließlich richtete Matt das Mädchen auf, hängte ihr die zweite Decke um die Schultern und hob sie auf seine Arme. Trotz der Decken hatte er das Gefühl, sie wäre noch leichter, als das letzte Mal, als er sie zum Wagen trug. „Alex? Kannst du bitte ihre Sachen und meine Tasche in den Wagen bringen?"

Alex war nicht mehr in der Lage, zu sprechen, weil er Angst hatte, sonst in Tränen auszubrechen. Daher nickte er nur, raffte schnell alles zusammen und lief zum Wagen, wo er die Sachen in den Kofferraum warf und die Klappe schloss. Dann rutschte er auf den Rücksitz, um die Freundin in Empfang zu nehmen. Matt bettete sie vorsichtig auf die Bank, sodass ihr Kopf in seinem Schoß ruhen konnte und hängte die Infusion an einen der Haltegriffe, damit die Flüssigkeit ungehindert weiterlaufen konnte. „Schnall' dich bitte an, Alex", bat er noch."

„Aber Charlene…", widersprach er sofort.

„Du kannst dich auch um sie kümmern, während du angeschnallt bist. Es ist schlimm genug, dass wir *sie* nicht sichern können. Bitte, tue was ich sage, damit wir losfahren können."

Gehorsam schob Alex den Gurt in die Schnalle. Zufrieden prüfte Matt noch einmal Puls und Temperatur des Mädchens und stieg dann ein. „Sag' bitte sofort Bescheid, falls sich etwas ändert, ja?"

Der Junge nickte nur, doch im Rückspiegel hatte der Arzt es dennoch gesehen. Er schüttelte kaum merklich den Kopf. ‚*Man, den hat es aber ganz schön erwischt*', dachte er mit einem Lächeln und lenkte den Wagen zurück auf die Straße.

Während der Fahrt ließ Alex das blasse Gesicht nicht aus den Augen. Er zog die Decke fester um das Mädchen, damit sie es schön warm hatte, und langsam wurde das ständige Zittern etwas schwächer. Sie lag nun halb auf der Seite, mit dem Gesicht seinem Bauch zugewandt und hatte seinen Arm wie ein

Kuscheltier umschlungen. Hin und wieder wurde sie von einem Hustenanfall geschüttelt, doch ihre Augen blieben geschlossen. Dennoch schlief sie nicht und war auch nicht bewusstlos. Ihr Zustand war irgendwo zwischen Wachen und Schlafen gefangen. Sie fühlte sich vollkommen erschöpft – viel zu müde, um ihre Lider auch nur bewegen zu können. Was um sie herum geschah, nahm sie wie aus weiter Ferne wahr, doch sie nahm es wahr. Sie hatte begriffen, dass Matt da war. Er hatte sie so oft abgehört und untersucht in den letzten Wochen, dass sie seine Hände sofort erkannt hatte. Sie hatten etwas Beruhigendes an sich. Charlene wusste, dass er ihr helfen würde – er hatte es schon einmal getan. Auch bekam sie halb mit, wie sich jemand unterhielt, doch die Stimmen drangen nicht zu ihr vor. Doch etwas an der zweiten Stimme kam ihr seltsam vertraut vor. Und als ihr jemand ein Kleidungsstück über den Kopf zog, umschlang sie plötzlich ein Gefühl der Geborgenheit. Was immer es war, es fühlte sich weich und warm an und der Geruch erinnerte sie sofort an eine Gewitternacht in einer Scheune, an die sanften Berührungen eines Jungen, an die warmen Küsse und seinen Körper, der sich eng an sie schmiegte: Alex! Sie wusste instinktiv, dass er da war, auch wenn seine Worte nicht zu ihr vordrangen.

Und jetzt war der Geruch noch intensiver, als sie sich auf seinen Schoß kuschelte – auch wenn sie keine Ahnung hatte, dass sie gerade in einem Wagen lag und er ganz dicht bei ihr war und sie unaufhörlich streichelte. Sie wusste nur, dass sie in Sicherheit war. Es war beinahe, als wenn seine Liebe ihren Körper mit einer angenehmen Wärme füllte und sie schließlich in einen erholsamen Schlaf fallen ließ – so tief, wie sie schon lange nicht mehr geschlafen hatte.

Von da an bekam sie rein gar nichts mehr mit, weder, wie Matt den Wagen anhielt, noch, wie er sie vorsichtig aus dem Auto hob und ins Haus trug. Gemeinsam mit Alex bettete er sie in das Krankenbett um und deckte sie sorgfältig mit einem Daunenbett zu.

Alex blickte fragend zu dem Arzt an seiner Seite. „Sagst du mir jetzt, was ihr fehlt?"

„Sie hat einen schweren, grippalen Infekt und ich befürchte, sie könnte sogar eine beginnende Lungenentzündung haben", antwortete Matt und an der Art, wie er das sagte, konnte Alex erkennen, dass er sich Sorgen machte.

GENESUNG

Als Charlene endlich erwachte, war es dunkel um sie. Sie war noch immer erschöpft, doch wenigstens konnte sie ihre Lider endlich öffnen, auch wenn der Kopf viel zu schwer war, um ihn zu heben. Ihre Augen wanderten durch das Zimmer, in dem sie sich befand, und sie meinte, das Krankenzimmer wiederzuerkennen, in dem sie nach der Fehlgeburt gelegen hatte. *,Also hat der Jogger Matt wirklich angerufen'*, dachte sie erleichtert und schloss die Augen gleich wieder. Die Gestalt, die zusammengesunken neben dem Bett saß, hatte sie gar nicht bemerkt.

Als sie erneut erwachte, konnte sie bereits durch die geschlossenen Lider sehen, dass es heller Tag sein musste. Sie spürte, wie jemand ihr Handgelenk nahm und es wenig später sanft zurück auf die Bettdecke sinken ließ. Dann spürte sie dieselbe Hand auf ihrer Stirn und öffnete langsam die Augen. Ein Lächeln empfing sie. „Da bist du ja wieder. Fühlst du dich etwas besser?"

Charlene nickte und bekam sofort wieder einen Hustenanfall. Matt half ihr hoch und hielt sie fest. „Ganz ruhig, Mädchen. Versuche zu atmen... ja, so ist es gut. Es ist gleich vorbei."

Charlenes Brust tat weh, als sie von dem Anfall geschüttelt wurde. Mit verschwommenem Blick ließ sie sich schließlich zurück in die Kissen sinken. Sie atmete heftig, wie wenn sie gerade ein Wettrennen hinter sich hätte. Ihre Worte kamen abgehackt und stockend aus ihrem Mund. „Es – tut – mir – so – leid – Matt. – Ich – wusste – nicht, – wen – ich – sonst…"

„Schon gut, Charlene", beruhigte sie der Arzt. „Es ist gut, dass du mich hast anrufen lassen. Du warst noch viel zu schwach, um weiterzugehen."

„Aber – ich – muss! – Das – Buch… – Ich – muss – es – abliefern. – Ich – habe – es – versprochen", stammelte sie und man hörte deutlich, welche Anstrengung es sie kostete, die Worte hervorzubringen.

„Das hat Zeit. Jetzt musst du dich erst einmal erholen. Und damit du mir nicht wieder einfach wegrennst, habe ich deine Sachen weggeschlossen, verstanden? Also versuche es gar nicht erst." Er lächelte sie an, obwohl seine Worte mehr als streng waren.

Charlene begriff, dass er sie beschützen wollte und nickte leicht mit dem Kopf. Dabei fiel ihr Blick erstmals auf eine zweite, männliche Person, die ein wenig schüchtern in einer Ecke wartete. Deren Blick zeigte deutlich, dass er am liebsten einfach zu ihr kommen und sie in den Arm nehmen wollte. Doch irgendetwas hielt ihn zurück. Das Mädchen wischte sich die Tränen aus den Augen – und jetzt erkannte sie, wer dort stand. Ihre Augen wurden immer größer, sie versuchte, sich aufzurichten und schob Matt einfach zur Seite. „Alex?", kam es beinahe ehrfürchtig aus ihrem Mund.

Der Arzt trat einen Schritt zur Seite, um dem Jungen Platz zu machen, der vorsichtig näherkam. „Ich… ich wollte das alles nicht", sagte dieser leise.

Charlene wusste nicht, was er meinte – sie war einfach nur froh, ihn zu sehen, nahm seine Hand und zog ihn zum Bett. Im nächsten Moment lagen sich beide in den Armen, klammerten sich an den jeweils

anderen und hätten ihn am liebsten nie wieder losgelassen. Auf leisen Sohlen ging Matt aus dem Zimmer.
Das Mädchen war in den besten Händen – er würde
einfach später noch einmal nach ihr sehen.

Trotz eines weiteren Hustenanfalls ließ das Mädchen Alex nicht los. Und plötzlich wusste sie auch,
wessen Pullover sie trug. Sie hatte es irgendwie bereits vermutet, hatte seine Nähe gespürt. Doch ihn
wirklich im Arm zu halten, war etwas völlig Anderes
und sie genoss es in vollen Zügen. Niemand sprach
ein Wort – Worte waren plötzlich überflüssig geworden.

Doch irgendwann spürte Alex, wie ihr Griff locke-
rer wurde. Ihr Kopf ruhte auf seiner Schulter und die
Arme rutschten langsam nach unten. Er hob seine
rechte Hand, um ihren Nacken zu stützen und ließ sie
ganz sanft zurück in die Kissen gleiten. Sie hatte die
Augen wieder geschlossen. Die Hustenanfälle hatten
sie sehr geschwächt und sie schaffte es gerade noch,
seine Hand zu nehmen, bevor sie wieder einschlief,
ihre Finger fest mit den seinen verschlungen. Alex
blieb einfach auf der Bettkante sitzen, auf die er sich
niedergelassen hatte, als Charlene ihn zu sich gezogen hatte.

Dort saß er noch immer, als Matt einige Stunden
später wieder leise ins Zimmer trat. Er hatte ein Tablett in den Händen, auf dem zwei Behälter mit dampf-
ender Hühnerbrühe standen sowie ein paar Scheiben
getoastetes Weißbrot. Er stellte das Tablett auf den
Nachttisch. „Charlene sollte versuchen, etwas Brühe
zu essen. Und dir könnte eine Stärkung bestimmt
auch nicht schaden."

Alex nickte, beugte sich zu dem Mädchen und gab
ihr einen sanften Kuss auf die Wange. „Charlene?

Aufwachen."

Langsam und schwerfällig öffnete sie die Augen und blickte sich um. Sie erkannte die beiden Männer sofort wieder und versuchte ein zaghaftes Lächeln. Matt half ihr auf und Alex stopfte ihr ein paar Kissen in den Rücken, damit sie besser essen konnte. Der Arzt nahm die Schnabeltasse mit der Brühe und hielt sie Charlene an die Lippen. Vorsichtig flößte er ihr die kräftige Suppe in kleinen Schlucken ein, während er Alex bedeutete, sich die zweite Schüssel zu nehmen.

Erst jetzt bemerkte der Junge, dass er tatsächlich Hunger hatte, und nahm dankbar die Stärkung entgegen. Er hatte bereits seine ganze Schüssel geleert und das Weißbrot vertilgt, als Matt schließlich die Schnabeltasse ebenfalls auf dem Tablett abstellte. „Danke", sagte Charlene und man konnte deutlich hören, dass dieses einfache Wort aus tiefster Seele kam.

Als Alex sich anschickte, das Tablet in die Küche zu bringen, hielt sie ihn zurück: „Ich muss dir... so viel... erklären", sagte sie und ihre Stimme klang etwas fester, als noch einige Stunden zuvor.

Alex blieb stehen, stellte das Tablett wieder ab und trat zu ihr. „Nicht jetzt, Charlene. Wir können reden, wenn es dir besser geht. Ich bleibe hier."

„Deine Eltern haben übrigens angerufen, Alex. Sie haben dich in der Schule krankgemeldet. Aber sie möchten, dass du nächste Woche wieder hingehst."

„Das kann ich noch nicht versprechen", antwortete der Angeredete, nahm das Tablett erneut auf und verließ das Zimmer.

„Wie kommt er... hierher?", fragte das Mädchen nun den Arzt, während er ihr half, sich wieder richtig hinzulegen.

„Er hat dich gesucht, Charlene. Seit du vor ihm weggelaufen bist, verbringt er jedes Wochenende damit, dir nachzuspüren. Dabei haben wir uns auch getroffen und als der Anruf kam, waren wir gemeinsam auf der Suche. Er hat dich sehr, sehr lieb – das ist nicht zu übersehen. Und ihm tut das alles wahnsinnig leid, was geschehen ist."

„Weiß er…" Charlene strich sich traurig über ihren Bauch.

Er verstand, was sie wissen wollte. „Ja, Kleines. Ich habe es ihm gesagt."

„Es… es war nicht seine Schuld", sagte sie leise.

„Nein. Für die Fehlgeburt konnte er wirklich nichts. Aber er ist nicht ganz unschuldig daran, dass es überhaupt so weit kommen konnte. Ich denke, wenn du wieder ganz gesund bist, müssen wir drei uns mal ernsthaft unterhalten. Es gibt da ein paar Dinge, die du wissen und auf die du achten solltest – genauso wie dein Freund da draußen. Aber vieles hätte vermieden werden können, wenn du ehrlich zu ihm gewesen wärst und er nicht alle guten Vorsätze in den Wind geschossen hätte. Ihr habt beide Fehler gemacht – aber es ist nicht zu spät. Vielleicht habt ihr ja gerade deshalb die Chance auf eine gemeinsame Zukunft."

„Nein. Ich… ich bringe… euch beide in… Gefahr." Charlene wollte sich wieder aufrichten, doch die starken Hände des Arztes drückten sie zurück in die Kissen.

„Versuche es gar nicht erst, Charlene!", sagte er streng und seine ernste Miene machte ihr beinahe Angst. „Wir wissen zwar noch nicht alles, aber wir können uns einen Teil denken. Und im Moment wissen nur drei Personen, wo du dich befindest." Seine

Stimme wurde wieder weicher, als er weitersprach: „Du bist hier sicher, Kleines. Niemand wird dich hier finden oder dir etwas tun. Und uns genauso wenig. Werde erst einmal richtig gesund. Über alles andere können wir später reden. Versuche, jetzt noch ein wenig zu schlafen, okay?"

Das Mädchen nickte gehorsam und schloss wenig später die Augen. Als ihr Freund zurückkehrte war sie bereits wieder eingeschlafen. „Alles in Ordnung?", fragte der Junge, als er das mit Sorgenfalten bedeckte Gesicht des Mannes sah.

„Ja, ja, alles gut. Mir ist nur gerade klar geworden, dass wir sie nicht aus den Augen lassen dürfen. Sie macht sich Sorgen, uns in Gefahr gebracht zu haben und bringt es fertig, erneut wegzulaufen, um uns zu schützen."

„Das wird sie nicht – keine Sorge. Ich werde sie nicht noch einmal gehen lassen."

„Wenn sie fest entschlossen ist, wirst du sie wohl kaum aufhalten können, Alex. Wir sollten besser auf der Hut sein und sie nicht länger allein lassen. Auch nachts nicht."

„Das bekomme ich hin", antwortete Alex überzeugt.

Unter der fürsorglichen Pflege der beiden Männer ging es Charlene von Tag zu Tag besser. Das Fieber sank und auch die drohende Lungenentzündung konnte Matt mit Hilfe der Antibiotika in den Griff bekommen. Er achtete mit Alex' Hilfe darauf, dass sie regelmäßig etwas aß und viel Schlaf bekam. Gegen Ende der Woche durfte sie sogar wieder aufstehen und mit ihnen am Tisch sitzen. Doch noch immer hatte Charlene ihr Geheimnis für sich behalten.

Lediglich mit Alex hatte sie sich ausgesprochen.

Er hatte sich bestimmt ein dutzend Mal bei ihr entschuldigt, dass er im Sommer so blöd gewesen war und nicht gemerkt hatte, dass sie keine Ahnung von der körperlichen Liebe hatte und er sie regelrecht mit seiner Tat überrumpelt hatte. Auch erfuhr Charlene endlich, warum er damals Angst hatte, ins Gefängnis zu müssen. Matt hielt sein Versprechen und wechselte ein paar ernste Worte mit dem Pärchen bezüglich der Liebe zwischen Mann und Frau und vor allem im Punkt Verhütung. Die beiden sahen ein, dass sie sich beide unverantwortlich verhalten hatten, egal, ob nun aus Unwissenheit oder Verliebtheit. Doch nun kannten beide die Gefahren und versprachen, dass es nie wieder vorkommen würde, selbst wenn Charlene älter wäre.

„Charlene?", fragte Alex am Samstagabend. „Kommst du mit zu mir nach Hause? Wenigstens, bis du dich vollständig erholt hast. Bitte… ich habe mit meinen Eltern gesprochen. Sie würden sich freuen, dich für eine Weile aufzupäppeln."

„Ich weiß nicht, Alex. Ich müsste eigentlich weiter nach Austin."

„Austin? Also das war dein Ziel. Ich hatte das schon vermutet. Aber warum, Charlene? Warum willst du dorthin? Hast du dort Verwandte, die dich aufnehmen?"

„Nein. Ich habe keine Verwandten. Meine Familie ist… sie sind alle… gestorben. Bei einem Unfall."

Matt konnte sehen, wie schwer es ihr fiel, von ihren Eltern zu sprechen. Doch jetzt, wo sie einmal damit angefangen hatte, wollte er gerne die ganze Geschichte hören. „Ich glaube, wir wissen alle, dass es kein Unfall war, oder?"

Entsetzt starrte das Mädchen ihn an. „Du weißt davon?"

„Ich habe den Bericht ebenfalls in den Nachrichten gesehen. Vor drei Wochen. In der Nacht, in der… das Baby gestorben ist." Alex' Stimme war kaum zu verstehen, als er das sagte. Er nahm all seinen Mut zusammen und ging auf sie zu. „Ich bin mir inzwischen sicher, dass das deine Familie war in dem Wagen, hab' ich Recht?" Das Mädchen antwortete nicht, doch ihr Blick war auf den Boden gerichtet, damit sie ihn nicht ansehen musste. „Charlene! Glaubst du nicht, dass es an der Zeit wäre, reinen Tisch zu machen? Wir wissen inzwischen, dass diese Familie fünf Mitglieder hatte. Vater Charles, Mutter Melissa und die drei Kinder Ashton, Marlon und… Charlene."

„Hör' auf!", fuhr sie ihn plötzlich an und schlug sich die Hände auf die Ohren. „Ich will das nicht hören!"

„Du musst aber, Charlene! Sieh mal, wir wollen dir helfen. Aber das können wir nur, wenn du uns sagst, was im Sommer geschehen ist. Warum wart ihr mit dem Wagen unterwegs, damals? Warum seid ihr von der Straße abgekommen? Und warum mussten vier Menschen an diesem Tag sterben?"

Das Mädchen blickte ihn böse an, schwieg aber beharrlich und zog die Beine an den Körper, um sie mit den Armen zu umschlingen. Plötzlich wirkte sie überhaupt nicht mehr so erwachsen, wie sonst, sondern wie ein trotziges, kleines Kind.

Alex ging vor ihr in die Knie und startete einen neuen Versuch. Er hasste sich dafür, doch er hoffte, dass seine nächste Frage sie aus der Reserve locken würde. Seine Stimme war leise und einfühlsam, als er

132

sprach: „Wurden sie *alle* erschossen?"

Charlenes Kopf schoss in die Höhe. Sie sprang vom Stuhl und ging ohne Vorwarnung auf den Jungen los. Während sie ihm die Fäuste gegen die Brust hämmerte, wusste Alex gar nicht, wie ihm geschah. Sie hatte Tränen in den Augen und schrie ihn an: „Woher weißt du davon? Gehörst du zu denen? Hast du mir nur etwas vorgespielt? – Ich hätte es wissen müssen! Mein Vater hat mich gewarnt. ‚*Vertraue niemandem!*', hat er gesagt. Ich bin so ein Idiot. Ich hätte auf ihn hören sollen. Verschwinde, du Heuchler. Warum bringst du mich nicht einfach um, so wie du die anderen umgebracht hast?"

Sie steigerte sich dermaßen in ihre Wut hinein, dass Matt einschreiten musste, weil er Angst hatte, sie könnte Alex, der sie einfach nur wortlos anstarrte, tatsächlich verletzen. Er ergriff die Arme des Mädchens und hielt sie fest, bevor sie wirklich Schaden anrichten konnte. „Hey, beruhige dich wieder. Alex gehört nicht zu den Männern, die euch das angetan haben", versuchte er, sie zu beruhigen.

„Lass' mich los!", schrie sie ihn an, doch sein Griff lockerte sich keinen Millimeter, sodass sie nicht viel mehr machen konnte, als ihn anzufunkeln.

„Das reicht jetzt!", befahl der Arzt und seine Stimme zeigte deutlich, dass er die Faxen dick hatte. Wie durch Zauberhand gab das Mädchen ihren Widerstand auf. Er schob sie auf die Couch und drückte Alex neben sie auf die Sitzfläche. „Vielleicht erklärst du ihr erst einmal, was du inzwischen erfahren hast, Alex. Eventuell begreift sie dann endlich, dass wir die Guten sind."

Alex nickte, noch immer geschockt von dem Gewaltausbruch des schmalen Mädchens. Jetzt war er zum ersten Mal froh, dass sie so zierlich war, denn er hatte nicht mal daran gedacht, sich irgendwie zu verteidigen. Er versuchte, ihre Hand zu nehmen, doch sie zog sie weg. Sie wusste gerade nicht wirklich, auf welcher Seite er stand und zog erneut die Beine eng an den Körper, um sie mit den Armen zu umschlingen.

Der Junge ließ seine Hände in den Schoß sinken und fing an zu erzählen, was er in den letzten Wochen aus den Nachrichten erfahren hatte. „Das erklärt aber nicht, woher du weißt, dass... dass sie... geschossen haben", brachte das Mädchen schließlich hervor.

„Nein, das tut es nicht", gab Alex zu. „Aber in deiner ersten Nacht bei uns hattest du einen heftigen Albtraum. Erinnerst du dich? Ich habe geklopft und als du nicht wach wurdest, bin ich in dein Zimmer gekommen."

„Ja, und?"

„Du hast im Traum geredet und jemanden angefleht, bitte nicht zu schießen. Da lag es nahe, dass du mit ansehen musstest, wie irgendjemand erschossen oder zumindest angeschossen wurde. Und da man in den Nachrichten von einem Gewaltverbrechen ausgeht, dachte ich..."

„Ja, es stimmt", sagte Charlene leise, während ihr die Tränen über die Wange liefen. „Nach dem Unfall... sie sind zum Wagen gekommen, um nachzusehen, ob wir tot waren. Aber Daddy hat noch gelebt. Er wollte uns beschützen... aber er war verletzt und... der andere war schneller. Ich hörte den Schuss, dann fiel Daddys Pistole auf den Boden. Sie haben mich nicht gesehen, weil ich im Fußraum lag und meine Geschwister... sie lagen auf mir."

Matt strich ihr sanft über den Kopf, so wie es ihr

Vater oft getan hatte, um sie zu liebkosen. „Die Männer dachten, ihr wärt alle tot, richtig?"

Sie nickte. „Ja, bis auf Dad. Er sollte verbluten und… und dann wollten sie alles verbrennen." Das Mädchen schlug die Hände vors Gesicht, als ihr die Bilder wieder in den Kopf schossen.

„Moment", bat ihr Freund, „in den Nachrichten war nichts von einem Brand. Und der Wagen sah auch nicht so aus."

„Natürlich nicht. Glaubst du, ich sehe zu, wie meine Familie abgefackelt wird?", fragte das Mädchen vorwurfsvoll. „Und das auch noch, während mein Vater lebt?"

„Nein, natürlich nicht", gab Alex kleinlaut zu. „Aber wie konntest du es verhindern?"

„Dad hat mir gesagt, dass ich den Zünder rausziehen soll – und das habe ich getan und ihn weggeworfen. Dabei wäre fast ein Waldbrand entstanden, aber den konnte ich schnell löschen. Kurz darauf… ist Daddy gestorben. Er hat einfach aufgehört zu atmen. Ich… ich konnte nichts tun." Sie fing an zu schluchzen. Matt kniete sich vor sie nieder und nahm sie in seine Arme, während Alex ihr immer wieder beruhigend über den Kopf strich. Zu ihrer Verwunderung ließ das Mädchen dies geschehen. Sie schien endlich begriffen zu haben, dass die beiden ihr helfen wollten.

Als sie sich wieder ein wenig beruhigt hatte, fragte der Arzt: „Was war mit deiner Mutter und deinen Geschwistern? Lebten sie da auch noch?"

„Ich glaube nicht. Ich habe Marlon und Ashton aus dem Auto gezogen und versucht, einen Puls zu finden. Du weißt schon, so wie sie das im Fernsehen immer zeigen. Bei mir hat es funktioniert, aber bei ihnen konnte ich nichts feststellen. Sie atmeten nicht und auch ihr Herz konnte ich nicht hören. Ich glaube, sie waren schon direkt nach dem Unfall tot. Und Mum auch."

„Und was hast du dann gemacht?"

„Erst einmal gar nichts. Ich war wie betäubt. Habe einfach nur dagesessen und geweint, bestimmt viele Stunden lang, vielleicht sogar Tage – ich weiß es gar nicht. Und dann kamen die Schmerzen."

„Du wurdest auch verletzt bei dem Unfall, richtig?", fragte Matt.

„Ja, und auch schon vorher, als sie auf den Wagen geschossen haben. Da habe ich ein paar Splitter von der Scheibe abbekommen. Aber das war nicht so schlimm. Ein paar kleine Schnitte an der Schulter."

„Und was war mit deinem Arm und deinem Bein?", fragte Alex und deutete auf ihren Unterarm, auf dem man noch heute die Narbe erkennen konnte, wie er inzwischen wusste.

„Das muss während des Unfalls passiert sein. Der Wagen überschlug sich und ich bin erst im Fußraum wieder wach geworden. Ich weiß nicht, wie das passiert ist. Vermutlich habe ich mich irgendwo geschnitten."

„Und dein Bein? War das auch eine Schnittverletzung?"

„Nein, das war ein Bruch, genau hier." Sie deutete auf die Stelle.

„Du hast dir das Schienbein gebrochen? Aber wie konntest du denn dann so weit laufen, bis zur Farm der Waynes?"

„Daddy war mit mir und meinem Bruder oft im Gelände und wir haben dort auch Überlebenstraining gemacht. Ihr wisst schon: Essen finden, Feuer machen, Unterschlupfe finden und so weiter. Und er hat uns auch etwas über Verletzungen beigebracht – wie man Brüche schient, Verbände anlegt und so ein Zeug. Ich habe den Bruch gerichtet und mit einem Pappkarton und Nylonstrumpfhosen von Mum geschient."

„Mit Pappkarton und Nylonstrümpfen?", fragte Matt ungläubig.

„Was anderes hatte ich nicht", antwortete das Mädchen und lächelte schüchtern.

„Du bist echt unglaublich, Mädchen. Lass' mal sehen, bitte." Er betastete aufmerksam die Stelle, die sie ihm zeigte. „Und du hast keinerlei Beschwerden?"

„Nein, jetzt nicht mehr. Als ich zu Alex und seinen Eltern kam, tat es noch ein bisschen weh, aber irgendwann hörte das dann auf."

Alex fiel etwas ein und fragte: „In den Nachrichten sagten sie etwas, dass deine Eltern und Geschwister sich an den Händen hielten. Warst du das?"

Charlene nickte. „Ich wollte nicht, dass sie allein sind. Und ich wollte nicht, dass die Tiere sie fressen. Deshalb habe ich Marlon und Ashton wieder in den Wagen gebracht und sie zugedeckt. Und Mum und Dad auch, bevor ich die Türen schloss."

„Wie hast du das geschafft, mit deinen Verletzungen? Das muss doch wehgetan haben", fragte der Junge anerkennend.

Sie zuckte nur mit den Schultern. „Ich war es ihnen schuldig. Es gibt einen Grund, warum ich noch lebe, Alex. Dad konnte es nicht zu Ende bringen, aber er hat mir genaue Anweisungen gegeben. Ich habe eine Aufgabe zu erfüllen und ich werde ihn nicht enttäuschen."

„Und was ist diese Aufgabe? Warum sollst oder willst du nach Austin gehen?", fragte Matt, der sich inzwischen einen Hocker herangezogen hatte und aufmerksam lauschte.

„Das… das kann ich euch nicht sagen." Das Mädchen senkte traurig den Blick.

Alex war sichtlich enttäuscht. Er hatte geglaubt, dass sie jetzt alles erfahren würden, doch sie schien ihnen noch immer nicht voll zu vertrauen – oder wollte sie die beiden einfach nur schützen? „Warum nicht?", fragte er leise.

Zu seiner Verwunderung beugte sie sich vor und gab ihm einen sanften Kuss auf die Lippen. „Weil ich euch liebhabe", sagte sie schlicht, stand auf und ging in ihr Zimmer.

Alex blickte ihr völlig perplex hinterher, während sich Matt ein Grinsen nicht verkneifen konnte beim verblüfften Ausdruck auf dem Gesicht des Jungen. „Tja, das wäre dann ja wohl auch geklärt", stellte er fest. „Aber jetzt Mal im Ernst, Alex. Charlene ist zu jung für diese Verantwortung. Vielleicht solltest du sie besser doch hierlassen. Ich weiß, du möchtest dich um sie kümmern und ihr helfen, aber du bist einen Großteil des Tages in der Schule. Außerdem bist du selbst noch grün hinter den Ohren. Von mir aus komme Freitag nach der Schule wieder her und bleibe über das Wochenende. Das ist echt kein Problem. Aber ich fürchte, dass deine Freundin versuchen wird, auf eigene Faust loszugehen, sobald sie sich stark genug fühlt. Und wohin das führt, haben wir ja schon gesehen."

Zu seinem Erstaunen stimmte ihm der Junge zu: „Vielleicht hast du Recht. Verdammt, warum muss ich ausgerechnet jetzt in diese verdammte Schule?"

„Schule ist wichtig, Junge. Du solltest nicht noch mehr verpassen."

„Und wenn sie hier auch wegläuft? Vielleicht finden wir sie dann nicht mehr wieder."

„Vergiss nicht, dass ich ihre Tasche weggeschlossen habe. Was immer ihr Vater ihr aufgetragen hat, befindet sich mit Sicherheit bei ihren Sachen. Sonst hätte sie ja einfach anonym einen Hinweis an die entsprechenden Personen geben können, ohne die beschwerliche Reise auf sich zu nehmen. Also wird sie ohne die Tasche auch nicht verschwinden können."

„Sollten wir dann nicht einfach mal darin nachsehen?", fragte Alex hoffnungsvoll, doch der Arzt schüttelte den Kopf.

„Nein, Alex. Ich gebe zu, dass mir der Gedanke auch schon gekommen ist, aber sie fängt gerade an, uns zu vertrauen. Dieses Vertrauen steht auf recht wackeligen Beinen, wie du gesehen hast, und wenn wir sie nun hintergehen, wird dieses bisschen schneller vergehen, als wir gucken können. Sie hat beinahe alles verloren, was ihr etwas bedeutet hat. Jetzt sind wir alles, was ihr noch bleibt."

Der Junge nickte nachdenklich. „So habe ich das noch gar nicht gesehen Aber du hast vermutlich Recht. Also gut, Charlene bleibt noch etwas hier und ich fahre nach Hause, um in die Schule zu gehen. Aber du meldest dich bitte, wenn irgendetwas passiert, ja?"

„Natürlich, Alex. Mach' dir keine Sorgen. Ich passe schon auf deine Freundin auf."

Schweren Herzens trennte sich Alex am späten Nachmittag wieder von der Freundin und versprach, am Freitagabend wiederzukommen. Einerseits hatte er Angst, Charlene könnte einfach wieder weglaufen oder die Männer, die ihre Familie getötet hatten, würden sie finden – andererseits war er auch irgendwie ein wenig erleichtert, die Verantwortung für sie in erfahrenere Hände zu geben. Er hatte Matt in den letzten anderthalb Wochen kennengelernt und auch, wenn der Mann weder Frau noch Kinder hatte, machte er sich als Ersatz-Papa gar nicht schlecht. Gleichzeitig konnte er natürlich viel besser reagieren, falls Charlene wieder einen Rückfall erleiden sollte, sei es nun körperlicher oder auch psychischer Art. Immerhin war er Arzt und wusste genau, wie er reagieren musste.

PANIKANFÄLLE

Während der nächsten Woche erholte sich das Mädchen weiter. Sie aß nun regelmäßig am Tisch mit und half sogar ein wenig in der Küche. Matt hatte ihr ein paar Bücher besorgt und sie versuchte, ein wenig zu lernen. Auch im Wohnzimmer des Arztes gab es jede Menge Bücher und zum ersten Mal in ihrem Leben las das Mädchen einen Liebesroman. Sie fing an, die Beziehung zwischen Mann und Frau ein wenig besser zu verstehen und auch, dass sie mit ihren damals dreizehn Jahren wohl tatsächlich ein wenig jung gewesen war, sich mit Alex einzulassen. Dennoch erinnerte sie sich gerne daran zurück und hoffte, in ein paar Jahren dieses Gefühl noch einmal erleben zu dürfen.

Gleichzeitig versuchte Matt aber auch immer wieder, mehr aus dem Mädchen herauszubekommen. Doch sie blieb genauso stur wie schon zuvor und sagte ihm nicht, warum sie nach Austin wollte. Sie beteuerte nur immer wieder, dass sie nicht zur Polizei gehen konnte – nicht, bevor sie ihre Aufgabe erfüllt hatte. Der Mann akzeptierte das. Solange sie hier war, war sie in Sicherheit. Dennoch spürte er natürlich, wie es sie weiterdrängte. Doch die Schwangerschaft, die Unterernährung, dann die Totgeburt und schließlich der schwere Infekt und die beginnende Lungenentzündung brauchten Zeit, um wieder zu heilen. Charlene schlief viel und verbrachte viel Zeit im Bett, während Matt sich um andere Patienten kümmerte. Da seine Praxis und die Wohnung im selben Haus lagen, konnte er zwischendurch immer mal wieder nach ihr sehen. Mittags aßen sie zusammen und abends half sie ihm sogar beim Kochen.

Da die meisten ihrer Sachen inzwischen fleckig und teilweise auch kaputt waren, fragte er seine Bekannte Erika, ob sie ihm nicht helfen könnte, ein paar Sachen für das Mädchen zu kaufen. Im Moment trug sie meist einen Schlafanzug von ihm, der ihr natürlich viel zu groß war. Also zog sie sich am Donnerstag erstmals wieder ihre Jeans und einen Pullover über, die inzwischen frisch gewaschen waren, und folgte Matt und Erika nach draußen. Es war ein fast warmer Tag und sie war inzwischen fit genug für einen kleinen Ausflug.

Doch als sie in den Wagen steigen wollten, blieb sie plötzlich wie angewurzelt stehen. Ihre Augen weiteten sich und sie ging sogar ein paar Schritte rückwärts. Besorgt blickte Matt sich um. Hatte sie jemanden in der Straße gesehen, der ihr Angst machte? Hatten gar die Männer sie gefunden, die ihre Familie auf dem Gewissen hatten? Doch da war niemand – oder zumindest niemand, der hier nicht hergehörte. Er konnte ein paar Nachbarn sehen, die schon viele Jahre hier wohnten, aber niemanden, der hier fremd war.

„Was ist los, Charlene? Hast du etwas gesehen? Komm', setz' dich erst mal rein." Er öffnete die Tür und deutete auf den Beifahrersitz.

Das Mädchen schüttelte heftig den Kopf und wich zurück. „Nein, nicht."

Plötzlich begriff Matt. Es waren nicht die Menschen, vor denen sie Angst hatte, sondern sein Wagen. Aber warum nur? Immerhin war sie schon zweimal damit gefahren. Doch dann fiel ihm ein, dass sie beide Male bewusstlos oder doch wenigstens sehr stark benommen gewesen war. Vermutlich hatte sie es nicht einmal mitbekommen, dass sie in einem Wagen gesessen hatte. Charlene schloss die Augen und schlug die Hände über die Ohren. In ihrem Kopf rasten sie durch die kurvigen Straßen. Ein Schuss krachte und die Scheibe splitterte. Dann der laute Knall, der Wagen wurde von der Straße geschleudert und überschlug sich – und Charlene schrie, so laut, dass sich mehrere Leute nach ihnen umdrehten. Das Ganze hatte nur wenige Sekunden gedauert, während denen der Mann das Mädchen fragend angestarrt hatte. Doch nun war er bei ihr und schloss sie in seine Arme.

Der Schrei verebbte und sie klammerte sich hilfesuchend an dem Mann fest. Er hob sie hoch und trug sie zurück ins Haus. Erika folgte ihm ein wenig verwirrt, nachdem sie die Tür zum Wagen wieder abgeschlossen hatte. „Das war wohl keine gute Idee", stellte sie fest, als sie ins Haus kam.

„Nein, wohl eher nicht. Ich hatte keine Ahnung, was der Wagen in ihr auslösen würde. Tust du mir einen Gefallen? Kannst du bitte allein zum Walmart fahren und etwas besorgen? Du kannst das besser einschätzen als ich."

„Klar, mache ich. Kümmere dich erst einmal um das Mädchen."

„Ich danke dir, Erika. Das werde ich."

Er ließ Charlene auf die Couch nieder. Sie klammerte sich noch immer an ihn und es dauerte ein paar Minuten und einige Dutzend freundliche Worte, bis sie ihren Griff endlich lockerte und sich langsam beruhigte. Sie war so erschöpft, dass er sie erst einmal zurück ins Bett brachte, damit sie sich ausruhen konnte. Sie schlief noch immer, als Erika mit den Einkäufen zurückkehrte. Doch als die Frau kurz darauf ihr Zimmer betrat, öffnete das Mädchen die Augen.

„Geht es dir wieder besser?", fragte Erika.

Charlene nickte. „Ist Matt sehr böse auf mich?", fragte sie leise.

„Ach Quatsch. Warum sollte er?"

„Weil ich mich so angestellt habe. Ich weiß auch nicht, was da passiert ist. Irgendwie bekomme ich Panik, wenn ich in einen Wagen einsteigen soll."

„Das ist auch nicht verwunderlich, Kind", sagte die Frau und setzte sich neben sie auf die Bettkannte. „Immerhin bist du mit einem Auto schwer verunglückt; deine ganze Familie kam dabei um. Da würde ich auch nicht mehr in einen Wagen einsteigen wollen." Erika glaubte, dass ihre Familie bei einem ganz normalen Verkehrsunfall gestorben sei, deshalb hatte sie keine Ahnung, was wirklich in dem jungen Mädchen vorging. Die Hintergründe und die Gefahr, in der sie steckte, waren der Frau nicht bekannt. *Es wäre besser so*', hatte Matt Charlene erklärt.

Daher ließ das Mädchen ihre Aussage auch unkommentiert und fragte lediglich: „Hört das wieder auf?"

„Die Angst, in ein Auto zu steigen, meinst du? Bestimmt. Wenn du es wirklich willst, kannst du die Angst sicher besiegen. Du musst es halt immer wieder versuchen. Aber besser nicht allein", gab sie zu bedenken.

Charlene beschloss, Matt später zu bitten, noch einmal mit ihr zum Wagen zu gehen. Sie war fest entschlossen, die Angst nicht gewinnen zu lassen. Der Weg nach Austin war weit und in einem Fahrzeug viel, viel schneller zu bewältigen, als zu Fuß. Das hatte sie inzwischen auch eingesehen. Erika riss sie aus ihren Gedanken, indem sie eine Tüte heranzog und vor ihr ausleerte. „Sieh' mal, was ich besorgt habe. Ich hoffe, deinen Geschmack wenigstens ansatzweise getroffen zu haben." Sie zeigte dem Mädchen, was sie gekauft hatte: zwei robuste Jeans, ein paar T-Shirts, Hoodys, einen Schlafanzug und ein Paket neue Unterhosen. Mit ihrer Hilfe probierte das Mädchen alles an.

Es stellte sich heraus, dass Erika ihre Größe ganz gut hatte einschätzen können. Die Jeans waren noch ein bisschen zu weit, aber auch dafür hatte die Frau vorgesorgt und einen Gürtel mitgebracht. Charlene war äußerst dankbar für die Sachen und sagte das sowohl der Frau als auch Matt, der wenig später ebenfalls nach ihr sah. Gemeinsam luden sie die Sachen in die Waschmaschine, damit sie sie in Zukunft tragen konnte.

Am Nachmittag klopfte Charlene an das Büro des Arztes, der an seinem Schreibtisch saß, um ein paar Abrechnungen zu erledigen. „Ja?", hörte sie die freundliche Stimme aus dem Raum.

„Darf ich reinkommen?", fragte sie schüchtern und der Mann lächelte aufmunternd.

„Natürlich. Was kann ich für dich tun?"

„Ich möchte dich etwas fragen."

Matt legte seinen Stift auf den Tisch und lehnte sich in seinem Stuhl zurück. „Ich bin ganz Ohr."

Das Mädchen zögerte. „Warum kann ich nicht mehr in ein Auto einsteigen? Erika sagt, weil ich einen Autounfall hatte, bei dem meine Eltern starben. Aber ich glaube nicht, dass es an dem Unfall selbst liegt. Müsste ich dann nicht vor allen Fahrzeugen Angst haben? Aber bisher hatte ich nie Probleme, wenn ich an

Autos vorbeigegangen bin. Nur, wenn ich dort einsteigen soll. Das war schon auf der Farm der Waynes so, als Alex mich in die Stadt fahren wollte, damit ich etwas einkaufen kann. Seine Mutter hat mir die Sachen dann mitgebracht, als sie sowieso hinfuhr, deshalb ist es niemandem aufgefallen. Aber das heute Vormittag... das war viel schlimmer. Ich... ich habe schreckliche Sachen gesehen und es war genauso real, wie... wie in der Nacht. Aber ich will das nicht mehr. Ich will diese Bilder nicht mehr in meinem Kopf haben. Werde ich verrückt?"

Langsam stand der Arzt auf und trat auf das Mädchen zu, um vor ihrem Stuhl in die Knie zu gehen. Sie hatte die Hände in ihrem Schoß liegen und knetete sie nervös, während sie darauf starrte. Er nahm ihre Hände in seine und zwang sie damit, ihn anzublicken. „Also erst einmal musst du dir keine Sorgen machen, dass du den Verstand verlierst, Charlene. Eine solche Reaktion ist genaugenommen nichts Ungewöhnliches. Viele Menschen haben Ängste, sehen Bilder oder hören Geräusche, die im direkten Zusammenhang mit einem Trauma stehen, also ein Unfall, ein Brand, ein Überfall oder sonst irgendein schlimmes Ereignis. Vielleicht rührt deine Angst nicht ausschließlich von dem vermeintlichen Unfall an sich, also als der Wagen sich überschlug. Ich denke eher, dass es die Summe von allem war: die Verfolgung, die Schüsse auf den Wagen, der eigentliche Unfall und vor allem das, was danach passiert ist. Mit einem normalen Unfall kann man sich vielleicht irgendwie arrangieren, aber hier handelt es sich nicht darum. Der Unfall war die Folge des gewaltsamen Von-der-Straße-Drängens. Und was die Männer anschließend mit deinem Vater gemacht haben und mit euch allen vorhatten, würde selbst einen gestandenen Erwachsenen aus der Bahn werfen. In deinem Kopf verbindest du ein Fahrzeug mit dem tödlichen Schuss auf deinen Vater, dem Versuch, das Fahrzeug in Brand zu stecken und den Schmerzen, die du hattest. Und vermutlich denkt dein Kopf, dass das immer wieder passieren könnte, sobald du in einen Wagen steigst, Charlene."

„Und was kann ich dagegen tun?", kam es ein wenig hilflos zwischen ihren Lippen hervor.

„Ich muss dich leider enttäuschen, wenn du darauf hoffst, dass ich ein Heilmittel oder eine Pille dagegen habe, Kleines. So etwas gibt es leider nicht. Aber wir können trotzdem etwas tun. Du müsstest eigentlich in eine therapeutische Behandlung, aber das würde bedeuten, dass du mit einem Fremden über all die Dinge reden musst, die dich beschäftigen. Und ich weiß, dass du dazu noch nicht bereit bist. Also kann ich dir nur anbieten, mit mir und Alex zu reden. Du musst immer wieder darüber sprechen, versuchen, alles zu verarbeiten. Und wir können versuchen, dich an den Wagen zu gewöhnen. Wir könnten anfangs einfach nur hingehen, ihn umrunden, die Türen öffnen, oder den Kofferraum. Vielleicht schaffst du es auch, dich einfach mal reinzusetzen, wenn du weißt, dass wir nirgendwo hinfahren. Und wenn du dich etwas sicherer fühlst, können wir ein Stück fahren. Einfach nur die Auffahrt rauf oder runter, vielleicht mal um den Block. Ich will dir nichts vormachen und ich kann dir mit Sicherheit nicht sagen, wie lange es dauert – vielleicht ein paar Tage, vielleicht aber auch Wochen oder Monate, das weiß ich nicht. Aber wenn du es willst, werden wir die Angst besiegen können."

„Glaubst du, ich bin stark genug?"

„Ich glaube, dass du das stärkste Mädchen bist, das ich je getroffen habe. Viele hätten schon längst aufgegeben. Aber du machst weiter, egal welche Rückschläge auf dich warten oder in welcher Gefahr zu schwebst. Das ist verdammt mutig von dir. Ich wünschte nur, dass du uns irgendwann alles sagen könntest", fügte er ein wenig traurig hinzu.

„Ich auch", gab Charlene leise zurück. „Aber wenn ich es tue, werden sie euch auch töten."

„Warum, Charlene? Welches Geheimnis hütest du? Was hat dein Vater dir aufgetragen und vor allem warum?"

„Bitte frag' nicht weiter, Matt. Bitte!" Ihre Stimme war nun flehend und der Mann gab auf – vorerst zumindest.

„Also gut. Lassen wir das im Moment", gab er sich geschlagen.

Erleichtert atmete das Mädchen auf und erhob sich von ihrem Stuhl. Dann nahm sie Matt an die Hand und zog ihn zur Tür. „Können wir gleich rausgehen?"

„Zum Wagen?", fragte er erstaunt.

Charlene nickte. „Ja, bitte."

„Wenn du meinst."

„Ja", gab das Mädchen zurück. „Ich will diese Angst besiegen. Je schneller ich es schaffe, desto schneller hat dieser Albtraum vielleicht ein Ende."

„Du willst also so schnell wie möglich nach Austin reisen?"

„Ja, sobald du es mir erlaubst."

„Na, wenigstens scheinst du aus deiner letzten, überstürzten Flucht gelernt zu haben", stellte er zufrieden fest. „Da bin ich aber beruhigt. – So, da sind wir. Alles okay bei dir?" Sie waren am Fahrzeug angekommen und es war genauso, wie Charlene gesagt hatte. Der Jeep machte ihr eigentlich überhaupt keine Angst – sie wusste ja, dass sie nicht damit fahren musste. Langsam ging sie um den Wagen herum, berührte das kalte Blech und alles war gut. Matt ließ sie machen und beobachtete sie genau. Erst nachdem er sich überzeugt hatte, dass alles in Ordnung war, schloss er auf und öffnete die Türen. Vorsichtig näherte sich das Mädchen, berührte den Sitzbezug und ließ ihren Blick aufmerksam durch das Innere gleiten. Doch erst, als der Arzt Anstalten machte, auf den Fahrersitz zu gleiten, sprang sie entsetzt zu ihm und zog ihn am Arm aus dem Fahrzeug. „Nein, nicht. Das ist gefährlich", rief sie mit zitternder Stimme, wusste jedoch gleichzeitig, dass sie völligen Blödsinn redete. Als er neben ihr auf dem Weg stand, ließ sie verlegen seine Hand wieder los. „Entschuldige. Das war total blöd."

„Nein, war es überhaupt nicht. Im Gegenteil, ich glaube, mir ist gerade etwas klar geworden."

„Wieso? Was habe ich denn getan?"

„Es war einfach deine Reaktion – dein Verhalten. Charlene, du hast keine Angst vor meinem Wagen… oder generell vor Autos. Wo genau war dein Vater, als der Schuss fiel?"

„Er saß noch hinter dem Steuer. Er hatte sich abgegurtet und seine Waffe gezogen, das habe ich gehört, beziehungsweise konnte ich zwischen dem Spalt sehen."

„Und dann fiel der Schuss und er ließ die Waffe fallen, richtig?" Das Mädchen nickte. „Okay, dann weiß ich, was das Problem ist. Du hast Angst, dass demjenigen, der auf diesem Sitz Platz nimmt, genau das gleiche passieren könnte. Bist du bereit für einen Test?"

„Ähm… ja", antwortete sie zögernd, überrascht von der Feststellung des Arztes.

„Komm' her und versuch' bitte mal, auf den Rücksitz zu rutschen. Wenn es nicht geht, ist nicht schlimm, aber versuche es einfach mal. Ich bin bei dir und ich verspreche dir, dass nichts geschehen wird."

Das Mädchen trat zögernd an die offene Hintertür des Wagens, doch zu ihrem eigenen Erstaunen, war es gar nicht so schwer, in das Fahrzeug einzusteigen. Matt konnte sogar die Tür schließen, ohne dass sie in Panik geriet. Sie fühlte sich zwar nicht gerade wohl in ihrer Haut, doch die Panikattacke blieb aus. Selbst bei einem zweiten Versuch auf dem Beifahrersitz war noch alles in Ordnung. Er schloss die Tür und ging langsam um den Wagen herum. Die Fahrertür stand noch offen und er blickte durch das Wageninnere auf die junge Freundin.

Ihre Augen weiteten sich ein wenig und sie begann, schneller zu atmen. Doch noch hielt sich alles im Rahmen. Matt wartete einen Moment, damit sie merkte, dass nichts passierte, und kletterte dann auf den Fahrersitz.

Die Farbe wich aus dem Gesicht des Mädchens. Sie zitterte und ihre Hände versuchten, ihn aus dem Wagen zu schieben, während sie beinahe hysterisch rief: „Nein, nicht! Du musst raus hier – raus! Ich will nicht, dass…"

„Charlene!", sagte Matt mit eindringlicher und fester Stimme und griff nach ihren Handgelenken. „Es ist niemand sonst da. Alles ist gut. Mir passiert nichts. Mach' die Augen bitte auf!"

Vorsichtig öffnete das Mädchen die Augen, doch sie sah nicht den Arzt auf dem Sitz, sondern ihren Vater, der eine Waffe in der Hand hielt und einen entschlossenen Gesichtsausdruck aufgesetzt hatte, obwohl sie sehen konnte, dass er starke Schmerzen hatte. Dann der Schuss, doch nicht aus seiner Waffe, die ihm sofort aus der Hand rutschte. Sie meinte sogar, deren Aufschlag im Fußraum des Wagens spüren zu können und sah, wie ihr Vater zusammensackte. „Daddy!", schrie sie panisch und warf sich vor den Mann auf dem Fahrersitz, als wenn sie ihn vor weiteren Schüssen schützen wollte.

Matt war der Ansicht, dass das reichen würde, stieg aus dem Wagen und zog das Mädchen einfach mit sich, das sich nun an ihn klammerte, als wollte sie ihn nie wieder loslassen. „Es ist alles gut", sagte er einfühlsam. „Ich bin es, Matt. Du kannst mich wieder loslassen, Charly." Er spürte, wie sich ihr Griff etwas lockerte und plötzlich starrte sie ihn an, als wenn sie jetzt erst bemerken würde, dass er gar nicht ihr Vater war. Weinend brach sie zusammen. Matt fing sie auf und brachte sie zurück ins Haus.

An diesem Tag starteten sie keine weiteren Versuche, doch als Alex über das Wochenende vorbeikam, gingen sie regelmäßig nach draußen. Merkwürdigerweise blieb das Mädchen auch ruhig, wenn jemand Fremdes sich auf einen Fahrersitz setzte, egal, ob in seinem eigenen Wagen oder dem des Arztes oder ihres Freundes. Doch wenn einer der beiden Männer sich im Jeep oder in Alex' Pickup hinter das Steuer setzte, geriet sie jedes Mal in Panik.

Allerdings stellten sie auch fest, dass sie sich schneller davon erholte, je öfter sie es versuchten. Charlene war jedoch frustriert, dass sie nicht wirklich weiterkamen und hatte beim Essen am Sonntagmittag mal wieder keinen Hunger. Matt musterte sie besorgt. Hatten sie es vielleicht übertrieben? Sie war noch immer nicht ganz fit, auch wenn sie die Erkrankung weitestgehend überstanden hatte. Doch sie war nach wie vor sehr schmal und oft kraftlos oder ermüdete schnell. „Was ist los? Schmeckt es dir nicht?"

„Doch, tut es. Aber ich kann jetzt nichts essen."

„Das solltest du aber. Es ist wichtig. Vor allem für dich", mahnte der Arzt.

„Manchmal kannst du ganz schön nerven, Matt. Weißt du das?"

„Das ist mein Job", lachte der Mann. Charlene stöhnte.

Alex nahm ihre Gabel und pikste ein paar Nudeln auf. „Komm' schon. Iss noch etwas, sonst habe ich ein ganz komisches Gefühl im Bauch, wenn ich fahren muss und mache mir die ganze Zeit Sorgen."

Das Gesicht des Mädchens hellte sich etwas auf und gehorsam öffnete sie den Mund, damit er die Gabel hineinschieben konnte Dann nahm sie ihm das Besteck aus der Hand und sagte kauend: „Das kann ich natürlich nicht verantworten."

Matt nickte zufrieden und tatsächlich leerte sich in der nächsten halben Stunde der gesamte Teller. Während die drei das Geschirr in die Spülmaschine räumten, hielt sie plötzlich in der Bewegung inne. „Ich möchte, dass wir es noch einmal versuchen", stellte Charlene fest.

„Nochmal?", fragte Alex. „Aber glaubst du nicht, dass es für heute genug war?"

„Nein", widersprach sie und ihre Stimme klang fest und entschlossen. „Und diesmal machen wir es anders."

„Da bin ich jetzt aber mal gespannt", stellte nun auch der Arzt fest und blickte interessiert auf seine junge Patientin.

„Mein Vater hat mir immer gesagt: wenn ich vor etwas Angst habe, muss ich dagegen ankämpfen und es besiegen. Egal, wie schwer es ist. Und genau das habe ich vor. – Alex? Denkst du, dass du mich festhalten kannst, falls ich auf dich losgehen sollte?"

„Ähm… ja, schon", stammelte der Angeredete. „Aber warum solltest du das tun?"

„Weil ich es vielleicht nicht kontrollieren kann. Bisher haben wir immer abgebrochen. Aber dadurch kann ich die Angst nicht besiegen. Ich muss da jetzt durch – und deshalb dürfen wir den Versuch diesmal nicht abbrechen. Versprecht ihr mir das?"

„Ich weiß nicht, ob das eine gute Idee ist, Charly", gab Matt zu bedenken. „Wir wissen nicht, was passieren wird, wenn wir es so machen."

„Bitte, Matt. Du weißt nicht, wie das ist, wenn man ständig diese Bilder sieht und nicht mehr weiß, was man tut. Ich bin schon fast wieder gesund und ich muss eine Aufgabe erfüllen. Es ist bereits viel zu viel Zeit verstrichen."

Der Arzt witterte seine Chance und schlug vor: „Okay, wenn du es unbedingt willst, versuchen wir es. Aber dann musst du auch etwas für uns tun."

„Matt! Du weißt, dass ich es euch nicht sagen kann. Ich will euch nicht auch noch verlieren. Die Männer sind gefährlich."

„Das ist mir wohl bewusst, auch wenn ich vermutlich nur einen Bruchteil von ihren Taten kenne. Aber glaubst du nicht, dass ich alt genug bin, um selbst auf mich aufzupassen und die Gefahr einschätzen zu können? Vermutlich sogar viel besser, als du es kannst, Charlene. Und Alex ist auch fast erwachsen. Du aber bist ein Kind, auch wenn ich zugeben muss, dass du reifer und verantwortungsbewusster bist, als alle anderen in deinem Alter. Ich wüsste ehrlich gesagt schon gerne, in welcher Gefahr ich tatsächlich schwebe. Und ich denke, dass ich ganz gut auf mich aufpassen kann."

„Daddy konnte es nicht – und er war ein Profi", sagte das Mädchen leise.

„War er Polizist?", fragte Alex nun.

„Nicht direkt", gab das Mädchen endlich zu und setzte sich wieder auf einen der Stühle, zog die Beine hoch und umklammerte sie mit den Armen. „Dad hat irgendwie für die Regierung gearbeitet. Genau weiß ich das eigentlich gar nicht. Er war oft monatelang weg und hat Verbrecher ausspioniert, sich bei ihnen eingeschlichen und sie dann hochgehen lassen. Wir mussten immer wieder umziehen, wenn er einen neuen Einsatz bekam, bekamen oft auch neue Namen, damit niemand eine Verbindung herstellen konnte."

Sie machte eine Pause, die Alex dafür nutzte, eine Zwischenfrage zu stellen: „Dann ist Charlene gar nicht dein richtiger Name?"

„Doch schon. Ich wurde als Charlene Francis Fisher geboren. Doch in den Schulen und für die Nachbarn hatten wir andere Namen. Nur, wenn wir allein waren, durften wir unsere richtigen Namen verwenden. In meiner letzten Schule hieß ich Melanie Atkins."

„Aber warum wurden dann eure richtigen Namen in den Nachrichten genannt. Woher hatten die Nachrichtensprecher diese Information?"

Jetzt mischte sich auch Matt wieder ein, der dem Gespräch bisher schweigend gefolgt war: „Hast du nicht gesagt, dass sie davon ausgegangen sind, fünf Leichen zu haben? Vermutlich haben sie deshalb eure richtigen Namen verwendet. Sie waren sich nicht bewusst, dass sie damit eines der Familienmitglieder in Gefahr bringen könnten."

„Und damit haben sie den Männern, die meine Familie umgebracht haben, in die Hände gespielt. Sie wissen jetzt, nach wem sie suchen müssen."

„Hast du deshalb angefangen, dich als Junge auszugeben?", fragte Alex, doch sie schüttelte den Kopf.

„Nein, das hatte einen anderen Grund, aber eigentlich ist es ganz gut so. Vielleicht ist es so schwerer für die Kerle, auf meine Spur zu kommen."

Alex war davon nicht wirklich überzeugt. „Nicht, wenn sie ein bisschen was im Hirn haben. Ich habe die Verbindung schließlich auch hergestellt und so deine Spur gefunden."

„Du hattest allerdings auch eine starke Motivation", grinste Matt, wurde dann aber wieder ernst. „Allerdings haben das die Kerle wohl auch. Aber wieso hast du denn jetzt dein Aussehen verändert?"

„Das kann ich euch nicht sagen", gab das Mädchen zurück und die Männer konnten sehen, wie sie darum kämpfte, die Fassung zu bewahren.

Da kam Alex plötzlich eine Idee: „Hat es mit dem Kerl zu tun, der dich vergewaltigen wollte?" Er konnte sehen, wie seine Worte auf das Mädchen wirkten.

Sie riss erschrocken die Augen auf und in ihrem Gesicht war eine Mischung aus Scham, Angst und Entsetzen zu lesen. Ihre Stimme war nicht viel mehr als ein Flüstern und klang irgendwie belegt. „Du weißt davon? Warum bist du dann hier? Ich... ich habe einen Menschen getötet. Ich bin eine Mörderin!" Den letzten Satz rief die beinahe in den Raum, schlug die Hände vors Gesicht und fing an zu schluchzen.

Alex nahm sie tröstend in die Arme. „Nein, bist du

nicht", sagte er eindringlich. „Der Kerl lebt und hat eine Anzeige bekommen."

Erstaunt wischte sie sich die Tränen weg. „Aber wie...? Suchen sie gar nicht nach mir? Aber ich habe ihn doch niedergeschlagen. Er lag am Boden... wie... wie tot."

„Ich weiß", sagte Alex zärtlich. „Ich habe die Aufnahme von der Überwachungskamera gesehen. Du hast in Notwehr gehandelt – und das ist nicht strafbar. Sie suchen dich lediglich als Zeugin."

Erleichtert flog sie ihm um den Hals. „Und ich dachte die ganze Zeit, ich wäre eine Mörderin. Danke Alex."

„Dann warst du also auf der Flucht vor der Polizei?", fragte Matt nun.

Sie nickte. „Glaub' mir, ich hätte mich am liebsten gestellt, aber das geht nicht – nicht bevor ich das Buch ausgeliefert habe."

„Das Buch?", fragten die beiden Männer im Chor. Jetzt wurde es interessant.

Charlene seufzte ergeben. „Ihr gebt ja wohl doch keine Ruhe, bevor ich es euch sage, was?"

„Nein", antworten beide ernst.

„Also gut. Bevor Daddy starb, sagte er mir, dass ich sein Buch zu *Butterfly* bringen soll. Er hatte es im Kuscheltier von Ashton versteckt. Ich habe es dort gefunden und an mich genommen."

„Hast du es dir angesehen? Was ist das für ein Buch?", fragte Matt interessiert.

„Es ist das Notizbuch meines Vaters. Dort hat er alles eingetragen, was er über die Verbrecher gesammelt oder herausgefunden hat. Das hat er immer so gemacht. Er schreibt dort Namen auf, Dinge, die sie gemacht haben, manchmal sogar Fotos. Das hat er

156

auch diesmal getan. Und ich glaube, in die Sache sind einige wichtige Leute verwickelt, die bestimmt großen Ärger bekommen, wenn dieses Buch sein Ziel erreicht. Sogar Leute von der Polizei. – Deshalb kann ich nicht zur Polizei gehen. Wenn die falschen Leute es erfahren, bin ich geliefert und diese Aufzeichnungen werden niemals ausgewertet werden können. Dad wusste, dass man ihm auf die Schliche gekommen war. Er kam an dem Tag nach Hause und sagte uns, dass wir evakuiert werden müssten. Aber die Zeit reichte nicht, um auf das Team zu warten – sie waren ihm dicht auf den Fersen. Wir hatten nur zehn Minuten, um das Nötigste einzupacken. Für diesen Notfall haben wir regelmäßig trainiert und waren wenig später bereits auf dem Weg. Aber wir waren dennoch zu langsam. Sie haben uns irgendwie gefunden, sind uns gefolgt und haben auf uns geschossen. Daddy ist… er *war* ein sehr guter Fahrer und konnte sie kurzzeitig abhängen. Aber irgendwie haben sie uns wiedergefunden – keine Ahnung, wie sie das geschafft haben. Plötzlich kamen sie wie aus dem Nichts – ich glaube, es war ein großer Van oder ein Truck, keine Ahnung. Alles war plötzlich hell erleuchtet und dann rammte uns etwas. Der Wagen kam von der Straße ab und rollte die Böschung hinunter. Dabei müssen sich die Gurte gelöst haben – vielleicht hatten wir sie auch nicht richtig eingerastet. Ich wurde bewusstlos und kam erst wieder zu mir, als ich im Fußraum lag. Alles tat weh und ich konnte mich anfangs gar nicht rühren. – Den Rest kennt ihr ja. Ich weiß, dass einer der beiden Männer Guy genannt wurde und ich glaube, ich könnte die Stimmen der beiden wiedererkennen – ich höre sie oft in meinen Träumen. Sie wussten von den Aufzeichnungen. Deshalb wollten sie den Wagen mit dem Sprengsatz anzünden, damit niemand diese Aufzeichnungen finden kann. Durch die Nachrichten wissen sie aber, dass ihr Plan nicht funktioniert hat und dass einer der Familie fehlt. Natürlich haben sie keine Ahnung, ob ich noch lebe oder wirklich von Tieren verschleppt worden bin, aber sie müssen davon ausgehen, dass jemand das Buch gefunden haben könnte und dass dieses irgendwie in die richtigen Hände kommt. Deshalb muss ich so schnell es geht nach Austin. Ich muss *Butterfly* finden und ihm die Unterlagen geben. Er weiß, was zu tun ist."

„Wer ist dieser *Butterfly* überhaupt?", fragte Alex nun.

„Das ist Daddys Kontakt zu den Leuten, für die er arbeitet. Jeder von uns hat die Anschrift auswendig lernen müssen. Zu ihm waren wir unterwegs, weil er dafür sorgen kann, uns in Sicherheit zu bringen. Und er kann dafür sorgen, dass das Buch ausgewertet und die Schuldigen hinter Gitter gebracht werden können."

„Hat dein Vater in dem Buch auch geschrieben, um was für Verbrechen es sich handelt?", fragte Matt.

„Alles Mögliche: Waffenhandel, Bestechung, Folter, Mord… die Liste ist endlos. Und er war gerade mal ein halbes Jahr dort im Einsatz. Keine Ahnung, was er noch herausgefunden hat, aber irgendetwas hat ihn wohl verraten."

„Und wo ist dieses Buch jetzt?"

„In meinem Rucksack. Zusammen mit unseren Papieren."

„In Ordnung. Da ist es erst einmal sicher. Gibt es sonst noch etwas, das wir wissen sollten?"

Das Mädchen schüttelte den Kopf. Sie war

erstaunt, wie gut es ihr getan hatte, über all das zu sprechen. Sie war mit ihrem Wissen nicht mehr allein, trug nicht mehr die volle Verantwortung. Sie hatte Verbündete und das machte ihr Herz ein kleines bisschen leichter.

Voller Tatendrang stand sie auf. „Können wir jetzt zu meinem anderen Problem kommen?"

Matt lächelte amüsiert. „Ja, natürlich. Und wie genau stellst du dir das vor?"

„Ich möchte, dass einer von euch mich daran hindert, um mich zu schlagen, falls ich es nicht mehr kontrollieren kann. So lange, bis ich endlich begreife, dass alles in Ordnung ist. Versprecht ihr mir das?"

Alex nickte, doch Matt blickte besorgt. „In Ordnung, aber mit einer Ausnahme: Wenn ich das Gefühl haben sollte, dass es dir schaden könnte, werde ich abbrechen. Ich werde nicht deine Gesundheit oder dein Leben aufs Spiel setzen. Panik ist ein schlimmer Zustand, der unter Umständen schwerwiegende Folgen haben kann."

Das sahen die beiden anderen ein. Zur Sicherheit nahm der Arzt noch ein paar Medikamente mit zum Wagen, die er im schlimmsten Fall schnell benötigen würde. Sie beschlossen, Alex' Pickup zu nehmen, da sie hier alle drei auf den Vordersitzen Platz fanden. So konnten sie Charlene in die Mitte nehmen. Da Matt sowieso nicht fahren, sondern nur auf dem Vordersitz sitzen würde, war das kein Problem, selbst wenn sie handgreiflich werden würde. Alex öffnete die Beifahrertür und ließ Charlene auf den Sitz klettern. Dann rutschte er neben sie und schloss die Tür.

Das Mädchen war nervös, schloss kurz die Augen und atmete tief durch. Ihre Hand suchte nach der des Freundes, der sie sanft in seine nahm und beruhigend drückte. „Alles wird gut. Hab' keine Angst." Sie öffnete die Augen wieder und blickte zu dem väterlichen Freund hinüber, der auf der Fahrerseite stand.

Ihr Nicken ließ ihn die Tür öffnen und seine Notfallmedikamente auf die Ablage legen. „Bist du bereit, Charlene?"

Das Mädchen zog es vor, ihren Mund nicht zu öffnen, denn plötzlich wurde ihr übel und sie wollte nicht riskieren, sich zu übergeben. Daher kam nur ein Nicken zurück, das jedoch entschlossen wirkte. Langsam stieg Matt auf die Stufe und ließ sich auf den Sitz gleiten. Sofort spürte Alex, wie sich die Hand des Mädchens verkrampfte. Sie quetschte ihm die Finger zusammen, während sie wie hypnotisiert auf den Arzt starrte. Keiner der beiden Männer wusste, ob sie ihn überhaupt richtig wahrnahm oder wieder nur die Bilder in ihrem Kopf sah. Matt schloss die Tür.

Ein paar Minuten passierte überhaupt nichts, wenn man mal von dem schraubstockartigen Griff des Mädchens an Alex' Hand absah. ,Woher nimmt sie nur diese Kraft?', fragte er sich und riss sich zusammen, um nicht vor Schmerz aufzustöhnen. Matt nahm vorsichtig ihre zweite Hand und fühlte ihren Puls. Ihr Herz raste, das konnte er deutlich fühlen, doch abgesehen davon wirkte sie nur verkrampft – kein Schreien, kein Weinen, keine Handgreiflichkeiten.

Dann ließ sie Alex' Hand plötzlich los und er wollte gerade aufatmen, als ein warnendes: „Vorsicht", von der anderen Seite kam. Im nächsten Augenblick sah er eine Hand auf sich zurasen, die er jedoch geschickt abfing und festhielt. Von der anderen Seite schnappte sich jemand ihren anderen Arm, damit sie keinen Schaden anrichten konnte. Charlene wand sich stumm in den Griffen der beiden Männer. Ihre

Atmung wurde immer schneller und sie hatte das Gefühl, ihr Herz würde sich überschlagen. Sie sah und hörte Dinge, die nicht da waren, und kämpfte einen lautlosen Kampf – nicht nur gegen die Freunde, sondern vor allem gegen sich selbst. Dieser Kampf dauerte fast eine viertel Stunde, bevor sie plötzlich ein erstickendes „NEIN!" ausstieß und dann in Alex' Armen zusammensackte.

Der Junge dachte sofort, dass sie bewusstlos geworden wäre, doch er täuschte sich, denn sobald er seinen Griff lockerte, klammerte sie sich an seiner Hand fest. Sie wollte nicht, dass er sie losließ, dass sie allein war. An der linken Hand spürte sie die warme Berührung des Arztes, der erneut ihren Puls fühlte. Er war zwar hoch, ebbte aber merklich ab.

Zufrieden nickte er Alex zu. „Wir sollten sie jetzt besser reinbringen. Sie muss sich ausruhen."

Und das tat Charlene auch. Nachdem ihr Freund sie zurück ins Haus und in ihr Bett gebracht hatte, nickte sie erschöpft ein. Doch schon eine Stunde später wachte sie wieder auf und war froh, dass Alex noch da war.

GESCHICHTEN AUS DER

VERGANGENHEIT

„Musst du nicht nach Hause?", fragte Charlene, nachdem sie sich aufgesetzt hatte.

„Ich wollte warten, bis es dir besser geht, bevor ich mich auf den Weg mache. Wie fühlst du dich?"

„Als wenn ich einen Fünf-Kampf hinter mich gebracht hätte."

Grinsend half er ihr auf die Beine. „Na, genaugenommen war es eigentlich nur ein Zweikampf. Ein Kampf zwischen deinem Willen und deiner Angst. Ich denke, du hast ihn gewonnen. Aber das können wir erst testen, wenn ich wieder da bin. Jetzt muss ich leider los. Am Freitag komme ich wieder und wenn du deine Angst wirklich überwunden hast, bringe ich dich persönlich nach Austin, einverstanden?"

„Ich weiß nicht, Alex. Ich sollte dich da besser nicht mit reinziehen."

„Mädchen! Ich bin da schon mittendrin. Und daran wird sich auch nichts ändern."

Charlene begleitete ihn noch zur Tür, nachdem er sich von dem Arzt verabschiedet hatte. Dann ging sie in die Küche, um beim Kochen zu helfen. Matt warf einen prüfenden Blick auf das Mädchen, doch sie wirkte wieder vollkommen normal. „Dein Vater wäre heute sehr stolz auf dich gewesen. Es erfordert eine

Menge Mut, sich seinen Ängsten zu stellen."

„Glaubst du denn, dass ich sie wirklich besiegt habe?"

„Das werden wir in den nächsten Tagen feststellen. Aber das heute war schon ein sehr großer Schritt, glaube ich – und den Rest schaffen wir auch. Denke nur immer daran, dass du nicht allein bist. Alex und ich – wir werden dir helfen."

Ohne Vorwarnung fiel sie ihm um den Hals. „Was hätte ich nur ohne dich getan, Matt? Dich hat echt der Himmel geschickt."

„Na, na. Jetzt übertreibst du aber. Im Grunde genommen habe ich doch nur meinen Job gemacht."

„Oh nein, Matt. Das stimmt nicht. Vielleicht war das am Anfang so, aber spätestens seit du mit Alex nach mir gesucht hast, ist es das nicht mehr. Du bist... ein Freund, Beschützer und... etwas, das einem Vater sehr ähnlich kommt. – Warum hast du eigentlich keine Kinder, Matt? Ich finde, das ist eine Schande – du bist nämlich ein ganz toller Vater: nett, freundlich, einfühlsam, aber auch streng und konsequent, wenn es sein muss. Ich wäre stolz, einen Vater wie dich zu haben. Und alt genug bist du doch wohl auch."

Jetzt musste Matt lachen: „Danke für die Blumen, du Frechdachs. So alt bin ich ja auch wieder noch nicht. Aber wenn du es genau wissen willst: um eine Familie zu gründen, müsste ich vielleicht erst einmal eine Frau haben, meinst du nicht?"

„Und? Warum hast du keine?", fragte sie neugierig. Matt dachte einen Moment nach, ob er es ihr erzählen sollte, doch das dauerte ihr zu lange. „Ich meine: du bist immerhin Arzt, bist supernett und siehst doch auch ganz gut aus. Da sollte doch etwas Passendes zu finden sein, oder?"

„Schon mal darüber nachgedacht, dass ich nicht möchte?", fragte er und als er ihr dabei fest in die Augen blickte, meinte sie eine tiefe Traurigkeit erkennen zu können.

Sofort senkte sie den Blick und ihr Magen verkrampfte sich. „Warum nicht?", kam es leise und schüchtern zwischen ihren Lippen hervor.

Matt atmete tief ein und seufzte. „Du gibst ja sonst eh keine Ruhe. Komm' mal her und setze dich." Das Mädchen ließ sich auf die Eckbank sinken. Matt stellte den Herd aus und setzte sich neben sie. „Während meiner Ausbildung war ich wie viele junge Männer. Wenn wir Zeit hatten und nicht lernten, zogen wir um die Häuser und hin und wieder fand ich mich am nächsten Morgen in einem fremden Bett wieder. Es war eine wilde Zeit damals und ich bin alles andere als stolz darauf."

Er machte eine kurze Pause, die Charlene dazu nutzte, eine Zwischenfrage zu stellen: „Warst du deshalb so sauer, als du erfahren hast, dass Alex und ich ohne Kondom miteinander geschlafen haben?"

Der Arzt nickte. „Ich habe damals denselben Fehler gemacht – wenn auch mit weniger schwerwiegenden Folgen. Erst, nachdem ein Bekannter sich eine Geschlechtskrankheit eingefangen hatte, begriff ich die Tragweite und änderte mein Verhalten. Ich hörte auf, irgendwelche Mädchen abzuschleppen oder mich abschleppen zu lassen und hatte trotzdem eine Menge Spaß, weil ich begriff, dass einfacher Sex eigentlich nichts Besonderes ist. Erst die Zuneigung zu einem anderen Menschen macht ihn zu dem, was es sein sollte: Die Verbindung beziehungsweise Verschmelzung zweier Körper, ohne an das Morgen zu denken."

164

„Ja, ich weiß", gab das Mädchen zu, denn diese Beschreibung traf so ziemlich genau das, was sie mit Alex zusammen erlebt hatte. Vorsichtig hakte sie nach: „Und? Hast du dieses Gefühl jemals empfunden?"

„Oh ja, das habe ich", gab der Arzt zu und sein sehnsuchtsvoller Blick schweifte in die Ferne.

Als er eine Weile nicht weitersprach, hakte sie erneut nach: „Erzählst du mir von ihr?"

Kaum merklich zuckte Matt zusammen; scheinbar war er in Gedanken weit weg gewesen. Er blickte ihr nachdenklich ins Gesicht und fing dann an zu erzählen: „Ihr Name war Renée. Sie studierte auch Medizin und wir lernten uns auf einer dieser Partys kennen, die ich mit Freunden besuchte. Aber sie war so ganz anders als der Rest. Sie wollte sich einfach nur ein wenig vom Lernen ablenken, quatschen, nette Leute kennen lernen. Auf eine heiße Nacht hatte sie keine Lust, auch wenn einige es versuchten. Das imponierte mir und wir kamen ins Gespräch. An unserem ersten Abend redeten wir stundenlang – bis wir schließlich rausgeschmissen wurden, weil der Laden dicht machte. Danach gingen wir noch lange spazieren, bis es Zeit wurde, in die Klinik zu fahren. Es war die erste und einzige Nacht, die ich durchgemacht hatte und doch war ich nicht müde, sondern strotzte vor Lebensfreude, während meine Kumpels übernächtigt aussahen. Dabei waren sie viel früher gegangen, als wir." Wieder machte er eine Pause und ein liebevolles Lächeln huschte über sein Gesicht.

„Warum seid ihr nicht zusammengeblieben?"

„Das sind wir", gab der Mann zurück.

Verwirrt blickte ihn das Mädchen an. „Und wo ist sie dann? Außer Erika habe ich hier noch nie eine Frau gesehen, wenn man mal von Patienten absieht."

„Sie ist tot", gab Matt knapp zur Antwort und endlich begriff sie, was sein Blick zu bedeuten hatte: er trauerte um Renée. Vielleicht verstanden sie sich deshalb so gut, weil er nämlich genau wusste, wie sich der Verlust anfühlte, den sie selbst täglich spürte.

„Was ist passiert?", fragte sie vorsichtig, war sich jedoch nicht sicher, ob er ihr antworten würde. Matt stand auf, ging zum Herd und schaltete ihn wieder an. Während er erneut anfing, sich um das Essen zu kümmern, drehte er ihr den Rücken zu. Charlene saß wie gelähmt noch immer auf der Bank.

Gerade, als sie aufstehen und ihm helfen wollte, fing er an zu sprechen: „Renée war ein wundervoller Mensch. Ich habe sie wirklich geliebt. Ein halbes Jahr nach unserem ersten Abend zogen wir zusammen und irgendwann machte ich ihr sogar einen Heiratsantrag. In dieser Nacht schliefen wir das erste Mal ohne Kondom miteinander. Sie nahm ja die Pille. Doch aus irgendeinem Grund hat das Medikament versagt. Renée wurde schwanger und als wir den ersten Schock überwunden hatten, freuten wir uns total und auf unser Kind. Noch vor der Geburt sollte Renée meine Frau werden. Doch dann kam alles ganz anders. Wir arbeiteten zusammen im Krankenhaus und während einer Nachtschicht bekam sie einen neuen Patienten. Es stellte sich heraus, dass er unter einer hoch ansteckenden, tödlichen Krankheit litt. Drei Wochen später starben Renée und das Baby. Und alles, was ich tun konnte, war bei ihr zu sein und ihre Hand zu halten. – Nach der Beerdigung verließ ich die Klinik, kam hierher und machte mich selbstständig. Der 24-Stunden-Job lenkte mich ab und ließ mich den Schmerz und die Leere vergessen, die meinen Körper

166

vergiften wollten." Jetzt endlich drehte er sich zu ihr um und das Mädchen konnte nun deutlich das Glitzern in seinen Augen sehen.

Wortlos stand sie auf und schloss ihn in die Arme. Jetzt konnte sie endlich einmal etwas für ihn tun. „Entschuldige bitte. Ich hatte ja keine Ahnung..."

„Woher auch?", antwortete Matt, löste sich von ihr und strich ihr über die Haare. „Ich gehe damit ja auch nicht hausieren. – So, und jetzt genug damit. Lass' uns etwas essen."

Charlene nickte und holte Geschirr aus dem Schrank, um den Tisch zu decken. Doch die Geschichte des Arztes ließ sie nicht mehr los. Warum musste das ausgerechnet ihm passieren? Er wäre bestimmt ein toller Vater geworden. Dann fiel ihr plötzlich etwas Anderes auf. „Matt? Wieso hast du eigentlich kein Bild von ihr?"

Der Mann blickte sie überrascht an. „Von Renée? Aber das habe ich doch. Nur eben nicht da, wo es jeder sieht. Es steht auf meinem Nachttisch."

„Dann ist ja gut", antwortete das Mädchen erleichtert.

Jetzt lächelte er wieder. „Wieso? Glaubst du, ich könnte sie sonst vergessen?"

„Ich weiß nicht. Vielleicht. Meine Familie ist noch nicht einmal ein Jahr tot und ich merke, wie die Erinnerung immer blasser wird. Ich habe lediglich ihre verdrehten Körper und blutverschmierten Gesichter im Kopf. Dabei würde ich *diese* Bilder liebend gerne vergessen. Aber ich besitze keine Fotos – nicht ein einziges – um mich an schönere Momente zu erinnern."

„Gibt es denn bei euch Zuhause auch keine Fotos?"

„Ein paar wenige, ja. Aber die werden wohl nicht mehr dort sein nach der langen Zeit. Bestimmt ist das

Haus längst leergeräumt worden."

„Ja, du könntest Recht haben. Ich kann mir kaum vorstellen, wie es ist, alles zu verlieren: sein Zuhause, Kleidung, Andenken, Möbel – eben alles, was einem je etwas bedeutet hat."

„Eigentlich gäbe es außer den Fotos nicht viel. Die meisten Möbel gehörten nicht mal uns und wir hatten nichts als die Familie, die etwas bedeutet hat. Wenn du ständig umziehen musst, sammelst du keine Andenken oder irgendwelche Nippes, die du dann doch nicht mitnehmen kannst. Man lernt, mit wenig auch glücklich zu sein."

Nachdenklich blickte Matt sie an. Bisher hatte er geglaubt, ihr etwas trostloses Leben hätte erst mit dem Anschlag auf ihre Familie begonnen. Doch auch davor schien sie ein völlig anderes Leben geführt zu haben, als er sich für seine eigene Tochter gewünscht hätte. „Und was ist mit Freunden?", fragte er, obwohl er die Antwort schon zu kennen meinte.

„Gab es keine. Das machte es leichter, wieder umzuziehen. Außerdem wäre die Chance, sich irgendwann zu verplappern, einfach zu groß. Aber deshalb musst du nicht denken, wir wären einsam gewesen. Wir hatten ja uns und wir haben uns super verstanden. Mum war immer da für uns und wenn Dad kam, haben wir Ausflüge gemacht oder zusammen gespielt. Ich glaube, Dad fühlte sich dabei immer selbst wie ein Kind. Er hat total gerne gelacht. Mum musste uns manchmal ein wenig bremsen, wenn es zu wild wurde. Eigentlich haben wir Freunde nie wirklich vermisst, denke ich." Noch während sie diese Worte sprach, war sie sich plötzlich nicht mehr ganz sicher, ob sie stimmten. Wäre es nicht manchmal schön gewesen, einen Freund oder eine Freundin zu haben?

Jemanden, mit dem man über Dinge quatschen konnte, über die man nicht mit den Eltern sprechen wollte? Zum Beispiel über Jungs. Eventuell wäre sie nicht so unbedarft an die Sache mit Alex ran gegangen, hätte sie früher mit einer Freundin über diese Dinge reden können. Vielleicht hätte sie dann rechtzeitig verstanden, was er wollte und ihn stoppen können. Aber hätte sie das überhaupt gewollt? Oder hätte sie sich dann erst recht nach seinen Berührungen gesehnt, so wie sie es jetzt manchmal tat?

Natürlich verstand sie inzwischen, warum diese Sehnsucht nicht gestillt werden durfte – nicht jetzt zumindest. Sie war einfach noch zu jung für solche Wünsche. Doch irgendwann würde sie alt genug sein und sie hoffte von ganzem Herzen, dass Alex sie dann immer noch liebte.

Das Gespräch mit Matt hatte sie den Arzt in einem anderen Licht sehen lassen. Bisher hatte sie geglaubt, einen überzeugten Junggesellen vor sich zu haben. Doch jetzt wusste sie es besser. Er hatte einmal eine Frau, ja sogar fast ein Kind gehabt und dass er seit deren Tod allein war, lag einfach daran, dass er um sie trauerte, auch wenn er dies im Verborgenen tat, was ihr der Umstand zeigte, dass ihr Bild nur im Schlafzimmer stand und er nicht über Renée sprach. Sie konnte das gut verstehen. Auch Charlene tat es weh, über ihre Eltern und Geschwister zu sprechen.

In den nächsten Tagen stiegen die beiden immer wieder in den Wagen des Arztes, um an ihren Ängsten zu arbeiten. Matt hatte sogar schon einmal den Motor angelassen, doch als er die Einfahrt hinab fahren wollte, geriet das Mädchen erneut in Panik, blickte sich hektisch um und ging dann auf

Tauchstation. Dem Arzt war es zu gefährlich, allein mit ihr loszufahren und verschob weitere Versuche auf das Wochenende, wenn Alex wieder da sein würde. Doch dazu sollte es gar nicht mehr kommen.

In Gefahr

Charlene hatte gewaschen und legte in Matts Schlafzimmer ihre Wäsche zusammen, während ihr väterlicher Freund sich in der Praxis um seine Patienten kümmerte. Er verabschiedete sich gerade von einer älteren Dame und dachte schon, endlich Feierabend machen zu können, als zwei Männer den Weg hinauf und auf ihn zukamen. Einer von beiden humpelte stark, der andere hielt sich den Arm, der mit einem blutdurchtränkten Tuch verbunden war. Auch die Hose des zweiten Mannes wies auf Höhe der rechten Wade einen großen Blutfleck auf. „Guten Abend", grüßte Matt. „Kann ich Ihnen helfen?"

Einer der Männer blickte auf das Schild an der Tür und ein zufriedenes Lächeln glitt über sein Gesicht, das Matt irgendwie unsympathisch war.

„Sind Sie Dr. Star?"

„Der bin ich. Aber kommen Sie erst einmal rein. Ich sollte mir das besser mal ansehen." Er deutete auf den Arm des Mannes, der gesprochen hatte, und trat zur Seite, um die beiden vorbeizulassen. „Was ist denn passiert?"

„Wir waren im Wald spazieren und wurden von einem streunenden Hund angegriffen", gab der hinkende Mann Auskunft, während sie an ihm vorbeigingen. Matt fiel auf, dass sich beide sehr aufmerksam umblickten, als sie zum Behandlungszimmer gingen – fast so, als wenn sie etwas suchen würden.

Matt fragte sich gerade, warum sie das taten, als das Telefon klingelte. „Nehmen Sie ruhig schon einmal Platz. Ich muss da kurz rangehen." Er setzte sich an seinen Schreibtisch, um das Gespräch entgegenzunehmen, während die Männer ihm gegenüber Platz nahmen und der Mann mit der Armverletzung das Tuch abnahm, sodass Matt deutlich einen Gebissabdruck erkennen konnte. „Ja?", fragte er ins Telefon, während er die Wunde aus den Augenwinkeln betrachtete.

„Matt? Hier ist Brian von der Spurensicherung. Wir bräuchten dringend mal deine Hilfe für die Aufklärung eines Verbrechens. Wir haben hier einen übel zugerichteten Toten."

„Na, in diesem Fall braucht ihr doch wohl keinen Arzt mehr, oder?", stellte Matt verwundert fest.

„Wir brauchen dich auch nicht in deiner Eigenschaft als Arzt, sondern als Veterinär."

„Wie das?"

Der Polizist schilderte ihm kurz, dass sie zu einer Leiche gerufen worden waren, die erst wenige Stunden tot sei und offensichtlich zuvor gefoltert worden war. „Das Problem ist aber der Hund des Hauses. Er muss versucht haben, seinen Herrn zu beschützen. Sein Maul ist blutverschmiert und wir brauchen eine Probe, um die DNA des oder der Täter zu isolieren. Allerdings ist er sehr verstört und aggressiv, aber wir wollen ihn nicht erschießen, es ist ein prächtiges Tier. Deshalb brauchen wir einen Tierarzt mit Betäubungsgewehr. Kannst du bitte schnellstmöglich nach Basetown kommen?"

„Wohin?", fragte Matt und merkte deutlich, wie sich sein Magen zusammenzog. Möglichst unauffällig warf er einen Blick auf seine beiden Patienten. Der

Polizist am anderen Ende nannte ihm die Anschrift, woraufhin er sich zusammenreißen musste, um sich nichts anmerken zu lassen, denn er kannte diese Anschrift. Vor nicht allzu langer Zeit war er bereits dort gewesen. Mit möglichst fester Stimme sagte er: „Tut mir leid, Brian. Aber ich kann euch im Moment nicht helfen. Ich habe hier zwei Patienten, die dringend meine Hilfe benötigen. Vermutlich wieder so ein streunender Hund, der aggressiv geworden ist."

Für einen Moment war es still in der Leitung. „Die sind bei dir?", fragte es dann.

„Könnte sein", gab Matt zurück. „Aber jetzt muss ich was tun. Ich hoffe, du besuchst mich ganz bald mal wieder."

„Verstanden. Wir sind unterwegs. Pass' auf dich auf, bis wir da sind." Matt legte auf und wandte sich an den Mann mit der Armverletzung: „So, dann lassen Sie mal sehen. Sie sagten, Sie wurden von einem streunenden Hund angegriffen?"

„Ja, das stimmt", gab der Mann kurz angebunden zurück.

„Ich muss das richtig reinigen und desinfizieren. Möchten Sie eine Betäubung haben?" Matt hoffte, eine Ausrede zu bekommen, um kurz zu Charlene gehen zu können.

Doch der Mann antwortete: „Ich bin doch nicht aus Zucker. Jetzt machen Sie schon!"

Seufzend machte sich der Arzt an die Reinigung der Wunde, gab sich aber keine Mühe, besonders vorsichtig zu sein. „Sind sie gegen Tetanus geimpft?", startete er einen neuen Versuch.

„Klar bin ich das."

‚Wieder nichts!', dachte Matt. Dann kam ihm eine Idee. „Moment, ich habe noch eine Salbe, die ausgezeichnet bei Tierbissen hilft. Ich hole sie kurz aus dem Lager."

„Nicht nötig, Herr Doktor", kam es prompt zurück.

„Doch, doch. Ich möchte nicht, dass Sie sich eine nette, kleine Blutvergiftung einhandeln. Es dauert nur einen Moment." Bevor der Mann etwas sagen konnte, eilte Matt aus dem Behandlungszimmer und lief in das Zimmer von Charlene. Dort griff er eine antiseptische Salbe und eilte in sein Schlafzimmer. Schnell schloss er die Tür hinter sich. „Charly, sei jetzt ganz leise."

„Was ist los?" fragte das Mädchen flüsternd.

„Ich bin mir nicht sicher, aber irgendwie haben die Männer uns gefunden. Du musst hier verschwinden. Geh' dort an den rechten Schrank, dort sind dein Rucksack und meine Camping-Tasche drin. Die ist schon gepackt. Du musst nur deine Klamotten in deinen Rucksack stopfen und dann verschwindest du durch die Terrassentür. Die Polizei wird gleich kommen, dann musst du verschwunden sein. Hier... mein Handy. Geh' mit den Taschen in den Wald und verstecke dich. Und dann rufst du Alex an. Die Nummer ist eingespeichert. Er soll so schnell es geht zur anderen Seite des Waldes zum Parkplatz kommen. Wir haben keine Zeit zu verlieren und ihr müsst heute noch nach Austin fahren."

„Und was ist mit dir?" Die Angst war deutlich in ihrer Stimme zu hören.

„Ich komme nach, sobald die Polizei weg ist", versprach er und gab ihr einen Kuss auf die Stirn.

Als er sich umdrehen wollte, nahm sie ihn in den Arm. „Ich habe Angst, Matt."

„Ich weiß, Mädchen. Ich habe auch Angst." Damit huschte er aus dem Zimmer.

174

Charlene schnappte sich ihren Rucksack und stopfte ihre Klamotten hinein, die sie gerade zusammengelegt hatte. Als sie schon loswollte, fiel ihr ein, dass sie gar keine Schuhe trug. ‚Verdammt', dachte sie, ‚wenn ich zur Haustür will, wird man mich vom Behandlungszimmer aus sehen können. Hoffentlich hat Matt die Tür geschlossen.' So leise wie möglich öffnete sie die Tür einen Spalt breit und stellte überrascht fest, dass ihre Schuhe vor der Zimmertür lagen. Scheinbar hatte Matt es ebenfalls bemerkt und sie schnell zur Tür geworfen, denn sie standen nicht ordentlich nebeneinander, sondern lagen ungeordnet auf der Seite, als wenn jemand sie achtlos hingeworfen hätte.

Schnell schnappte sie sich ihre Schuhe und schob die Tür ebenso leise wieder zu. Sie anzuziehen und den Rucksack auf den Rücken zu werfen war eine Sache von nicht mal einer Minute. Da sie auch keine Jacke hatte, zog sie noch einen von Matts dicken Pullovern aus dem Schrank. Dann schnappte sie sich seine Tasche und öffnete die Terrassentür. Dabei fiel ihr Blick auf das Foto auf Matts Nachttisch: Das Foto von Renée, in dessen unterer Ecke ein Ultraschallbild steckte – das einzige Bild von Matts Baby, das nie geboren wurde. Einer inneren Eingebung folgend schnappte sie sich den Rahmen, zog die Tür hinter sich zu und rannte so schnell sie konnte in den Wald. Unter den Bäumen blieb sie stehen und warf einen Blick zurück auf das Haus, in dem sie in den letzten Wochen so etwas wie ein Zuhause gefunden hatte. In der untergehenden Sonne konnte sie deutlich mehrere Männer erkennen, die um das Haus schlichen. ‚Hoffentlich haben die mich nicht gesehen', dachte Charlene. Sie hoffte inständig, dass sie Polizisten vor sich hatte und dass diese dunkel gekleideten Männer nicht zu den Mördern gehörten. Ihr wurde Angst und Bange um ihren väterlichen Freund. Was, wenn ihm etwas geschah? Charlene wich immer tiefer in das Waldstück zurück und versteckte sich unter den Bäumen.

Dann fiel ihr plötzlich das Handy wieder ein. Mit zitternden Fingern wählte sie den gespeicherten Kontakt aus und lauschte mit klopfendem Herzen auf das Tuten. „Ja", meldete sich eine vertraute Stimme am anderen Ende. „Ist etwas passiert, Matt? Ist was mit Charlene?"

„Alex?", fragte das Mädchen mit leiser Stimme.

„Charlene?", kam es überrascht zurück. „Was ist los?"

„Sie sind hier, Alex. Bei Matt in der Praxis. Wir müssen weg. So schnell es geht. Kannst du kommen?"

„Bin schon unterwegs, Kleines. Wo finde ich dich?"

„Du kennst doch das Waldstück hinter dem Haus. Auf der anderen Seite ist ein Parkplatz. Dort warte ich – und Matt hoffentlich dann auch."

„In Ordnung. Ich beeile mich, aber es wird knapp zwei Stunden dauern, bis ich da bin. Halte dich versteckt, bis du meinen Truck siehst, okay?"

Charlene nickte. Dann fiel ihr ein, dass er das ja nicht sehen konnte und sagte schnell: „Alles klar. Fahr' bitte vorsichtig."

„Mach' ich. Pass' auf dich auf, Kleines." Damit legte er auf und das Mädchen hätte beinahe das Telefon fallen lassen, als sie im selben Moment einen lauten Knall hörte.

Sie wusste inzwischen, wie sich ein Schuss anhörte, und das letzte bisschen Farbe wich schlagartig aus ihrem Gesicht. „Matt!", kam ein unterdrückter Schrei aus ihrem Mund und etwas in ihr drängte zurück in

Richtung Haus. Dann ging plötzlich alles ganz schnell: Lichter flammten auf und erhellten das Haus und den Garten. Laute Stimmen wurden zu ihr herübergetragen und weitere Schüsse krachten. Das alles schien gleichzeitig zu passieren.

Die Scheinwerfer leuchteten bis in den Wald hinein. Wenn sie näherkamen, würden sie sie entdecken. Schnell schnappte sie sich die Sachen und rannte los, immer tiefer in das Dunkel des Waldes. Die Tränen in ihren Augen ließen alles noch viel gespenstischer wirken, als es eigentlich war. Endlich erreichte sie das andere Ende; die Bäume lichteten sich und sie konnte den Parkplatz erkennen. Deshalb ließ sie sich auf einen Stein sinken und versuchte nun nicht mehr, die Tränen zurückzuhalten. Ob Matt überhaupt noch lebte? Sie hatte mehrere Schüsse gehört. Wer hatte sie abgegeben? Gangster oder Polizisten? Charlene schossen Bilder in den Kopf – Bilder von den Verletzungen ihres Vaters. Doch jetzt hatte der Verletzte Matts Gesicht. Sie schüttelte den Kopf, um die Bilder zu vertreiben, konnte aber nicht verhindern, dass sie immer wieder auftauchten. Es kam ihr wie eine Ewigkeit vor, bis sie endlich Alex' Pickup erblickte.

Der Wagen hielt in einer der Parkbuchten an. Alex stieg aus und blickte sich suchend um. Da stürmte jemand aus dem Dunkel hervor, ließ eine Tasche fallen und flog ihm in die Arme. „Alex! Endlich! Ich... ich weiß nicht, was mit Matt ist. Ich habe Schüsse gehört. Und alles war erleuchtet – da bin ich weggelaufen.", sprudelte es aus ihr heraus.

„Moment. Beruhige dich erst einmal und dann erzählst du mir der Reihe nach, was eigentlich geschehen ist." Charlene ließ sich von ihm auf den erhöhten Fahrersitz heben und fing an zu berichten, wie Matt vor gut zwei Stunden ins Zimmer gekommen war und was danach passierte. Alex schien ebenfalls besorgt, wenn auch etwas gefasster als seine jüngere Freundin. „Ich werde mal nachsehen, was da los ist. Und du versteckst dich so lange wieder zwischen den Bäumen. Einverstanden?"

Das Mädchen nickte, verstaute die beiden Taschen im Wagen und folgte Alex in den Wald hinein. Doch schon nach wenigen Metern ließ er sie unter den Bäumen zurück und ging allein weiter, bis er das Grundstück des Arztes erreichte. Unter den Bäumen versteckt betrachtete er das Treiben, das dort herrschte. Männer rannten geschäftig hin und her. Ein Krankenwagen stand vor der Tür des Nachbarhauses und daneben ein Kombi mit verhängten Scheiben: ein Leichenwagen. Alex wurden die Knie weich und eine leichte Übelkeit machte sich in seinem Magen breit. Hatte Charlene etwa Recht behalten und Matt war tatsächlich...?

Nachdem Matt Charlene Anweisungen gegeben hatte, ging er leise zurück. Dabei fiel sein Blick auf die Schuhe des Mädchens, die ordentlich neben der Haustür standen. *,Mist'*, dachte er, *,ich kann sie doch nicht barfuß losschicken!'* Also schnappte er sich das Paar Schuhe und warf sie in Richtung Schlafzimmertür, bevor er zurück ins Behandlungszimmer ging. „Entschuldigen Sie bitte, ich habe das richtige Mittel nicht gleich gefunden", log er und hoffte, dass man ihm seine Nervosität nicht anmerkte. Er musste Charlene unbedingt einen Vorsprung verschaffen, bevor die beiden zu misstrauisch wurden. Nun versorgte er die Armverletzung und verband sie sorgfältig, wobei er sich möglichst lange Zeit ließ, ohne dass es allzu sehr auffiel. Dann widmete er sich dem zweiten Mann: „Und was kann ich für Sie tun?"

„Nichts" antwortete dieser barsch.

„Es wäre aber besser. Mit einer Bisswunde ist nicht zu spaßen. Lassen Sie mich besser mal sehen." Er drehte sich um, um nach der Verbands-Schere zu greifen und die Hose des Mannes aufzuschneiden. Als er den Kopf zurückdrehte, blickte er direkt in die auf ihn gerichtete Mündung einer Pistole. Vor Schreck fiel ihm die Schere mit einem klirrenden Poltern aus der Hand. Mit seiner Selbstbeherrschung war es nun vorbei. „Was soll das?", kam es mit zitternder Stimme aus seinem Mund.

Der Mann ignorierte seine Frage jedoch und fuhr ihn an: „Wo ist sie?"

„Wo ist wer?", versuchte Matt abzulenken und seine Angst zu verschleiern.

„Halte uns nicht für blöd, du Provinzdoktor. Wo ist das Mädchen?"

„Ich... ich weiß nicht, wovon Sie reden. Hier ist kein Mädchen. Wirklich nicht." Matt hoffte inständig, dass er die Wahrheit sagte und Charlene sich bereits aus dem Staub gemacht hatte, denn seit er den Behandlungsraum wieder betreten hatte, waren erst wenige Minuten vergangen. Noch immer starrte er auf die Pistole direkt vor ihm. Er wusste, dass er diese Nacht nicht überleben würde, wenn nicht ganz schnell ein Wunder geschah.

Der Mann mit der Armverletzung schlug ihm mit seinem gesunden Arm mitten ins Gesicht. Etwas Warmes lief ihm wenig später über die Wange, während der Mann ihm die Arme brutal auf den Rücken zog und mit Tape zusammenband. Dabei war er alles andere als zimperlich. „Wenn du auch nur ein lautes

Wort von dir gibst, leg' ich dich auf der Stelle um", zischte der Mann mit der Waffe und hielt sie ihm gegen die Schläfe. „Und jetzt noch einmal für Blöde: Wo ist die Göre? Und lüg' uns nicht an! Wir wissen, dass du sie bei dem Kerl mit dem Hund abgeholt hast, als sie mehr tot als lebendig war. Anfangs wollte er zwar nicht mit der Sprache raus, aber jeder redet irgendwann – man muss nur seine Schmerzgrenze finden. Bei ihm war sie nicht besonders hoch."

„Was habt ihr mit dem Mann gemacht?"

Der andere grinste. „Sagen wir mal so: Schmerzen hat er jedenfalls keine mehr." Lachend über den entsetzten Gesichtsausdruck des Arztes ging er an die Schubladen und hielt schließlich ein Skalpell in der Hand, dessen Verpackung er aufriss und achtlos auf den Boden fallen ließ. „Wo – ist – das – Mädchen?", fragte er erneut mit Nachdruck.

Matt brauchte ein paar Sekunden zu lange, um zu antworten und im nächsten Moment rammte ihm der Mann das Skalpell in den Oberschenkel. Matt stöhnte auf vor Schmerz, konnte aber gerade noch verhindern, laut aufzuschreien. Ein Blick zeigte ihm, dass das Messer im Muskel steckte, weit genug von großen Blutgefäßen entfernt. Die Wunde war schmerzhaft – aber nicht bedrohlich. Er schwieg beharrlich, woraufhin der Mann das Skalpell herauszog, die Hose mit ein paar wenigen Schnitten öffnete und zufrieden betrachtete, wie Blut aus der eher kleinen Wunde quoll. Dann setzte er das Messer etwas daneben auf die Haut.

Beinahe genussvoll senkte er die Klinge in die Haut und den Muskel darunter und registrierte mit Freude, wie sich die Schmerzen im Gesicht seines Opfers widerspiegelten. „Wo..." Er schnitt etwa einen Inch.

„…ist…" Ein weiterer Inch kam hinzu. „…das Mädchen?"

Die scharfe Klinge fuhr weiter durch das Bein des Arztes, dem die Tränen aus den Augen quollen, während immer mehr Blut auf den Boden tropfte. Seine Finger krallten sich hinter seinem Rücken an die Sitzfläche des Hockers, auf dem er saß, um nicht loszubrüllen. „Ich… weiß es… nicht", stöhnte der Arzt dann. „Ist… weggelaufen."

„Wohin?"

Der gefolterte Mann schüttelte den Kopf. „Keine… Ahnung. Hat… nichts gesagt."

Sein Peiniger betrachtete nachdenklich das Skalpell, das er nun aus dem Muskel zog. Sein Kompagnon trat näher und richtete nun seinerseits eine Waffe auf Matts Kopf. „Ich glaube dir kein Wort." Matt hörte das Klicken, als er den Hahn spannte und schloss die Augen. ,Wenigstens wird es schnell gehen', schoss es ihm durch den Kopf.

Mit einem Mal flog die Zimmertür auf. Geistesgegenwärtig warf sich Matt von seinem Hocker zur Seite. Der Schuss, der ihn in den Kopf treffen sollte, krachte, ging jedoch fehl. Kurz darauf krachte ein weiterer Schuss. Etwas Schweres klatschte auf den Boden! Noch ein Schuss und auch das Skalpell fiel klirrend auf die Fliesen. Der Arzt wagte nicht, sich zu rühren; hielt die Augen weiter geschlossen, nicht sicher, was da gerade in seiner Praxis geschah. Sein Bein pochte, seine Seite und die Schulter schmerzten vom Sturz auf den harten Boden. Stimmen riefen durcheinander und durch das Fenster strömte helles Licht herein, wie er selbst durch die geschlossenen Lider erkennen konnte.

Es schien einen Kampf zu geben und schließlich

wurde ein sich windender Körper weggezerrt. Jetzt erst wagte Matt, Atem zu holen und öffnete die Augen. Er hatte gar nicht bemerkt, wie er die Luft angehalten hatte. Jemand kniete neben ihm nieder und berührte sein zum Boden zeigendes Gesicht. „Matt, tue mir das nicht an. Sanitäter!" Das letzte Wort schrie er laut, während er versuchte, das Klebeband von den Händen der Geisel zu entfernen.

Matt drehte den Kopf ein wenig und richtete seinen Blick auf den Polizisten. „Warum schreist du denn so laut?", fragte er mit immer noch leicht zitternder Stimme.

Erschrocken starrte Brian den Freund an. „Du lebst? Und ich dachte schon... Aber der Schuss...? Hat er dich...?"

Matt richtete sich mit Hilfe des verwirrten Mannes ein wenig auf, öffnete eine Schublade und zog ein paar Kompressen hervor, die er auf sein ausgestrecktes Bein presste. „Hast du schon mal jemanden mit Kopfschuss gesehen, der danach mit dir spricht? Natürlich hat er mich nicht getroffen. Aber ihr hättet keine Sekunde später kommen dürfen."

Erleichtert klopfte ihm Brian auf die Schulter. „Dann ist ja gut. Was ist mit dem Bein?"

„Es wird mich nicht umbringen. Hilfst du mir bitte in den OP? Ich muss das nähen."

„Du willst... selbst?"

„Warum nicht? Immerhin habe ich das mal gelernt. Aber ich könnte ein wenig Hilfe gebrauchen. Wie wär's, Brian? Lust, mir zur Hand zu gehen?"

Der Mann der Spurensicherung wurde plötzlich blass. „Ich glaube nicht, dass ich dir eine große Hilfe wäre."

Erstaunt hob der Arzt die Augenbrauen. „Moment

182

mal. Du bist bei der Spurensicherung und wirst jeden Tag mit teilweise recht blutigen Tatorten konfrontiert. Aber dir wird übel beim Anblick einer frischen Wunde?"

„Ich kann es dir nicht erklären. Aber ganz genau so ist das", gab Brian zu.

„Äußerst ungewöhnlich, aber wenigstens hinüberbringen kannst du mich doch, oder?"

„Klar", sagte der Mann, half ihm auf die Beine und legte seinen Arm um dessen Hüften, damit er sich auf ihn stützen konnte. Inzwischen traten auch die Ersthelfer hinzu, die Matt unbedingt in die Klinik bringen wollten. „Lasst mal, Jungs. Ich weiß schon, was ich mir zumuten kann. Aber ich könnte etwas Hilfe gebrauchen." Die Sanitäter nickten und folgten in den kleinen OP-Bereich, in dem er auch Charlene damals operiert hatte. Einer der Sanitäter schnitt ihm die Hose komplett auf, während Brian derweil in das Schlafzimmer des Mannes lief, durch das die Polizei aufgrund der offenen Terrassentür ins Haus gelangt war, um eine Jeans aus dem Schrank zu ziehen. Die Polizisten hatten geglaubt, Matt hätte ihnen die Tür geöffnet. Auf die Idee, dass sich noch jemand bis vor kurzer Zeit hier im Haus befunden hatte, waren sie nicht gekommen.

Im Operationsraum gab Matt Anweisungen und die Sanitäter reichten ihm Spritzen, Desinfektionsmittel und OP-Besteck. Die knapp fünf Inches (ca. 13 cm) lange Wunde blutete noch immer, wenn auch längst nicht mehr so stark, wie am Anfang. Die örtliche Betäubung setzte ein und mit Hilfe der Sanitäter nähte Matt erst das Muskelgewebe und schließlich die Haut ordentlich zusammen. Er hatte wirklich Glück gehabt. Hätte der Mistkerl eines der großen Blutgefäße erwischt, würde er wohl nicht mehr hier sitzen können. Zum Schluss versah er auch die erste Stichverletzung mit einer kleinen Naht und lehnte sich danach erschöpft zurück. Der Blutverlust hatte ihn geschwächt und der Adrenalin-Schub verebbte langsam. Die Sanitäter reinigten derweil vorsichtig seinen Oberschenkel und verbanden das Bein anschließend. Dann schlüpfte Matt in die Jeans, die Brian ihm reichte.

Inzwischen war es bereits Nacht. „Du solltest dich jetzt besser ausruhen, Matt. Die Kollegen sind erst einmal fertig. Aber ich soll dir ausrichten, dass du morgen früh bitte auf die Dienststelle kommen möchtest, um deine Aussage zu machen."

„In Ordnung. Was ist mit dem Kerl, der mir die Waffe an den Kopf gehalten hat?"

„Finaler Rettungsschuss."

„Und der andere?"

„Dem geht es gut. Nur eine kleine Verletzung. Er wurde versorgt und ist schon auf dem Weg in den Knast. Aber er schweigt beharrlich zu den Hintergründen. Kannst du mir sagen, was die Kerle von dir wollten?"

„Nicht jetzt, Brian. Du wirst es bald erfahren."

Überrascht blickte ihn der andere an. „Das klingt aber sehr geheimnisvoll, Matt. In was für eine Sache bist du denn da reingeraten? Soll ich den Kollegen besser sagen, dass sie hierbleiben sollen?"

„Nicht nötig, ich werde sowieso nicht hier übernachten."

„Willst du zu einem Freund?"

„Genaugenommen sogar zu zweien. Bitte vertraue mir einfach. Ich muss noch was erledigen, aber dann wirst du deine Erklärung bekommen. Versprochen."

184

Nachdenklich betrachtete der Mann seinen Freund und nickte schließlich. Dann reichte er ihm die Hand. „Pass' auf dich auf, Matt. Egal, was es ist, das du tun willst."

„Das habe ich vor", gab Matt zurück und drückte die Hand freundschaftlich. Irgendwie bekam er das Gefühl nicht los, dass er Brian nicht mehr wiedersehen würde.

AUF DER FLUCHT

Gut getarnt unter den Bäumen beobachtete Alex das Treiben auf dem Grundstück des Arztes. Nach und nach fuhren einzelne Fahrzeuge weg. Ein Sarg wurde im Leichenwagen verstaut, bevor dieser ebenfalls abfuhr. Kurz darauf verließen auch die Sanitäter den Schauplatz. Zum Schluss entfernten sich mehrere Männer mit großen, schwarzen Metallkoffern und fuhren davon.

,Das war bestimmt die Spurensicherung', dachte Alex. Er war sich sicher, dass Matt das Haus nicht verlassen hatte. Wenn er noch lebte, musste er sich noch dort befinden. Nach den vorherigen Scheinwerfern lag das Gebäude nun im Dunkeln und Alex wagte es jetzt, näher zu schleichen. Kurz vor dem Haus bemerkte er jedoch eine Gestalt, die sich immer im Schatten haltend zur Rückseite des Gebäudes schlich. In der Hand trug sie eine kleine Tasche und blickte sich immer wieder um. Alex hechtete hinter einen Busch, um nicht gesehen zu werden. Die Gestalt kam nur wenige Schritte entfernt an ihm vorbei und nun erkannte der Junge die Tasche in ihrer Hand und trat aus dem Gebüsch. „Matt?"

Der Angesprochene wirbelte zu ihm herum und ließ die Tasche fallen. Sofort im Verteidigungsmodus hob er die Arme, weil er den Jungen in der Dunkelheit nicht sogleich erkannte. Dann entspannten sich seine Züge ein wenig. „Alex? Was zur Hölle machst du denn hier? Wo ich Charlene?"

„In Sicherheit. Sie versteckt sich im Wald."

Matt hob seine Arzttasche wieder auf und bedeutete dem Jungen, ihm zu folgen. „Wir sollten uns beeilen. Charlene ist im Moment nirgendwo in Sicherheit, Alex! Die Kerle haben den Mann, der sie nach ihrem Zusammenbruch gefunden und mich angerufen hat, gefoltert und dann ermordet, nachdem er ihnen meine Anschrift gegeben hatte. Und ich würde ihm jetzt mit Sicherheit Gesellschaft leisten, wenn die Polizei nur zwei Sekunden später aufgetaucht wäre. Wir dürfen keine Zeit mehr verlieren, denn ich weiß nicht, ob die Kerle jemanden informiert haben. Charlene muss so schnell es geht nach Austin und dieses Buch abgeben."

Dem Jungen war bei seiner Erzählung alles aus dem Gesicht gefallen und trotz der Dunkelheit konnte man die Blässe erkennen, die sich darauf ausbreitete. „Sie... sie wollten dich töten?"

Matt blieb stehen und drehte sich zu ihm um. „Ja, aber sie haben es nicht getan. Also vergiss es bitte." Während der letzten paar hundert Meter verschwand die örtliche Betäubung an Matts Bein vollständig und die Schmerzen traten nun deutlich zu Tage.

Seinem Begleiter fiel sofort das Hinken auf, das daraus resultierte. „Was ist mit deinem Bein?", fragte er besorgt.

„Ich werde eine Weile kein Autofahren können. Desto mehr sind wir auf dich angewiesen, Alex. Bist du dabei?"

„Natürlich. Aber was ist passiert?"

„Später", winkte der Arzt ab, da er in diesem Moment Charlene erkannte, die mit einem Freudenschrei auf ihn zustürmte und ihm um den Hals flog. Erneut rutschte ihm die Arzttasche aus der Hand und Alex konnte deutlich erkennen, dass der Mann dabei starke Schmerzen hatte, jedoch versuchte, sich nichts anmerken zu lassen.

Charlenes tränenverschmiertes Gesicht strahlte vor Erleichterung, als sie ihn losließ, und schien das gar nicht zu bemerken. „Ich hatte eine solche Angst um dich, Matt. Als die Schüsse fielen, dachte ich..."

Der Arzt zwang sich zu einem Lächeln. „So schnell kriegst du mich nicht los, Mädchen. Mir geht es gut."

Alex bezweifelte das stark, sagte aber nichts und hob die Tasche des Freundes auf. Wie selbstverständlich glitt er auf den Fahrersitz, während Matt und Charlene auf der Bank daneben Platz nahmen. Während Alex das Navi programmierte, öffnete Matt die Tasche und zog zwei Spritzen daraus hervor, die er griffbereit in den Becherhalter steckte.

„Wofür sind die?", fragte Charlene interessiert.

„Das sind Medikamente, die ich benötige, falls wir deine Angst nicht kontrollieren können. Wir konnten es ja nicht mehr üben, mit dem Wagen zu fahren, erinnerst du dich? Und bevor du in Panik um dich schlägst und uns alle in Gefahr bringst, würde ich dir gerne etwas geben, das es für dich und uns einfacher macht."

„Natürlich!", nickte das Mädchen. „Du kannst alles tun, was du für nötig hältst." Sie hielt ihm ihren Arm entgegen, doch Matt winkte ab.

„Nein, Charlene. Jetzt noch nicht. Wir müssen dringend los und versuchen es erst einmal so. Vielleicht brauchst du das ja gar nicht." In Wahrheit traute sich der Arzt im Moment nicht zu, ihr eine Spritze zu setzen. Die Schmerzen in seinem Bein wurden stärker und er würde Schwierigkeiten haben, seine Hände ruhig genug zu halten, um sie nicht zu verletzen. Doch eines der Medikamente könnte er ihr im Notfall auch einfach in den Muskel spritzen, da war es nicht so wichtig, genau zu treffen. Er hoffte jedoch, dass die nächtlichen Ereignisse und die Angst vor den Verfolgern ihre Panik im Zaum halten würden.

Alex startete den Pickup und warf einen prüfenden Blick auf die Freundin und den Arzt. Charlene zitterte leicht, machte aber sonst keine Anstalten, etwas Unbedachtes zu tun. Deshalb gab er langsam Gas und ließ den Wagen von dem Parkplatz auf die Straße rollen. Matt spürte, wie plötzlich eine kleine Hand suchend nach der seinen tastete. Er hielt sie fest und spürte den Druck, den sie ausübte. Gleichzeitig beschleunigte sich ihre Atmung ein wenig und sie schloss die Augen. Der Arzt machte sich auf einen Ausbruch gefasst, doch das Mädchen schaffte es tatsächlich, ihre Gefühle im Griff zu behalten. Sie hatte eindeutig Angst, doch sie konnte sie kontrollieren. Stolz hielt er ihre Hand umklammert, während Alex durch die Dunkelheit fuhr und nur hin und wieder einen sorgenvollen Blick auf die beiden werfen konnte.

Charlene hielt die Augen weiterhin geschlossen, doch an ihrem krampfhaften Griff konnte Matt erkennen, dass sie keineswegs schlief, sondern sich einfach darauf konzentrierte, sich im Griff zu behalten. Eine halbe Stunde später tippte Alex ihm leicht auf den Arm und deutete mit dem Kopf in Richtung Rückspiegel. Matt warf einen Blick zurück und konnte nun auch die Scheinwerfer erkennen, die ihnen folgten. „Seit wann?", fragte er kaum hörbar, um Charlene nicht zu beunruhigen.

„Schon eine Weile – kurz nachdem wir den Ort verlassen hatten."

„Was ist los?", fragte Charlene alarmiert.

„Nichts, Kleines. Es ist alles in Ordnung. Mach weiter so. Du machst das ganz großartig", sagte Matt schnell.

Alex wusste, dass er das Mädchen nur beruhigen wollte, doch seine Stimme war gepresst und er wusste, dass er nicht der einzige war, in dem die Angst immer stärker wurde. Beide Männer behielten die Rückspiegel genau im Auge; der Wagen folgte ihnen weiter, machte jedoch keinerlei Anstalten, sie zu überholen oder in irgendeiner Form anzugreifen. Da Alex in der ganzen Aufregung vergessen hatte, zu tanken, waren sie gezwungen, irgendwann anzuhalten. Der Junge wartete jedoch, bis er eine große, hell erleuchtete Tankstelle fand, bevor er in diese einbog. Zu ihrem Entsetzen folgte ihnen der Wagen auch dorthin und Alex bemerkte, wie Matt eine der Spritzen griff und in seiner Hand versteckte, bevor er anhielt und sie gemeinsam ausstiegen. „Du bleibst bitte im Wagen, Charlene", sagte Matt leise, jedoch mit strengem Blick.

Alex' Knie fingen an zu zittern, als er zum Tankstutzen ging und den Wagen betankte. Matt stand zwischen ihm und der Beifahrertür, die Hand fest um die Spritze geschlossen, doch so, dass er sie blitzschnell einsetzen konnte, falls notwendig. Der Mann im Wagen hinter ihnen hatte sein Fahrzeug ebenfalls auf die Tankstelle gefahren und stieg aus. Er schien noch nicht sehr alt zu sein; Matt schätzte ihn auf Mitte bis Ende zwanzig. Er lächelte freundlich und kam auf Alex zu. „Hey, du."

Alex wandte ihm den Kopf zu und verkrampfte

sich, während Matt nähertrat, bereit, seinen Freund zu verteidigen. „Ja?"

„Ich bin eine Weile hinter euch hergefahren. Dabei ist mir aufgefallen, dass deine Klappe nicht richtig geschlossen ist. Die solltest du vielleicht mal kontrollieren, bevor deine Ladung flöten geht." Damit drehte er sich um und verschwand in Richtung Toiletten.

Alex atmete hörbar auf, rief ihm ein halbherziges „Danke" hinterher und prüfte die Klappe. Der Mann hatte Recht. Er rastete die Halterung richtig ein und kam dann zurück, um den Tankstutzen zurück in die Tanksäule zu stecken und zu bezahlen. Dabei fiel ihm auf, wie auf der Stirn des Arztes kleine Schweißperlen standen und dieser Mühe zu haben schien, sich auf den Beinen zu halten. Er zog ihn hinter den Wagen und legte seine Hand auf dessen verkrampften Arm. „Matt! Was ist los? Irgendetwas stimmt doch nicht mit dir."

„Was soll schon sein?", winkte der Mann ab. „Ich mache mir einfach Sorgen. Niemand weiß wirklich, wozu diese Männer fähig sind, oder wer da alles mit drinsteckt. Bis wir nicht in Austin sind, sind wir nirgendwo sicher."

„Das ist mir bekannt. Aber das allein bringt dich nicht derart aus der Bahn. Was ist in deinem Haus geschehen? Was haben sie mit dir angestellt? Du hast eine Platzwunde im Gesicht und ein blaues Auge. Als du durch den Wald liefst, bist du fast normal gelaufen und inzwischen kannst du kaum noch richtig stehen. Selbst in der Dunkelheit wirkst du extrem blass und übernächtigt. So sahst du nicht mal aus, als du nächtelang an Charlenes Bett gesessen hast, während es ihr so schlecht ging. Also erzähle mir bitte nicht, dass es dir gut geht."

Der Mann betrachtete den jungen Freund einen Moment nachdenklich, dann nickte er. „Du hast Recht. Sie wollten wissen, wo deine Freundin steckt und haben versucht, es mit Gewalt aus mir herauszubringen."

„Sie haben… dich gefoltert?", fragte Alex mit entsetztem Gesichtsausdruck.

„Ja, so könnte man das nennen. Ich habe eine große Schnittwunde am Oberschenkel, die ich nähen musste. Als ich zu euch lief, hielt die Betäubung noch an, deshalb konnte ich normal laufen. Aber jetzt… Ich befürchte, dass sich vielleicht irgendwelche Bakterien eingeschlichen haben. Wir konnten nicht hundertprozentig steril arbeiten, um die Wunde zu versorgen. Ich könnte mir eine Infektion eingehandelt haben und habe einiges an Blut verloren, bevor ich die Wunde schließen konnte."

„Okay, dagegen können wir doch was tun. Hast du Infusionen in deiner Tasche und ein Antibiotikum?", fragte Alex und klang plötzlich viel erwachsener, als er eigentlich war.

„Natürlich. Aber ich kann mir selbst keinen Zugang legen."

„Aber ich."

„Du? Alex, das ist lieb gemeint, aber du bist kein Arzt oder Rettungsassistent. Das sieht vielleicht einfach aus, aber so leicht ist es nicht."

„Ich weiß, Matt. Aber ich habe es gelernt. Ich habe letztes Jahr ein Praktikum im Krankenhaus gemacht. Dort hatten sie Möglichkeiten, das Legen einer Kanüle zu üben – An ziemlich lebensecht wirkenden Kunst-Armen. Ich habe es mehrfach trainiert und schließlich sogar unter der Aufsicht eines Arztes eine Kanüle bei einem Menschen legen dürfen. Er war sehr zufrieden mit mir. Und ich bin ja nicht allein. Du kannst mir helfen, wenn ich Gefahr laufe, etwas falsch zu machen. Bitte Matt, sonst bin ich gezwungen, dich in die nächste Klinik zu bringen."

„Also gut", gab der Arzt schließlich zu. „Lass' es uns versuchen."

Inzwischen hatte auch das Mädchen gemerkt, dass irgendetwas nicht stimmte, als die Männer am Heck des Wagens diskutierten. Sie trat zu ihnen und lauschte dem letzten Wortwechsel der beiden. „Wozu brauchst du einen Zugang?", fragte sie leise. Sie wusste inzwischen, was das war, da sie selbst einige Infusionen in den letzten Wochen bekommen hatte.

Matt wirbelte herum. „Nichts. Nur eine Vorsichtsmaßnahme, damit ich nicht richtig krank werde. Kein Grund zur Beunruhigung!" Aus den Augenwinkeln bemerkte sie den empörten Blick ihres Freundes, als Matt zum Wagen ging und die erforderlichen Dinge aus seiner Tasche kramte. Dabei fiel ihr nun ihrerseits auf, wie schlecht der Mann aussah und wie schwer es ihm fiel, zu laufen. Sie hätte gerne weiter nachgefragt, doch mit einer Handbewegung bedeutete ihr Alex, damit zu warten, bis es ihm besser ging. Matt saß auf dem Beifahrersitz, während der Junge ihm die Kanüle vorsichtig in den Handrücken schob. Er machte seine Sache ganz gut, wenn man mal von dem leichten Zittern absah, das seiner Nervosität geschuldet war. Gemeinsam mit seiner Freundin fixierte er die Kanüle und befestigte eine Infusion daran, die Charlene anschließend an den Haltegriff hängte. Nach Anweisung des Arztes zog er dann ein Antibiotikum und ein Schmerzmittel auf, die sich Matt anschließend selbst in die Kanüle spritzte. Danach fuhren sie weiter.

Charlene war über die Sorge um ihren väterlichen Freund so abgelenkt, dass sie nicht einmal mehr daran dachte, Angst vor der Autofahrt zu haben. Sie ließ Matt nicht mehr aus den Augen und bemerkte etwa eine halbe Stunde später, wie sich seine Züge ein wenig entspannten und er schließlich sogar die Augen schloss. Sein Kopf kippte ein wenig zur Seite und ruhte schließlich auf ihrer Schulter. Allein das zeigte schon, wie schlecht es ihm tatsächlich ging, auch wenn das Schmerzmittel endlich seine Wirkung tat.

Ein bunter Schmetterling

Charlene wartete, bis sie sich sicher war, dass Matt fest schlief, dann drehte sie den Kopf zu Alex hinüber. Sie sprach leise, um den Arzt nicht zu wecken. „Bitte sag' mir, was mit ihm los ist, Alex. Was haben die Kerle mit ihm gemacht?"

„Genau weiß ich das auch nicht. Er hat nur so merkwürdige Andeutungen gemacht, aber sie haben ihn definitiv gefoltert, um an Informationen zu deinem Aufenthalt zu kommen. Erinnerst du dich an den Mann mit dem Hund, der dich gefunden und Alex informiert hat? Wir haben dich dann bei ihm abgeholt."

„Dunkel, aber ja. Ich glaube, er brachte mich in sein Haus. Danach weiß ich nicht mehr viel, bis ich im Krankenzimmer von Matt wieder aufwachte und ihr da wart."

„Er ist tot, Charlene", sagte Alex traurig.

„Oh, mein Gott", stöhnte sie auf und Matt regte sich ein wenig. Sie schlug die Hand vors Gesicht, um sich selbst daran zu hindern, laut aufzuschluchzen, während ihr die Tränen in die Augen stiegen und schließlich stumm über ihr Gesicht kullerten. „Warum?", fragte sie eine Weile später, als sie ihre Stimme wieder ein wenig unter Kontrolle hatte. Dann beantwortete sie ihre Frage jedoch gleich selbst: „Es ist wegen mir, nicht wahr? Sie haben ihn getötet, weil ich ihm begegnet bin. Ich bringe Unglück über alle Menschen, die mit mir zu tun haben. Erst meine Eltern und Geschwister, dann dieser Mann, von dem ich nicht einmal den Namen kenne. Und schließlich auch Matt. Halte an, Alex. Ich werde nicht zulassen, dass sie euch auch töten."

„Charlene!", sagte Alex nun eindringlich und drosselte die Geschwindigkeit des Wagens ein wenig, um sich besser unterhalten zu können. „Es ist vollkommen egal, ob wir zusammenbleiben oder nicht. Sie haben Matt gefunden, weil sie diese Information aus dem Mann mit dem Hund durch Folter herausgepresst hatten. Danach haben sie ihn getötet, damit er sie nicht verraten kann. Das gleiche hatten sie mit Matt vor, doch er ist entkommen. Aber sie wissen, wer er ist. Vielleicht haben sie die Information an ihren Boss oder Kumpanen weitergegeben. Was weiß ich. Er steht nun bestimmt genauso auf ihrer Abschussliste, wie du. Es wäre also völlig hirnrissig, wenn wir uns trennen würden."

„Und was ist mit dir? Bei euch auf dem Hof waren sie doch nicht. Niemand weiß von dir. Du könntest nach Hause fahren und alles vergessen."

„Nein, Kleines. Ich werde das hier niemals vergessen – und dich schon gar nicht. Ich bin dabei, habe ich gesagt und ich habe nicht die Absicht, das zu ändern. Außerdem braucht ihr einen Fahrer, Matt kann im Moment nicht fahren. Er kann ja nicht mal richtig stehen."

Charlene wischte sich die Tränen vom Gesicht und warf einen Blick auf den scheinbar schlafenden Mann neben sich. „Warum ist das so, Alex? Und sag' mir bitte nicht wieder, dass alles in Ordnung ist. Ich mag zwar noch ein halbes Kind sein, aber ich bin nicht blöd. Warum sagt ihr mir nicht, was wirklich los ist."

In diesem Moment bewegte sich Matt neben ihr,

196

öffnete die Augen und drehte den Kopf zu ihr um. Er ergriff ihre Hand und drückte sie sanft. „Weil wir dich schützen wollten. Ich wollte nicht, dass du dir allzu große Sorgen um mich machst."

„Sorgen?", japste Charlene. „Ja, glaubst du etwa, ich mache mir keine Sorgen, wenn du fast zusammenklappst, mit Medikamenten vollgepumpt wirst und aussiehst, wie ein Gespenst?"

Ein Lächeln breitete sich auf dem Gesicht des Arztes aus. Er wandte sich an den jungen Fahrer: „Sehe ich wirklich so schlimm aus?" Alex nickte nur und konzentrierte sich weiter auf die Straße, da sie nun in die Stadt fuhren. „Entschuldige bitte, Charlene. Mir war nicht bewusst, wie es auf dich wirken muss. Ja, es stimmt. Sie wollten wissen, wo du bist und als ich mich geweigert habe, ihnen zu sagen, wo sie dich finden können, wollten sie mich zwingen, es preiszugeben. Daher die Verletzung in meinem Gesicht und an meinem Oberschenkel, die recht schmerzhaft ist. Ich habe ihnen dann vorgelogen, dass du bereits fort wärst – weggelaufen, ohne mir zu sagen, wohin. Damit war ich für sie wertlos geworden."

„Du meinst, sie wollten dich auch…?" Ihr Blick verschwamm erneut, während sie ihn entsetzt anstarrte.

„Sie haben es versucht. Aber die Polizei ist glücklicherweise noch rechtzeitig erschienen und die Kugel, die mich eigentlich töten sollte, ging fehl."

„Und was ist mit deinem Bein und der Infusion?"

„Ich habe eine große Schnittwunde am Oberschenkel genäht und verbunden. Aber es ist nicht einfach, sich selbst zu verarzten. Es könnten Bakterien von dem Angreifer, von mir, meiner Hose oder sonst wie in die Wunde geraten sein. Außerdem habe ich ein

197

bisschen viel Blut verloren, bis ich die Wunde verschließen konnte. Deshalb ging es mir so schlecht. Aber die Infusion hat geholfen. Und das andere Mittel macht die Schmerzen erträglicher. Du brauchst dir also keine Sorgen zu machen, Kleines. Ich werde bald wieder fit sein. Das verspreche ich dir."

„Tue das lieber nicht, Matt. Die Menschen in meiner Umgebung tendieren dazu, ihre Versprechen nicht halten zu können", sagte das Mädchen niedergeschlagen.

In diesem Moment meldet sich Alex zu Wort: „Entschuldigt bitte, wenn ich eure Diskussion unterbreche, aber wir sind bereits in den Außenbezirken von Austin. Wo genau müssen wir jetzt hin?" Er hielt kurz an einer Bushaltestelle, um das Navi neu zu programmieren. Charlene nannte ihm die Anschrift, die er eingab und anschließend den Angaben der Computerstimme in eine unscheinbare Gegend folgte. Die genannte Adresse entpuppte sich als eine heruntergekommen wirkende Bar, aus der auch zu dieser späten Stunde noch laute Musik herausströmte.

Als er den Wagen anhielt und aussteigen wollte, hielt Matt ihn zurück. „Bist du ganz sicher, dass wir hier richtig sind, Charlene? Das sieht mir nicht gerade vertrauenerweckend aus."

„Ja, bin ich. Wir mussten diese Anschrift rauf und runter pauken, damit wir sie ja niemals vergessen. Vielleicht ist das hier einfach nur Tarnung, damit niemand erfährt, was hier wirklich abgeht."

„Möglich, aber ich komme besser mit."

„Matt! Ich glaube nicht, dass das eine gute Idee ist. Falls wir fliehen müssen, könntest du uns nicht folgen. Wir sind schneller als du mit deiner Verletzung. Bleib' besser im Wagen. Falls wir hier richtig sind, holen wir dich nach."

Sie konnten sehen, wie es in dem Kopf des Mannes arbeitete. Einerseits leuchteten ihm die Argumente des jüngeren natürlich ein, andererseits wollte er zwei Teenager nicht schutzlos in dieses Etablissement schicken. Schließlich hatte er eine Idee: „Hast du noch mein Handy, Charlene?"

„Ähm, ja, natürlich. Hier." Sie reichte es ihm.

Matt nahm es und wählte eine Nummer. Sekunden später klingelte es in Alex' Tasche. Verwundert griff er nach seinem eigenen Telefon und drückte auf den Annahmekopf. Dann begriff er: „Du willst die Verbindung aufrechterhalten, während wir da drinnen sind?"

Matt nickte. „Es ist nicht viel, aber wenigstens kann ich so Hilfe holen, falls das notwendig sein sollte."

Die beiden Teenager stiegen aus dem Wagen und gingen nebeneinanderher auf die Tür der Bar zu, während Alex sein Telefon in die Brusttasche seines Hemdes gleiten ließ. Die Hand des Mädchens schob sich in die seine und sie hielten sich aneinander fest, während sie weitergingen. In der Bar war es noch immer recht voll. Zigarettenqualm schlug ihnen entgegen und Musik dröhnte aus einer Jukebox in der Ecke. Die Gespräche schienen abrupt zu verstummen und mehrere Köpfe wandten sich ihnen zu.

Alex griff Charlenes Hand fester, die unwillkürlich zu beben begann. Sie gingen auf die Bar zu, hinter der ein fülliger Mann in den Fünfzigern stand und Gläser wusch. Auch er hatte in seiner Arbeit verharrt und starrte die beiden an. „Ich glaube, ihr habt euch wohl verlaufen, was?", lachte er mit einer rauchigen Stimme. „Tut mir leid, aber ich verkaufe nichts an Minderjährige."

„Das ist ein Missverständnis", antwortete Alex daraufhin. „Wir wollen nichts trinken. Wir sind auf der Suche nach jemanden."

Der Wirt lachte auf. „Ist euch euer Papi abhandengekommen? Dann seht euch nur um, die Auswahl ist groß."

„Nein", meldete sich nun die leise Stimme des Mädchens zu Wort, doch durch die nun herrschende Stille, konnte der Wirt sie dennoch hören. Sogar die Musik war plötzlich verstummt, während sie auf den Tresen zugelaufen waren. „Wir suchen einen Mann, der den Spitznamen *Butterfly* trägt."

Erneut lachte der Wirt. „Hey Jungs. Fühlt sich einer von euch wie ein Schmetterling?" Allgemeines Gelächter war die Antwort. „Da hört ihr es. Hier gibt es niemanden mit diesem Namen. Tut mir leid. Ihr müsst es wohl in einer anderen Bar versuchen. Und jetzt würde ich euch bitten, zu gehen, bevor mir jemand die Behörden auf den Hals hetzt, weil ich Minderjährige in meinem Laden dulde." Er deutete in Richtung Tür und mit gesenktem Kopf schlichen die beiden dem Ausgang zu. Was sollten sie jetzt nur tun? Hatte ihr Vater ihr vielleicht irgendwann einmal gesagt, was sie in einem solchen Fall machen sollte?

Vor der Tür blieben sie unschlüssig stehen. „Und was jetzt?", fragte Alex. „Bist du dir wirklich sicher, dass wir hier richtig sind?"

„Ja, natürlich. Ich bin mir hundertprozentig sicher. Aber du musst bedenken, dass meine Familie vor fast einem Jahr starb. Vielleicht haben sie den Standort hier aufgelöst, nachdem ich nicht aufgetaucht bin. Ich weiß ja nicht, ob das nur der Kontakt für meinen Vater oder auch für andere Agenten war. Da kann man nicht erwarten, dass die jahrelang hierbleiben, für den

Fall, dass ich doch noch auftauche. Hätte ich doch bloß eine Telefonnummer von meinem Vater bekommen. Dann hätte ich damals schon dort anrufen können."

„Weißt du denn wenigstens, für welche Institution er gearbeitet hat?"

Charlene schüttelte traurig den Kopf. Da standen sie nun... in einer heruntergekommenen Gegend, mit irgendwelchen Typen im Nacken, die sie töten wollten, und hatten keine Ahnung, was sie nun tun sollten. Enttäuscht ging sie auf den Pickup zu, der auf der gegenüberliegenden Straßenseite wartete. Als sie ihn fast erreicht hatten, hörten sie plötzlich Schritte hinter sich und drehten sich um. „Ich seid auf der Suche nach *Butterfly*?", fragte ein junger Mann mit Drei-Tage-Bart, zerrissenen Jeans und Basecap auf dem Kopf.

Das Mädchen nickte. „Ja. Mein Vater hat mir gesagt, ich solle zu ihm gehen. Kennst du ihn?"

Der junge Mann ignorierte diese Frage und stellte eine Gegenfrage: „Wer ist dein Vater?"

„Charles Fisher", gab sie Auskunft.

„Charly? Oh Mann. Dann musst du Charlene sein, richtig? Das verschollene Familienmitglied."

Überrascht blickten die beiden den Mann an. Alex fand als erstes die Sprache wieder: „Ja, das ist sie. Aber woher weißt du das?"

Wieder gab der Mann keine Antwort, sondern zog eine kleine Karte aus seiner Tasche, die er Charlene in die Hand drückte. „Fahrt dorthin und parkt auf dem Parkplatz 023 im untersten Stockwerk. Jemand wird euch dort erwarten." Bevor sie den Blick von der Karte wieder hob, war der Mann verschwunden. Sie hatte keine Ahnung, wo er hingegangen war. Ihr fragender Blick traf ihren Freund, der ebenso irritiert umherblickte.

Dann gingen sie zum Wagen und glitten auf die Sitze. „Was war das denn?", fragte Matt, der noch immer sein Handy in der Hand hielt.

„Ich habe keine Ahnung", antwortete Alex. „Aber ich fürchte, wir haben keine andere Wahl, als den Anweisungen zu folgen." Er nahm die Karte aus der Hand des Mädchens und gab die Adresse ins Navi ein, das sie daraufhin durch die dunklen Straßen der Großstadt lotste. Schließlich gelangten sie an ein großes Parkhaus in der Innenstadt und Alex lenkte den Wagen in die Einfahrt, zog ein Parkticket und folgte der Beschilderung zum unteren Parkdeck. Doch dort war Schluss, denn sie standen an einer weiteren Schranke, an der ein Schild stand „Nur für Mitarbeiter der Phönix-Agentur".

Zur allgemeinen Verwunderung der Insassen, öffnete sich diese jedoch, kaum, dass sie das Schild gelesen hatten. Alex zuckte mit den Schultern und fuhr weiter. Parkplatz Nummer 023 lag verlassen am hinteren Ende in einer Nische. Er fuhr darauf und stellte den Motor ab.

Neugierig blickte Charlene sich um, doch sie konnte niemanden erkennen. „Wir sind wohl zu früh, wie es aussieht", stellte sie fest. „Vielleicht müssen wir noch ein bisschen warten, bevor…" Weiter kam sie nicht, denn plötzlich wurden sie ohne Vorwarnung von allen Seiten geblendet. Charlene erinnerte das an den Moment, bevor der Truck den Wagen ihrer Eltern rammte, und stieß einen Schrei aus. Doch nichts dergleichen geschah. Dafür setzte sich der Wagen plötzlich in Bewegung. Es fühlte sich an, als wenn sie in einem Aufzug wären, doch durch das Licht konnte keiner von ihnen etwas erkennen. Dann ruckelte es kurz und die Lichter verebbten. Die drei blickten sich um. Sie befanden sich nun nicht mehr in einer Tiefgarage, sondern in einer unterirdischen Halle, in der mehrere Fahrzeuge standen. Ein Mann kam auf den Pickup zu. „Fahren sie dort neben den roten Kombi, bitte."

Verwirrt startete Alex den Wagen und fuhr ihn die wenigen Meter auf den angegebenen Parkplatz, wo die drei schließlich ausstiegen und sich ein wenig unschlüssig umblickten. „Folgen Sie mir bitte", bat der Mann und führte sie durch die Halle in einen langen Gang, von dem mindestens zwei Dutzend Türen abgingen. Am Ende öffnete er eine davon und hielt ihnen die Tür auf, damit sie eintreten konnten. Er deutete auf eine gemütliche Couch. „Setzen Sie sich bitte und bedienen Sie sich. Es wird sich gleich jemand um sie kümmern." Damit verschwand er wieder und schloss die Tür leise hinter sich. Charlene blickte sich neugierig um, während Alex Matt zu der Couch brachte und ihm half, sein Bein hochzulegen, das nach dem kurzen Fußmarsch bedenklich pochte. Dann goss er ihm ein Glas Wasser ein und reichte es dem Mann.

„Danke, Alex. Das kann ich jetzt gebrauchen."

Charlene ließ sich neben den Arzt sinken. „Wie geht es dir?", fragte sie und legte ihm die Hand auf die Stirn.

„Den Umständen entsprechend, wie es immer so schön heißt. Ich will dir nichts vormachen. Mir ging es schon mal besser. Aber mit ein bisschen Ruhe und Pflege werde ich schon wieder werden."

„Das sollte sich einrichten lassen", hörten sie plötzlich eine Stimme hinter sich und fuhren erschrocken herum. Sie hatten keine Ahnung, woher der Mann hinter dem großen Schreibtisch plötzlich gekommen war, denn der Raum schien auf den ersten Blick nur eine Tür zu haben, die auf der entgegengesetzten Seite lag. Vor ihnen stand ein junger Mann, der Charlene irgendwie bekannt vorkam. Er trug nun einen Anzug und Krawatte, war ordentlich rasiert und duftete nach einem angenehmen Aftershave, weshalb sie ihn nicht gleich erkannte.

„Sind Sie nicht der Mann, der uns die Karte vom Parkhaus gegeben hat?", fragte Alex und musterte den Mann ebenso erstaunt, wie seine Freundin.

„In der Tat. Bitte entschuldigt, dass ich euch vorhin nicht mehr sagen konnte, aber da war ich Undercover." Er reichte erst dem Mädchen, dann den beiden Männern die Hand. Mein Name ist Telemachos Ikaros Mustaki", stellte er sich vor. „Da das aber keiner hier aussprechen kann, werde ich von allen nur *T.I.M.* genannt. Ihr könnt das gerne ebenfalls tun."

„Danke", sagte Charlene und machte eine ausgreifende Handbewegung. „Was genau ist das hier eigentlich?"

„Das ist unser Hauptquartier. Dein Vater hat für uns gearbeitet, bevor er… ausgeschieden ist."

„Er ist nicht *ausgeschieden*!", brauste das Mädchen auf. „Er und der Rest meiner Familie wurde brutal ermordet. Hinter mir und meinen Freunden sind sie auch her. Und sie werden nicht aufgeben, bis…"

„Ich weiß, Charlene", unterbrach er sie. „Ich habe die Leichen gesehen. Und du hast keine Ahnung, wie lange wir schon nach dir suchen. Wir hatten schon alle Hoffnung aufgegeben."

„Dann bist du also… *Butterfly*?", fragte sie überrascht.

„Irrtum, junge Dame. Das bin ich", kam es erneut von hinter ihnen und zum zweiten Mal wirbelten die drei herum. Wie machten die das nur? Diesmal stand jedoch kein Mann hinter dem Schreibtisch, sondern eine Frau in den Vierzigern, deren Arme mit dutzenden von bunten Schmetterlingen tätowiert waren. Sie trug eine Anzughose und eine kurzärmelige Bluse, die irgendwie nicht so ganz zu den bunten Armen passen wollte. Ihr Gesicht konnte man am ehesten interessant nennen. Die gleichmäßigen Züge waren beinahe hübsch, doch ihre Augen wirkten eher abgebrüht. Sie musste schon viel erlebt haben und trug vermutlich die Verantwortung für viele Menschen. Sie war groß und schlank und als sie auf sie zukam, bemerkten die Besucher, dass ihr linkes Bein steif zu sein schien, denn sie knickte es nicht, wie man das bei einem gesunden Bein tun würde. Sie reichte allen die Hand und wandte sich dann an ihren jungen Assistenten. „Tim, bring' Dr. Star bitte auf die Krankenstation und weise Alex ein Zimmer an. Beiden soll es an nichts fehlen. Ich würde gerne ein kurzes Gespräch mit Charlene allein führen."

Ohne sich abzusprechen, sagten die beiden Männer: „Ich bleibe bei Charly!"

Die Frau lächelte nun zum ersten Mal. „Dr. Star, Alex... wenn wir ihr etwas hätten antun wollen, hätten wir das längst getan. Wir sind die Guten – das sollten Sie begreifen. Charlene wird nichts geschehen, sie wird in spätestens einer Stunde wieder zu Ihnen stoßen. Gehen Sie mit Tim. Er wird sich um Sie kümmern, Ihnen ein Bett anweisen und etwas zu Essen bringen."

Nur widerwillig folgten die beiden dem jungen Mann aus dem Raum. Charlene schwankte zwischen

Vertrauen und Argwohn hin und her. Sie kannte die Frau nicht, aber sie flößte ihr Respekt ein. „Woher kennen Sie die Namen meiner Freunde?"

Die Frau lächelte amüsiert. „Wir wissen eine ganze Menge – wenn auch längst nicht alles. In der Regel haben wir Zugriff auf die meisten Polizeiaktivitäten. Daher haben wir auch von dem Angriff auf dich erfahren, bei dem du den Angreifer niedergeschlagen hast. Das war unsere heißeste Spur bis dahin, die danach jedoch im Sande verlief. Und vor wenigen Stunden erfuhren wir dann von dem Angriff auf Dr. Star, bei dem dieser unter anderem am Bein schwer verletzt wurde, sich jedoch weigerte, in ein Krankenhaus zu fahren. Wir schickten ein Team los, doch als dieses bei ihm ankam, war er bereits verschwunden. Aber die Beschreibung des Arztes passt bis aufs i-Tüpfelchen auf deine Begleitung, die mit dir hier ankam."

„Und Alex? Ich dachte, niemand wusste von ihm."

„Das taten wir auch nicht. Aber wir haben Zugriff auf die Datenbank für KFZ-Zulassungen. Sein Kennzeichen lief durch unsere Computer, während wir euch hier runterbrachten. Daher wissen wir, wer der Fahrer ist."

„Ach so", sagte das Mädchen und setzte sich wieder auf das Sofa, jedoch vorne auf die Kante, um notfalls aufspringen zu können. Die Frau setzte sich nun ebenfalls und blickte das Mädchen neugierig an. „Du siehst ganz anders aus, als auf den Fotos. Kein Wunder, dass wir dich nicht finden konnten."

„Ich musste mich vor den Mördern und der Polizei verstecken. Ich dachte damals, dass ich den Mann in der Bibliothek getötet hätte. Was erwarten Sie da? Dass ich mit einem Schild um den Hals herumlaufe, auf dem steht: ‚Greift zu… Ich bin die, die Sie suchen'?"

„Nein, natürlich nicht. Aber mich würde trotzdem interessieren, wie du so lange im Verborgenen bleiben konntest. Doch vorher brauche ich noch ein paar Informationen darüber, was genau Anfang der Sommerferien geschehen ist. Damals erhielten wir einen Anruf von Charly, dass ihm jemand auf die Schliche gekommen sei und er ein Evakuierungs-Kommando für sich und seine Familie benötigte. Unsere Leute machten sich direkt auf den Weg zum Treffpunkt, doch dort seid ihr nie angekommen. Eine großangelegte Suche erbrachte ebenfalls keinen Erfolg. Euer Fahrzeug und deine Familie blieben wie vom Erdboden verschluckt. Und dann tauchte plötzlich ein halbes Jahr später der Wagen nur etwa zehn Meilen vom vereinbarten Treffpunkt wieder auf."

„Wir waren damals so knapp vor dem Ziel?", fragte das Mädchen überrascht.

„Wusstest du das nicht?"

„Nein. Daddy sagte uns nicht, wo er hinfuhr. Er war zu sehr damit beschäftig, unsere Verfolger abzuschütteln. Ich kannte nur die Adresse in Austin, die wir alle schon früher mal auswendig lernen mussten. Sonst hätte ich doch nicht versucht, zu Fuß den weiten Weg bis hierher zu kommen."

„Zu Fuß?", fragte *Butterfly* nun. Verlegen senkte das Mädchen den Kopf.

„Nach dem Unfall wollte ich nicht mehr in ein Auto steigen."

„Kann ich gut verstehen. Aber vielleicht fängst du besser mal ganz von vorne an." Charlene nickte und erzählte ihr alles, was sie wusste, beginnend mit ihrer Flucht aus dem Haus in Louisiana bis hin zu ihrer Ankunft im Parkhaus. Die Frau hörte aufmerksam zu, stellte hin und wieder eine kurze Zwischenfrage und schwieg ansonsten. Zum Schluss betrachtete sie das Mädchen eingehend. „Du hast eine Menge durchmachen müssen, in deinem jungen Alter, Charlene. Und jetzt habe ich eine sehr wichtige Frage an dich: Hast du das Notizbuch deines Vaters noch?"

Das Mädchen nickte. „Es ist in meinem Rucksack." *Butterfly* griff an den Couchtisch, unter dem sich ein versteckter Knopf befinden musste, denn nur eine halbe Minute später öffnete sich eine verborgene Tür in der Wand hinter dem Schreibtisch. ‚*So also tauchen Tim und Butterfly wie aus dem Nichts auf*', dachte Charlene.

„Tim? Bringst du Charlene bitte zu den anderen, damit sie auch etwas essen und sich ausruhen kann? Und geht bitte am Wagen des Jungen vorbei, damit sie ihre Sachen mitnehmen kann. Charlene? Gibst du bitte Tim dann das Notizbuch? Es wird Zeit, dass wir die Aufzeichnungen deines Vaters auswerten und die notwendigen Schritte einleiten."

„Mache ich", sagte Charlene, drehte sich an der Tür jedoch noch einmal um. „Mrs. *Butterfly*?"

„Du kannst mich Thordes nennen, Kind. *Butterfly* ist nur mein Codename. Du kannst dir sicher denken, warum."

„Okay, dann eben Thordes. Ich wollte nur fragen... Ist es jetzt vorbei? Und sind meine Freude jetzt außer Gefahr?"

„Wir werden sehen. Aber hier seid ihr erst einmal in Sicherheit. Gib mir etwas Zeit, die Unterlagen auszuwerten und meine Maßnahmen einzuleiten. Aber solange ihr hier seid, seid ihr auf jeden Fall sicher. Ruht euch aus und lasst euch ein bisschen verwöhnen. Wir reden später weiter." Das Mädchen nickte und folgte dem jungen Mann in den Gang hinaus.

IM UNTERGRUND

Tim führte sie zurück zum Pickup ihres Freundes, wo Charlene ihren Rucksack und Matts Tasche mit seinen Sachen aus dem Wagen nahm. Der junge Mann nahm ihr die Tasche ab und ging ihr voran durch die Gänge, bis er an einer Tür stehen blieb und anklopfte. Direkt danach öffnete er die Tür und ließ das Mädchen eintreten. Sie befand sich in einer kleinen Wohnung, genauer gesagt in einer Wohnküche, von der mehrere Türen abgingen. Aus einem Zimmer, bei dem die Tür offenstand, hörte sie die Stimme von Alex: „Nein, Mann. Du bleibst schön liegen. Ich werde mal versuchen, ob ich sie in diesem Labyrinth finden kann – oder wenigstens jemanden, der mir sagen kann, wo sie ist. Die Stunde ist längst um und ich mache mir genauso viele Sorgen wie du. Aber du brauchst Ruhe, hat der Arzt gesagt."

„Mensch Alex. Ich bin selbst Arzt!", widersprach Matts Stimme und Tim registrierte das amüsierte Lächeln, das über die Lippen des Mädchens huschte.

„Toll, dann weißt du ja, was am besten ist." Sie hörten Stuhlbeine über den Boden schaben, dann stand plötzlich Alex im Türrahmen und blieb wie angewurzelt stehen. „Charly! Gott sei Dank bist du wieder da. Wir haben uns schon Sorgen gemacht."

„Das war nicht zu überhören. Aber mir geht es gut. Ich musste Thordes nur erzählen, was im letzten Jahr alles geschehen ist und wie ich letztendlich hierherkam."

„Thordes?", fragte Alex verständnislos.

„*Butterflys* richtiger Name ist Thordes", klärte ihn das Mädchen auf.

„Ach so. Komm', Matt ist schon ganz ungeduldig und will sich nicht an die Anweisungen des Arztes halten."

„Moment noch", hielt sie ihn zurück und stellte ihren Rucksack, den sie noch immer auf dem Rücken hatte, auf die Couch. Sie zog Hosen und Pullis daraus hervor, bis sie ganz unten eine Tüte fand – die wertvolle Fracht, die es wert war, dafür Menschen zu töten. Sie nahm das Buch und hielt es Tim hin. „Hier. Kannst du das bitte Thordes geben?"

Tim nickte und steckte das Buch sorgfältig in die Innentasche seines Sakkos. „Ich werde dir gleich noch etwas zu essen bringen. Deine Freunde haben bereits gegessen. Und dann solltet ihr alle versuchen, ein bisschen zu schlafen. Falls etwas sein sollte oder ihr etwas braucht, was ihr nicht in der Küche finden könnt, nehmt einfach den Telefonhörer in die Hand und wählt die Null."

„Danke, aber ich brauche nichts zu Essen. Ich würde eh nichts runterbekommen im Moment."

„Na gut. Dann sehen wir uns morgen. Gute Nacht."

„Gute Nacht, Tim", antworteten die Teenager und gingen anschließend zu Matt in das angrenzende Zimmer.

Dieser lag in einem Bett. Neben ihm stand ein Metallständer, an dem eine weitere Infusion hing. Er sah müde aus, sein verletztes Bein lag auf einigen Kissen, damit es etwas höher lag und nicht so schmerzte. Sein Blick schien ein wenig verschwommen zu sein und

Charlene vermutete, dass man ihm ein weiteres Schmerz- oder Beruhigungsmittel gegeben hatte, damit er nicht durch die Gegend lief. Doch er erkannte das Mädchen und ein erleichterter Ausdruck erschien auf seinem Gesicht. Er streckte ihr die Hand entgegen und zog sie auf die Bettkante. „Kind! Alles in Ordnung mit dir? Du warst so lange weg."

„Alles gut, Matt. Mach' dir keine Sorgen. Wie geht es dir?"

„Besser, danke."

Alex beugte sich zu ihr hinüber und flüsterte ihr ins Ohr. „Er hat eine Extra-Portion Schmerzmittel intus."

Das Mädchen nickte. „Dann ist ja gut. Es sieht so aus, als wenn wir ein bisschen hierbleiben müssen, wenn ich das richtig verstanden habe. Aber es ist spät, ich bin hundemüde." Sie hielt sich die Hand vor den Mund und gähnte, um ihre Aussage zu unterstützen. In Wirklichkeit wollte sie, dass Matt sich ausruhte, denn er sah aus, als wenn er sowieso jeden Moment einnicken würde.

Matt nickte matt und schloss gehorsam die Augen. Aus seinem Mund kam noch ein halbherziges „Gute Nacht, ihr zwei", dann war er auch schon eingeschlafen. Lächelnd standen die beiden auf und verließen leise das Zimmer, in dem nur eine schwache Leuchte schien. Sie gingen in den Wohnbereich, wo sich Charlene auf das Sofa fallen ließ und kurz den Kopf anlehnte. Sie war erschöpft, wusste aber genau, dass sie jetzt nicht würde schlafen können.

Alex ging in die Küche und kam mit einem Glas Saft zurück, das er ihr reichte. „Hier, trink das. Das wird dir guttun. Bist du sicher, dass du nichts essen möchtest? Der Kühlschrank ist gut gefüllt. Ich könnte dir ein Sandwich machen oder einen Joghurt holen."

Sie schüttelte den Kopf. „Nein danke. Ich mag wirklich nichts essen, Alex." Sie nippte dankbar an dem Glas und stellte es anschließend auf den Couchtisch. Und mit einem Mal stürmten dutzende von Gefühlen auf sie ein: der Unfall, den sie eben noch einmal erleben musste, als sie Butterfly davon erzählte, die Schüsse auf sie und ihren Vater, ihre Flucht mit einem gebrochenen Bein, die Erlebnisse mit Alex und der Übergriff in der Bibliothek. Dann der Verlust des Babys, ihre erneute Flucht, das Wissen um den gewaltsamen Tod eines Mannes, der ihr nur hatte helfen wollen, und schließlich die Ereignisse des vergangenen Tages und die Angst um ihren väterlichen Freund. Ohne Vorwarnung fing sie heftig an zu schluchzen und hätte am liebsten ihren ganzen Schmerz laut hinausgeschrien. Doch aus Rücksicht auf Matt konnte sie dies gerade noch verhindern.

Alex starrte sie ein paar Sekunden lang verwirrt an und schien nicht zu wissen, was eigentlich los war. Dann nahm er sie einfach in die Arme und wiegte sie sanft, bis sie sich nach einer schier endlosen Zeit endlich beruhigte. Sein Pullover war durchweicht von den Tränen des Mädchens, doch das störte ihn nicht. In der Wohnung war es angenehm warm und er würde bald wieder trocknen.

Das war auch gut so, denn im Gegensatz zu Matt und Charlene hatte er keine Reisetasche oder Ersatzklamotten eingepackt. Bei seinem überstürzten Aufbruch hatte er an so etwas Banales wie Kleidung oder Zahnbürste keinen einzigen Gedanken verschwendet. Für ihn war nur wichtig gewesen, schnell zu Hilfe zu eilen. Er hatte lediglich seinen Eltern Bescheid gegeben, wo er hinfuhr. *,Meine Eltern'*, dachte Alex plötzlich. *,Sicherlich machen sie sich Sorgen, weil ich mich* *nicht mehr gemeldet habe. Ich muss ihnen wenigstens eine Nachricht schicken, dass alles in Ordnung ist und ich in ein paar Tagen wieder da bin.'* Gedankenverloren kramte er nach seinem Handy, während Charlene sich das Gesicht im Badezimmer ein wenig abwusch. Dann kamen ihm jedoch Zweifel. *,Aber tue ich das wirklich? Kann ich tatsächlich zu meinen Eltern zurück, ohne sie und mich in Gefahr zu bringen?'*

„Träumst du?", fragte Charlene mit immer noch leicht belegter Stimme, als sie neben ihn trat.

„Was?", schreckte Alex auf und ließ beinahe das Handy fallen. Gerade noch rechtzeitig fing er es mit der anderen Hand auf, bevor es auf den Boden klatschen konnte. „Ähm, nein. Ich… ich habe nur nachgedacht."

„Darüber, wie du am einfachsten dein Telefon zerstören kannst?" Sie grinste nun leicht, auch wenn er ihrem Gesicht ansehen konnte, dass ihr alles andere als nach Lachen zu Mute war.

Verwirrt blickte er auf das Handy, das er umklammert hielt. „Nein, natürlich nicht. – Über meine Eltern. Sie machen sich bestimmt Sorgen, weil ich noch immer nicht aufgetaucht bin. In ein paar Stunden fängt die Schule an."

„Na, die wirst du wohl oder übel verpassen, schätze ich mal. Aber du kannst deinen Eltern wenigstens eine Nachricht schreiben, dass alles in Ordnung ist und du ihnen alles erklärst, wenn du zurück bist."

„Kann ich das denn?"

„Was, es ihnen erklären?"

„Nein, zu ihnen zurückgehen", sagte Alex mit gesenktem Kopf.

Der Schreck über seine Worte spiegelte sich auf

dem Gesicht des Mädchens deutlich wider. „Oh, mein Gott. Was habe ich nur getan? Alex, ich…"

„Du hast überhaupt nichts getan, Charly. Es war meine Entscheidung, mitzukommen. Nicht deine. Und ganz egal, wie die Sache ausgeht… ich würde es jeder Zeit wieder tun."

„Auch, wenn du vielleicht deine Eltern nie mehr wiedersiehst?"

„Auch dann. Ich weiß, sie werden es verstehen. Bestimmt werden sie das."

Charlene wusste nicht genau, ob er sie oder sich selbst mit seinen Worten beruhigen wollte. Dennoch war sie davon überzeugt, dass Alex diese Überlegungen nie hätte machen müssen, wenn sie nicht aufgetaucht wäre und sein Leben völlig durcheinandergebracht hätte. Sie schien das Unglück förmlich anzuziehen: Ihre Familie war ermordet worden; Alex hatte sie, ohne es zu wollen, den Kopf verdreht und sein Leben auf selbigen gestellt; Matt würde vermutlich nie wieder in sein Haus und seine Praxis zurückkehren können und der Mann mit dem Hund hatte sein Leben wegen eines dummen kleinen Mädchens sogar verloren. „Gibt es hier noch mehr Betten?", fragte sie.

Deutlich spürte Alex die plötzliche Distanz, die mit ihren Worten mitschwang. Er fragte sich, was er Schlimmes gesagt hatte, beantwortete jedoch ihre Frage mit einem Nicken. „Ja, dort drüben die beiden Zimmer. Vielleicht tut es uns ganz gut, wenn wir uns ebenfalls hinlegen." Die Freundin nickte nur, nahm sich ihren Rucksack und verschwand hinter einer der beiden Türen. Irritiert blickte Alex auf sein Handy und stellte fest, dass er mehrere Nachrichten von seinen Eltern bekommen hatte. Schnell schrieb er eine WhatsApp, dass es ihm gut ginge und er sich bald melden würde. Sie sollten sich keine Sorgen machen und er hätte sie ganz doll lieb. Dann legte er das Telefon auf den Tisch und stand ebenfalls auf, um sich in sein Bett zu legen. Da er sonst nichts dabei hatte, zog er einfach Schuhe, Socken und Jeans aus und hängte sie über einen Stuhl. Der Pullover und das T-Shirt folgten – nur die Unterwäsche behielt er an, wusch sich am Waschbecken noch das Gesicht und die Hände und machte es sich in dem französischen Bett bequem. Um ihn herum herrschte Totenstille: keine Uhr tickte, keine Geräusche von außen drangen in den Raum, keine Heizung rauschte. Nur sein eigener Herzschlag und seine Atmung drangen ungewöhnlich laut an sein Ohr.

Erschöpft von dem langen Tag schloss er die Augen und versuchte, seine Gedanken zu leeren. Dennoch fand er einfach keinen Schlaf. Zu viel schwirrte ihm im Kopf herum. Vor allem Charlenes plötzliche Distanz machte ihm zu schaffen. Im Kopf ging er ihre Unterhaltung noch einmal Stück für Stück durch, konnte aber nichts finden, mit dem er sie verärgert haben könnte. Die Ungewissheit ließ ihn nicht zur Ruhe kommen und er wälzte sich in seinem Bett hin und her, lauschte auf jedes Geräusch und überlegte schließlich sogar, ob er bei Charlene klopfen sollte, um die Sache zu klären.

Währenddessen lag auch Charlene mit offenen Augen und hinter ihrem Kopf verschränkten Armen in ihrem Bett und starrte in die Dunkelheit. Die Tränen bemerkte sie schon gar nicht mehr, obwohl ihre Haut im Gesicht langsam wund wurde. Wie konnte sie das Chaos bloß beheben, das sie veranstaltet hatte, ohne es eigentlich zu wollen? Und was würde geschehen, wenn Alex nicht zu seinen Eltern zurückgehen könnte? Würde er ihr das jemals verzeihen?

Egal, was er vorhergesagt hatte, sie wusste, dass er seine Eltern liebte und es schwer für ihn sein würde, sie für immer zu verlassen. Tief in ihren Selbstvorwürfen versunken, bemerkte sie nicht einmal das leise Klopfen, das etwa zwei Stunden später durch die Stille drang. Kurz darauf wurde ihre Zimmertür leise geöffnet. Alex stand in der Tür, unschlüssig und beinahe verlegen. Er hatte seine Hose übergezogen und die Hand ruhte auf der Klinke. Das Mädchen reagierte nicht und Alex war sich nicht sicher, ob sie einfach nicht mit ihm reden wollte oder ob sie ihn wirklich nicht bemerkt hatte. Auch in ihrem Zimmer brannte nur eine kleine Nachtleuchte. Im Schein des matten Lichtes meinte Alex ein Schimmern auf dem Gesicht der Freundin zu bemerken.

Plötzlich begriff er, was dem Mädchen durch den Kopf gehen musste und warum sie eine Distanz zwischen ihm und sich selbst aufgebaut hatte. Langsam kam er auf das Bett zu. „Charlene? Kannst du auch nicht schlafen?"

Erschrocken zuckte sie zusammen – ein sicheres Zeichen, dass sie ihn wirklich nicht bemerkt hatte, als er eingetreten war. Sie versuchte verstohlen, sich die Tränen abzuwischen, während sie sich aufrichtete, doch Alex hielt ihre Hand fest und zog sie von ihrem Gesicht. Er ließ sich neben sie auf das Bett sinken und eine Welle der Zuneigung schwappte durch seinen Körper. Ohne etwas zu sagen, beugte er sich zu ihr hinüber und küsste ihr sanft die Tränen weg, die noch auf ihren Wangen glitzerten. Sie schmeckten salzig, doch das störte ihn nicht. Seine Freundin rührte sich nicht und tat auch sonst nichts, um ihn daran zu hindern. In diesem Moment wusste sie, dass sie sich von ihm nicht würde distanzieren können. Dafür war es längst zu spät. Im Gegenteil, sie sehnte sich nach seiner Nähe und wenn sie nicht so verdammt jung gewesen wäre, hätte sie ihn hier und jetzt gebeten, wieder mit ihr zu schlafen.

Endlich ließ Alex von ihrem Gesicht ab und lächelte sie zärtlich in der Dunkelheit an. Dann erst öffnete er den Mund, um ihr zu sagen, warum er gekommen war. „Du bist nicht schuld an dem, was geschehen ist. Und schon gar nicht an meiner Entscheidung, euch zu begleiten. Das musst du bitte begreifen. Die einzig Schuldigen an dem ganzen Chaos sind die Verbrecher, die deine Familie auf dem Gewissen haben. Und um die kümmert sich *Butterfly* jetzt. Du wirst sehen, in ein paar Wochen kannst du das alles hier vergessen."

„Ich werde es nie vergessen", sagte das Mädchen traurig. „Und ich glaube kaum, dass *du* es vergessen kannst. Vor allem, wenn du nicht zurück zu deinen Eltern darfst. Vielleicht glaubst du jetzt, dass du damit leben kannst, aber irgendwann wirst du mich dafür hassen, wenn es so kommt. Irgendwann wirst du es mir vorwerfen."

„Da irrst du dich aber gewaltig. Ja, ich gebe zu, dass ich traurig wäre, wenn ich nicht zurück auf unsere Farm gehen könnte. Aber ich bin alt genug, um die Folgen meines Handelns selbst zu tragen. Ich brauche niemanden, dem ich die Schuld in die Schuhe schieben muss. Seit ich die Hintergründe deines Auftauchens bei uns kenne, habe ich mich mit dem Gedanken beschäftigt, was ich tun würde, wenn es hart auf hart kommt. Und ich habe eine Entscheidung getroffen. Also hör' bitte auf, die Schuld immer bei dir zu suchen. Du bist genauso unschuldig, wie jeder von uns."

„Aber wenn ich nicht…", setzte das Mädchen erneut an.

„Wenn du nicht bei uns aufgetaucht wärst, hättest du mich um die Liebe meines Lebens gebracht. Das Leben war langweilig ohne dich. Jeden Tag der gleiche Ablauf; nie ist irgendetwas passiert. Bis du kamst. Meine Eltern lachten wieder und ich hatte jemanden, mit dem ich reden, durch die Gegend streifen und im Bach planschen konnte. Jemand, der mit mir zusammen arbeitete und mich so nahm, wie ich bin. Charlene, ich liebe dich. Inzwischen noch viel mehr, als am Anfang. Und ich werde nicht zulassen, dass du dich selbst fertig machst. Oder dass du mich oder Matt einfach wegstößt. Ich weiß, dass Matt dich auch liebt, wenn auch auf eine ganz andere Weise, als ich es tue. Für ihn bist du wie eine Tochter geworden in den letzten Wochen und wie jeder Vater würde er wie ein Löwe kämpfen, um dich zu schützen. Deshalb war er so böse auf mich, weil ich mit dir geschlafen habe; deshalb hat er dich weggeschickt und sich selbst als Lockvogel vor die Verbrecher gestellt. Er wäre für dich gestorben, wenn es hätte sein müssen, und er hat die Folter überstanden, ohne ihnen zu sagen, was sie wissen wollten. – Auch wenn du deine Familie verloren hast, Charlene, du bist nicht allein. Matt und ich – wir sind jetzt deine Familie, ob dir das nun passt oder nicht. Und so schnell wirst du uns auch nicht wieder los." Er lächelte jetzt, das konnte Charlene sogar im Halbdunkel gut erkennen. Sie war sichtlich gerührt von seinen Worten und kämpfte mit ihrer Fassung, sagte jedoch nichts. „Ich glaube, jetzt solltest du wirklich endlich etwas schlafen, Kleines. Die Nacht ist fast um und wir haben beide noch kein Auge zugemacht."

Er erhob sich, um zurück in sein Zimmer zu gehen, wurde jedoch von einer Hand zurückgehalten, die sein Handgelenk ergriff und ihn zurück auf die Bettkannte zog. „Bitte bleib!", bat sie flüsternd, rutschte ein wenig zur Seite und zog ihn auf das Bett. Alex zögerte nur einen kurzen Moment, dann glitt er neben sie, mit einem Kribbeln im Bauch und einem Lächeln im Gesicht. Das Mädchen schmiegte sich in seine Arme, lehnte den Rücken an seine Brust und umklammerte seinen unter ihr liegenden Arm wie ein Kuscheltier.

Mit seiner anderen Hand strich Alex ihr sanft über den Kopf, küsste ihr Haar und schloss anschließend die Augen. Wenig später fanden beide endlich die so dringend benötigte Ruhe und schlummerten mit einem Lächeln auf den Lippen ein – eng aneinandergeschmiegt und froh über die Nähe des anderen.

Matt blinzelte, als er von der Morgensonne geweckt wurde. Sein erster Blick fiel auf den Infusionsständer. Jemand musste in der vergangenen Nacht noch einmal hier gewesen sein, denn der Infusionsbeutel war abgestöpselt und verschwunden. Dafür hatte er nun ein Schutznetz über der Kanüle, die noch immer in seinem Handrücken steckte. Er musste sehr tief geschlafen haben, wenn er den nächtlichen Besuch nicht mitbekommen hatte. Vorsichtig setzte er sich auf. Sein Bein pochte ein wenig, aber sonst ging es ihm ganz gut.

Neugierig blickte er sich im Zimmer um. Er befand sich in einem typischen Schlafzimmer mit Bett, Kommode und Nachttisch, ähnlich wie man es in einem Hotel vorfinden würde. Er erinnerte sich daran, wie sie gestern hierhergebracht worden waren. Doch etwas war merkwürdig. Sie waren in das Untergeschoss des Parkhauses gekommen und dann mit einem Aufzug noch weiter abwärtsgefahren. Eigentlich sollte er sich tief unter der Erde befinden und dennoch schien helles Sonnenlicht durch eine Scheibe in der Wand. Hatte man ihn fortgebracht – weg von Charlene und Alex?

Matt stand auf, nur mit einer Boxershorts bekleidet, und griff nach den Krücken am Fußende des Bettes. Dann ging er zum Fenster, um einen Blick hinauszuwerfen und stellte fest, dass es gar kein Fenster war, sondern etwas, dass man am ehesten mit einem TV- Bildschirm vergleichen konnte. Das helle Sonnenlicht, das ihn geweckt hatte, war nichts weiter als ein Programm, das einen sonnigen Tag abspielte, inklusive Menschen, die durch die Straßen eilten, Fahrzeugen, die vorbeifuhren und Bäumen, die sich im kalten Wind wiegten. Auf den ersten Blick hatte er sich täuschen lassen, zumal der Bildschirm sogar mit Gardinen eingerahmt wurde, die jedoch nicht geschlossen worden waren. Erleichtert griff Matt nach seiner Jeans und einem Hemd und ging ins Badezimmer.

Wenig später hatte er sich etwas frisch gemacht und angezogen und ging in den Wohnküchen-Bereich, um sich umzusehen. Letzte Nacht war er zu erschöpft und schwach gewesen, um sich richtig umzuschauen. Alex hatte ihn direkt mit Tims Hilfe ins Bett gebracht, dann kam der Arzt und gab ihm eine weitere Infusion. Anschließend wusste er nicht mehr viel – hatte den Rest der Nacht in einer Art Dämmerzustand verbracht. Irgendwann musste er dann wohl eingeschlafen sein, doch er konnte sich noch erinnern, dass Charlene kurz bei ihm gewesen war, auch wenn er nicht mehr wusste, ob oder was sie gesprochen hatten.

Matt bemerkte eine leicht geöffnete Zimmertür und trat mit Hilfe der Krücken näher, um sie ganz aufzuschieben und einen Blick hineinzuwerfen. Es war ein ganz ähnliches Zimmer, wie sein eigenes. Auf einem Stuhl konnte er Alex' Klamotten und davor seine Schuhe erkennen. Doch das Bett war leer. Es sah aus, als hätte jemand darin gelegen, doch von dem Jungen fehlte jede Spur. Ein ungutes Gefühl machte sich in ihm breit. Hatte der Junge etwa die Gelegenheit genutzt, um... ,Nein!', dachte Matt. ,*Er ist doch eigentlich ganz vernünftig und hat eingesehen, dass es damals ein Fehler war*'.

Doch das mulmige Gefühl ließ sich nicht vertreiben. Schließlich ging er zur letzten Tür, drückte leise die Klinke hinunter und öffnete sie einen Spalt breit. Auch hier schien von einem Bildschirm scheinbares Tageslicht auf ein Bett, wenn auch etwas dezenter, da die Vorhänge halb geschlossen waren. Sein Blick folgte den Strahlen und was er sah, ließ ihn zu einer Statue erstarren. Auf dem breiten Bett lagen Arm in Arm Alex und... Charlene. Er konnte den unbekleideten Oberkörper des Jungen erkennen; von dem Mädchen konnte er nur einen ebenfalls nackten Arm sehen.

Seine väterlichen Gefühle für Charlene ließen ihn aufbrausen, wollten den Jungen aus dem Bett zerren und ihm gehörig den Marsch blasen. Doch dann begriff er, dass es sowieso zu spät war, denn beide schliefen friedlich und hatten ihn nicht einmal bemerkt. Was geschehen war, war geschehen, und er konnte es jetzt nicht mehr ändern. Leise schloss Matt die Tür wieder und humpelte mit hängendem Kopf ins Wohnzimmer. Er würde sich den jungen Gigolo später vorknöpfen und dann konnte Alex sich warm anziehen!

Matt setzte sich auf die Couch; der vor kurzem noch knurrende Magen hatte sich beruhigt. Ihm war der Appetit gründlich vergangen. Mit einer Mischung aus Enttäuschung, Wut und Sorge starrte er ins Leere, bis irgendwann der Arzt von der vergangenen Nacht vorbeikam, um die Wunde zu begutachten und neu zu verbinden und ihm die Kanüle entfernte, nachdem er eine weitere Portion Antibiotikum erhalten hatte. Matt ließ das alles schweigend über sich ergehen. Noch immer war von den Teenagern nichts zu sehen, aber es war ja auch sehr spät gewesen letzte Nacht.

Erst gegen zehn Uhr trat Alex leise aus dem Zimmer des Mädchens und fand Matt auf der Couch vor. Sein Blick ließ den Jungen unwillkürlich in der Bewegung innehalten. Er versteifte sich sichtlich und blickte den Arzt fragend an. „Habe ich irgendetwas angestellt?"

„Das fragst du noch?", fuhr Matt ihn an und stemmte sich hoch, um größer und stärker zu wirken, als er es auf der Couch liegend tat. „Sag' mal, hast du sie noch alle? Wie konntest du das tun? Haben wir nicht ausführlich darüber gesprochen? Ich dachte, ich hätte es mit einem verantwortungsvollen, jungen Mann zu tun, aber du bist auch nicht anders als andere jungen Männer. Verdammt nochmal! Warum, Alex?"

Der jüngere blickte ihn noch immer verständnislos an. Er war sich keiner Schuld bewusst und hatte nicht die geringste Ahnung, wovon der Arzt überhaupt sprach. Zu seinem Erstaunen bemerkte er das Glitzern in den Augen des Mannes, während dieser ihn mit einem Ausdruck der Enttäuschung anstarrte und auf eine Reaktion wartete. Er drehte sich hilfesuchend zum Zimmer des Mädchens um – und dann begriff er plötzlich. Ohne Vorwarnung fing Alex an zu kichern, was die Wut des Erwachsenen nur noch mehr schürte. „Spinnst du jetzt total?", fragte er ungehalten.

Alex kam lachend näher, legte seine Hände auf die Schultern des Freundes und drückte ihn sanft zurück auf die Couch. „Ich glaube, du missverstehst da etwas ganz gewaltig, Matt", sagte er dabei und ließ sich neben ihn auf die Couch sinken. „Es ist überhaupt nichts passiert letzte Nacht – zumindest nicht, was du zu denken scheinst. Diesen Fehler mache ich nicht ein zweites Mal. Ich dachte, das wüsstest du. Charlene und ich haben nicht miteinander geschlafen."

„Das erzähl' von mir aus deiner Großmutter, aber nicht mir. Ich habe doch Augen im Kopf."

„Ach... du hast uns bespitzelt", grinste der Junge noch immer amüsiert. „Ja, ich gebe zu, dass wir in einem Bett geschlafen haben. Nicht mehr, aber auch nicht weniger. Charlene war ziemlich fertig letzte Nacht und konnte nicht schlafen. Sie macht sich große Vorwürfe, dass sie unser aller Leben zerstört oder doch zumindest sehr durcheinander gebracht hat. Sie fühlt sich verantwortlich für den Tod des Mannes mit dem Hund, deinen Zustand und allem anderen. Ich habe versucht, sie zu trösten, weil sie nicht allein bleiben wollte."

„Aber du warst nackt", warf Matt vorwurfsvoll ein.

„Stimmt. Obenrum war ich nackt. Aber das war ich auf dem Hof bei der Arbeit übrigens auch im Sommer. Oder auch, wenn wir im Bach gebadet haben.

Matt, ich habe in Jeans geschlafen und Charlene hatte ebenfalls etwas an. Bitte glaube mir, dass nichts passiert ist, was dir irgendwelche Sorgen bereiten müsste. Ich war letzte Nacht einfach nur ein guter Freund. Auch wenn es mir manchmal schwerfällt."

Matt betrachtete den Jungen eingehend und dieser kam sich vor, wie unter einem Röntgenblick. Auch wenn er sich nichts vorzuwerfen hatte, fühlte er sich irgendwie schuldig – allein durch seine Gedanken, Charlene zu spüren, sich mit ihr vereinen zu wollen. Dieses Gefühl, dem er nicht nachgeben durfte und das ihn innerlich zerreißen wollte. Dennoch wusste sein Kopf ganz genau, was richtig und was falsch war. Er würde sein Versprechen halten – koste es, was es wolle. Selbst wenn das hieße, Charlene für einige Monate nicht mehr sehen zu dürfen.

Matt nickte langsam. Er schien zu spüren, was in dem Jungen vorging und fühlte sich plötzlich beschämt und schuldig, weil er Alex nicht geglaubt hatte. Er zog den Jungen an seine Brust. „Es tut mir leid, Alex. Ich hätte es eigentlich besser wissen müssen. Aber als ich euch beide gesehen habe, sind mir wohl die Sicherungen durchgebrannt. Ich dachte wirklich, dass du... Ach, ich weiß auch nicht, was in mich gefahren ist."

„Ich schon, Matt. Du reagierst genauso, wie es jeder gute Vater tun würde."

„Vater? Aber ich bin doch nicht..."

„Doch, Matt. Wenn du ganz ehrlich bist, hast du in den letzten Wochen den Platz von Charlenes Vater eingenommen. Du fühlst dich verantwortlich für sie und ich bin mir ziemlich sicher, dass du sie liebst. Und ich glaube, sie tut das auch, obwohl sie natürlich ihrem richtigen Vater und dem Rest der Familie nachtrauert. Charlene hat nur noch uns beide. Und eigentlich machst du dich ganz gut als Ersatz-Papa. Sie hätte es weitaus schlechter treffen können." Er grinste den Arzt an, der ihm freundschaftlich in die Rippen boxte.

„Sei nicht so frech, Bürschchen. Sonst zeige ich dir mal, zu was ein besorgter Vater alles in der Lage ist."

„Wozu denn?", kam es mit einer fröhlichen, wenn auch noch leicht verschlafenen Stimme aus der geöffneten Zimmertür des Mädchens, in der Charlene stand und die letzten Sätze ihrer Unterhaltung verfolgt hatte.

Matt winkte ab. „Das überlege ich mir, wenn es soweit ist. Was haltet ihr erst einmal von Frühstück?"

„Gerne. Langsam habe ich wieder richtig Hunger. Wenn ihr mir ein paar Minuten gebt, ziehe ich mich an und mache dann Frühstück. Alex, kannst du vielleicht den Tisch decken?"

Matt grinste zu dem Angesprochenen hinüber, als dieser aufsprang und so, wie er war, zur Küchenzeile eilte. „Na, die hat dich ja ganz gut im Griff, meine *Ersatztochter*."

Charlene lachte und verschwand im Badezimmer, während Alex mit den Schultern zuckte und Teller aus dem Schrank zog. „Ich will sie mir ja warmhalten", antwortete er schnippisch, woraufhin Matt ihm scherzhaft die geballte Faust entgegenstreckte.

„Warte ab, bis ich wieder richtig fit bin!"

Alex hielt mitten in der Bewegung inne und drehte sich zu ihm um. „Wie geht es dir eigentlich? Ich habe ganz vergessen, zu fragen."

„Gut, danke. Die Medikamente haben gut angeschlagen. Natürlich ist die Wunde schmerzhaft, aber sie wird mich nicht umbringen. In ein paar Tagen kann ich hoffentlich auch die Dinger…" Er deutete auf die Krücken, die an der Couch lehnten. „… in die Ecke schmeißen. Aber mit Marathon laufen, wandern oder Fahrrad fahren wird es wohl erst einmal nichts."

„Na ja, die Gelegenheit wirst du wohl vorläufig eh nicht bekommen", kam es von Alex zurück.

„Da könntest du allerdings Recht haben", gab der Arzt zu.

Charlene zauberte aus dem Kühlschrank ein üppiges Frühstück mit Eiern, Speck, Toast und Orangensaft hervor. Dazu gab es Aufstriche und frisches Obst. Satt und zufrieden lehnten sich die drei schließlich in ihren Stühlen zurück.

Alex ergriff sein Handy, um zu schauen, ob seine Eltern geantwortet hatten. Doch da war nichts. „Komisch", sagte er laut. „Mom und Dad sind doch schon lange am Arbeiten."

„Lass' mal sehen", bat Matt und als er das Telefon in den Händen hielt, deutete er auf die Nachricht, die Alex letzte Nacht geschrieben hatte. „Deine WhatsApp ist auch gar nicht raus gegangen, Alex. Deshalb haben sie nicht geantwortet. Versuche doch mal, sie anzurufen." Der Junge nickte und rief den Kontakt seines Vaters auf. Doch nichts geschah. Er versuchte, eine weitere Nummer – mit dem gleichen Erfolg. Da reichte ihm der Arzt sein eigenes Telefon. „Hier, probiere mal meins."

Alex ergriff das Telefon des Freundes und tippte eine Nummer ein. Doch auch hier tat sich rein gar nichts. „Vermutlich hast du hier unten einfach keinen Empfang. Immerhin befinden wir uns ja irgendwo tief unter der Erde. Vielleicht musst du einfach nach oben, um zu telefonieren."

„Das wird es sein", sagte Alex nachdenklich und nahm sich vor, Tim zu fragen, sobald dieser auftauchte.

Wie auf Kommando klopfte es in diesem Moment an die Tür ihrer kleinen Wohnung und wenig später trat der Mann ein, an den er gerade gedacht hatte. „Guten Morgen. Ich hoffe, ihr konntet euch alle ein bisschen von den gestrigen Strapazen erholen?"

Matt nickte. „Ja, vielen Dank. Wir haben alles, was wir brauchen."

„Na ja", sagte Alex da und Tim hob neugierig den Kopf.

„Ja? Was hast du auf dem Herzen, Alex. Brauchst du irgendetwas?"

„Genaugenommen habe ich sogar zwei Bitten, wenn das nicht zu viel verlangt ist."

„Schieß' los. Wenn ich es besorgen kann, werde ich mich drum kümmern."

„Gestern bin ich ein wenig überstürzt von zu Hause weg." Er blickte an seinen verschwitzten Klamotten hinab.

Tim schien zu begreifen. „Ich erinnere mich. Charlene holte ihren Rucksack und Dr. Stars Tasche aus dem Wagen. Aber keine Tasche für dich. Du hast nichts zum Anziehen, richtig? Aber das macht nichts. Wir werden schon was für dich besorgen. Ich bringe dich gleich in unseren Laden, da wirst du mit allem ausgestattet, was du benötigst. Das gilt übrigens auch für euch beide." Er wandte sich an Charlene und Matt. „Wenn irgendwas fehlt oder benötigt wird, könnt ihr es dort bekommen."

„Aber wir haben doch gar kein Geld dabei", stellte Charlene fest.

„Das braucht ihr auch nicht. Nicht, solange ihr in

unserer Obhut seid. – Aber du sprachst von zwei Wünschen, Alex. Was hast du denn noch auf dem Herzen?"

„Ich würde gerne meine Eltern informieren. Aber mein Handy und auch das von Matt haben irgendwie keinen Empfang hier unten. Kann ich mal an die frische Luft, um ihnen zu sagen, dass es mir gut geht?"

Tim machte ein betretenes Gesicht. „Tut mir leid, Alex, aber das ist einer der wenigen Wünsche, die ich dir im Moment nicht gewähren kann. Ihr dürft euch vorläufig da draußen nicht blicken lassen. Aber um deine Eltern brauchst du dir keine Sorgen zu machen. Ihnen geht es gut und sie wissen, dass es dir ebenfalls gut geht."

„Wie das?"

„Das wirst du heute Nachmittag erfahren. Bitte habe noch ein wenig Geduld. Thordes wird euch alles in ein paar Stunden erklären. – Seid ihr fit genug, um euer Zuhause für die nächsten Wochen kennenzulernen?"

Die drei nickten und folgten dem jungen Mann aus der Wohnung. Charlene musterte Tim dabei unverhohlen. Wie schon letzte Nacht trug er Anzug, Hemd und Krawatte. Er sah frisch und erholt aus, obwohl er auch nicht sehr lange geschlafen haben konnte. „Tim?", fragte sie daher. „Weißt du, wann Thordes das Buch meines Vaters auswerten will?"

Der junge Mann blieb stehen und drehte sich zu ihr um. „Das ist bereits geschehen. Wir haben die ganze Nacht über dem Buch gesessen und einen Großteil von Charlys Daten ausgewertet. Die ersten Haftbefehle sind bereits ausgestellt und eine Menge Leute müssen sich auf recht unangenehme Fragen einstellen. Dein Vater hat in ein Wespennest gestochen und das fanden ein paar Leute gar nicht nett. Leider hat er zu spät von dem Verdacht gegen ihn erfahren und schaffte es daher nicht mehr, seine Familie, sich und dieses Buch rechtzeitig in Sicherheit zu bringen. Aber dank dir können seine Ermittlungen nun doch zum Ziel führen – wenn auch um einen sehr hohen Preis."

Das Mädchen nickte. Dann fiel ihr etwas Anderes ein: „Und wann hast du geschlafen, wenn ihr die ganze Nacht an den Unterlagen gesessen habt?"

Tim lächelte. „Ich brauche nicht viel Schlaf. Zwei Stunden Power-Nap reichen mir in der Regel. Zumindest in Ausnahmesituationen, wie dieser. Nicht, dass du einen falschen Eindruck gewinnst. Im Einsatz führen wir meist ein ganz normales Leben mit recht geregelten Arbeits- und Ruhezeiten. Wir wollen ja nicht auffallen."

„Und wie kamst du dann in die Bar, vor der du uns angesprochen hast?"

„Ich war dort wegen dir", war die kurze Erklärung.

Überrascht blickte Alex ihn an. „Aber woher wusstest du, dass Charlene ausgerechnet gestern dort auftaucht? Nach so vielen Monaten."

„Es war nicht die erste Nacht, die ich dort verbrachte. Außerdem erfuhren wir von dem Mord an Tyler Wood – das ist der Mann, mit dem Hund – und dem Überfall auf Dr. Star, der anschließend verschwand. In seinem Haus fanden unsere Leute Kleidungsstücke von einem jungen Mädchen. Es war einfach eine Vermutung, dass das alles zusammenhängt. Ein Schuss ins Blaue, wenn du so willst. Aber der Versuch hat sich gelohnt."

„Und was hättet ihr getan, wenn ich nicht dorthin gekommen wäre?", fragte Charlene.

„Das, was wir immer tun – weitersuchen. Ich habe

zu dem Team gehört, das den Auftrag hatte, die vermisste Tochter von Charly zu suchen. Doch dein Vater scheint dir einiges beigebracht zu haben. Wir haben deine Spur lange verloren. Niemand schien dich gesehen zu haben, seit der Sache in der Bibliothek. Doch wir hörten, dass wir nicht die einzigen waren, die nach dir suchten. Immer wieder tauchte ein junger Mann in den Berichten auf, wenn wir uns nach dir erkundigten. Ich vermute mal, dass es sich dabei um dich gehandelt hat, Alex. Scheinbar hast du dich etwas besser angestellt, als wir es getan haben, denn du hast sie ja gefunden. Vielleicht kannst du mir das heute Abend mal erzählen. Scheinbar kann ich noch was von dir lernen. – So, jetzt aber erst einmal zum praktischen Teil. Hier ist unser Einkaufszentrum." Er öffnete eine große Flügeltür und Charlene blieb beinahe der Mund offenstehen. In einer hell erleuchteten Halle reihten sich Regale aneinander, in denen man alles Mögliche bekommen konnte. Angefangen von Lebensmitteln, Hygieneartikeln, Kleidung und Schmuck bis hin zu einer Abteilung, die an einen Kostümverleih erinnerte. Matt vermutete, dass dies wohl für die Verkleidung bei Undercover-Einsätzen benötigt wurde.

Gemeinsam mit Tim gingen sie durch die Reihen und besorgten für Alex zwei Jeans, Shirts und Unterwäsche sowie ein paar Toilettenartikel, die keiner von ihnen dabeigehabt hatte. An der Kasse reichte Tim der dort sitzenden Dame eine Karte, die diese scannte und ihnen die Sachen in zwei Beutel packte – genau wie in einem normalen Supermarkt, nur mit dem Unterschied, dass sie in dem Laden beinahe allein gewesen waren. Auf dem Rückweg zeigte er ihnen noch einen Waschsalon, in dem sie ihre Kleidung waschen und trocknen konnten.

Zurück in ihrer Wohnung bedankten sie sich bei Tim, der ihnen noch eine eigene Karte für jeden daließ, mit der sie einkaufen, waschen und in einer Bibliothek Bücher ausleihen konnten.

„Thordes wird euch in etwa zwei Stunden besuchen und euch das weitere Vorgehen erörtern", sagte Tim zum Abschied und ließ sie allein. Alex nutzte die Gelegenheit, um erst einmal ausgiebig zu duschen und seine neuen Sachen anzuziehen, während Matt sich auf die Couch setzte und sein Bein hochlegte. Später spielten sie zusammen ein Kartenspiel, das Charlene in einem der Schränke entdeckt hatte, während sie auf den angekündigten Besuch warteten.

Doch Thordes kam nicht. Stattdessen klopfte Tim erneut an ihre Tür. „Entschuldigt bitte, aber Thordes hat mich gebeten, euch ins Besprechungszimmer zu bringen. Kommt bitte mit." Alex wunderte sich, was das nun wieder zu bedeuten hatte und warf den beiden anderen einen fragenden Blick zu. Doch die zuckten nur mit den Schultern und folgten dem jungen Mann nach draußen.

MYSTERIÖSE TODESFÄLLE

Das Besprechungszimmer war riesig, hochmodern eingerichtet mit bequemen Sitzmöbeln, einem riesigen Bildschirm und Tischen aus Mahagoni. Thordes bedeutete ihnen, sich zu setzen und ehrfürchtig ließen sich die drei auf die teuren Sitzmöbel sinken. Tim nahm ebenfalls Platz, außerdem saßen noch zwei weitere Personen am Tisch, die Thordes als Professor Tibbes und Tony Mitchell vorstellte.

„Danke, dass ihr gekommen seid", begann sie dann. „Charlene, die Aufzeichnungen deines Vaters waren sehr aufschlussreich. Wir sind dir zu großem Dank verpflichtet, dass du das Buch gerettet und hierhergebracht hast. Allerdings werden die Ereignisse Auswirkungen auf euch alle habe. Wir können zwar die Hauptverantwortlichen durch die Informationen aus dem Verkehr ziehen, doch es ist schier unmöglich, jeden Handlanger zu identifizieren. Deshalb wird niemand von euch in sein altes Leben zurückkehren können."

Alex senkte betreten den Kopf. Er hatte es beinahe befürchtet.

Matt nickte nur ergeben, da ihm die Folgen seines Handelns ebenfalls längst klar geworden waren. Lange, bevor die Sache in seinem Haus geschehen war.

Charlene hingegen kämpfte gegen die aufsteigenden Tränen. Nicht, weil sie nicht zurück nach

Louisiana konnte – dort war sowieso niemand mehr – sondern wegen ihrer beiden Freunde, die alles verlieren würden, wofür sie gearbeitet oder was sie geliebt hatten.

Alex ergriff ihre Hand und drückte sie sanft. „Es ist okay, Charly. Wirklich", beteuerte er leise, doch auch in seinen Augen glitzerte es verdächtig.

Thordes ergriff wieder das Wort: „Wir werden einen geeigneten Ort finden, an dem ihr nochmal neu anfangen könnt. Allerdings bedeutet das auch, dass ihr neue Namen – eine neue Identität – bekommen werdet. Für euer neues Leben ist Tony zuständig. Er wird euch später entsprechend informieren, damit ihr euch an eure neuen Namen und Lebensläufe gewöhnen könnt."

„Werde ich denn noch als Arzt arbeiten können?", fragte Matt vorsichtig.

Thordes warf dem Mann namens Tony einen Blick zu, der kaum merklich nickte. „Ich denke, das bekommen wir hin." Erleichtert atmete Matt auf und auch Charlene wirkte kaum merklich erleichtert.

„Bis ihr euch an eure neuen Identitäten gewöhnt habt, werdet ihr unsere Gäste bleiben. Damit ihr jedoch keine Probleme habt, in eurem neuen Zuhause Anschluss in der Schule zu finden, wird Professor Tibbes euch beide…" Sie deutete auf die beiden Teenager. „…unterrichten. Vor allem bei dir, Charlene, wird das dringend notwendig sein, denn du warst ja fast das gesamte Schuljahr nicht im Unterricht. Also mach' dich auf eine Menge Arbeit gefasst, wenn du nicht das Jahr wiederholen willst."

Charlene nickte. Dann fragte Alex: „Aber werden die Leute nicht Fragen stellen? Viele Leute haben Matt gekannt, waren seine Freunde oder Patienten.

Und in meiner Schule werden sich die anderen auch wundern, wo ich plötzlich bin, werden vielleicht meine Eltern anrufen oder gar auf unseren Hof fahren. Was werden meine Eltern ihnen dann sagen?"

„Dazu komme ich gleich, Alex. Hab' noch ein wenig Geduld. – Wir fangen mit Charlene an. Ich weiß nicht, inwieweit du über das Auffinden eures Wagens und der Leichen deiner Familie informiert bist, Kind."

Sie machte eine Pause und Charlene erinnerte sich noch deutlich an die Nachrichten, die sie vor einigen Wochen gesehen hatte. Die Bilder waren noch genauso deutlich, als wäre es gestern gewesen. „Ich… ich habe es damals im Fernsehen gesehen. Da bin ich weggelaufen… in den Wald und dann waren da diese Schmerzen und ich habe…" Sie konnte nicht weitersprechen.

Alex nahm sie in seine Arme und flüsterte leise: „Es war nicht deine Schuld. Der Schock hat zu dem Abbruch geführt. Du hättest nichts tun können."

Matt nickte zustimmend und wandte sich dann an die verständnislosen Gesichter der Anwesenden. „Charlene war zu diesem Zeitpunkt etwa im fünften Monat schwanger. Sie hat in dieser Nacht das Kind verloren und wäre, hätte ich sie nicht zufällig gefunden, vermutlich verblutet. So haben wir uns kennengelernt."

Thordes nickte, zeigte jedoch keine Anzeichen der Verwunderung über eine Schwangerschaft bei einem so jungen Mädchen. Lediglich Tim blickte überrascht auf Alex, der prompt leicht errötete. Geduldig wartete Thordes, bis sich das Mädchen wieder vollkommen im Griff hatte, was dank Alex' zärtlichen Worten und Berührungen nicht allzu lange dauerte.

Dann ergriff sie wieder das Wort. „Wenn du die

234

Berichte kennst, ist dir vermutlich auch bekannt, dass man davon ausgegangen ist, dass du von wilden Tieren verschleppt wurdest, nachdem du bei dem Unfall aus dem Wagen geschleudert worden warst."

Charlene nickte, woraufhin die Frau auf eine Fernbedienung tippte und auf dem riesigen Bildschirm ein Zeitungsartikel erschien:

Traurige Gewissheit

Ende Januar machte ein Wanderer die erschreckende Entdeckung eines verunglückten Fahrzeuges, in dem die Leichen von vier Personen gefunden wurden. Die Polizei konnte zu diesem Zeitpunkt ein Gewaltverbrechen nicht ausschließen.

Nach eingehenden Untersuchungen stellte sich nun heraus, dass die Familie das Opfer eines tödlichen Verkehrsunfalles geworden ist, bei dem alle fünf Familienmitglieder ums Leben kamen. Inzwischen ist auch der Verbleib des letzten Kindes, der dreizehnjährigen Tochter Charlene Francis Fisher zur Gewissheit geworden.

Spaziergänger entdeckten vor wenigen Tagen die Überreste einer jugendlichen Leiche. Die forensische Untersuchung der gefundenen Knochen lassen keinen Zweifel zu, dass es sich dabei um das vermisste Kind handelt.

Das Mädchen wird nun in das Familiengrab ihrer Eltern überführt und

dort beigesetzt. Ruhe die Familie
in Frieden.

Thordes wartete, bis alle den Artikel gelesen hatten. „Charlene Francis Fisher ist nun offiziell tot. Es
gibt noch einen weiteren Artikel, der über ein Mädchen in deinem Alter mit dem Namen Francis berichtet, das von zu Hause weggelaufen und dessen Weg
durch Texas verfolgt wurde, wo sie bei einem Angriff
auf ihre Person einen Mann in einer Bibliothek niedergeschlagen hat und danach flüchtete. Der Artikel
berichtet auch über die glückliche Zusammenführ-
rung mit ihren Eltern und dem Versprechen des Mädchens, nie wieder wegzulaufen. Damit sollten alle, bei
denen du Unterschlupf oder Arbeit gefunden hattest,
davon ausgehen, dass es sich bei dir und dem Mädchen der getöteten Familie nicht um dieselbe Person
handeln kann. Wenn du uns hilfst, könnten wir sogar
ein kurzes Interview mit dir und deinen angeblichen
Eltern drehen, welches das Wiedersehen mit dir zeigt
– natürlich mit langen, rotblonden Haaren. Damit
sollten dann alle Zweifel aus dem Weg geräumt sein
und deinem neuen Leben steht nichts mehr im Wege.
Allerdings solltest du eine Weile deine Haare weiterhin dunkel färben, um die Tarnung zu waren. Wenn
erst einmal Gras über alles gewachsen ist, kannst du
auch wieder deine Naturfarbe tragen. In Ordnung?"
Charlene nickte. Sie hatte sich sowieso schon ganz
gut an die Kurzhaarfrisur gewöhnt, wenn sie auch zugeben musste, dass sie sich freute, demnächst mal einen anständigen Haarschnitt zu bekommen, denn
bisher hatte sie die Haare selbst gestutzt und das war
nicht zu übersehen. Aber die Farbe gefiel ihr irgendwie – passte viel besser zu Alex' ebenfalls dunklen

Haaren.

„So", nahm die Frau den Faden wieder auf. „So viel zu unserer kleinen Charlene. Kommen wir zu Dr. Matthew Star, Landarzt mit eigener Praxis, der Opfer einer Geiselnahme wurde." Erneut betätigte sie einen Knopf auf ihrer Fernbedienung und zum zweiten Mal tauchte ein Zeitungsartikel auf dem Bildschirm auf:

Kleinstadt fassungslos

In der Nacht auf Freitag spielte sich in dem kleinen Häuschen in der Velma Avenue eine Geiselnahme ab. Aus noch unbekannter Ursache brachten zwei Männer im Alter von 25 und 49 Jahren den allseits beliebten und geachteten Landarzt Dr. Matthew Star in ihre Gewalt.

Der Hauseigentümer wurde von den Männern über einen längeren Zeitraum hinweg gefesselt und gefoltert. Die anschließend versuchte Exekution wurde zwar von der Polizei vereitelt, doch Dr. Star erlag dennoch einige Stunden später seinen Verletzungen. Der Arzt hatte sich geweigert, in ein Krankenhaus zu gehen – ein Fehler, wie sich herausstellte, denn seine Verletzungen waren wohl doch schwerer, als ursprünglich angenommen.

Seine Leiche wurde am frühen Morgen von einer Nachbarin entdeckt.

Matt blickte auf den Artikel. „Ich bin mir nicht sicher, ob die Sanitäter Ihnen das abnehmen. Sie haben mir bei der Behandlung meiner Wunden geholfen und müssten eigentlich wissen, dass sie nicht gefährlich waren", gab er zu bedenken.

„Das ist uns bekannt. Doch der Obduktionsbericht wird aussagen, dass Sie eine unerwähnte Fraktur der Rippen hatten, die sich im Laufe der Nacht verschoben und deren Bruchstücke sich in die Lunge gebohrt haben."

„Pneumothorax", stellte der Arzt fest. „Ein netter Tod, den Sie sich für mich ausgedacht haben." Er grinste schief. „Mir tut nur Brian leid. Er macht sich sicher Vorwürfe, dass er mich nicht dazu gedrängt hat, ins Krankenhaus zu gehen."

„Brian? Sie meinen den Mann von der Spurensicherung. Kennen Sie ihn näher?"

„Wir waren zusammen auf der Schule. Ich hatte ihm das Versprechen gegeben, dass ich zurückkommen und ihm alles erklären würde, als er ging."

„Gut zu wissen. Wir werden ihn im Auge behalten. Sollte er unangenehme Fragen stellen, müssen wir uns eine Erklärung für ihn überlegen. – So, damit zu dem letzten im Bunde: Alex Wayne."

„Ich ahne Schlimmes", stellte der Junge fest. „Bin ich auch auf tragische Weise ums Leben gekommen?"

„Genaugenommen ja", sagte Thordes mit einem Lächeln und klickte auf einen weiteren Zeitungsbericht:

Tödlicher Unfall auf der 290

Am frühen Freitagmorgen ereignete sich auf der 290 ein schwerer Verkehrsunfall.

Vermutlich wollte der 16-jährige Fahrer Alexander W. einem Wild

> ausweichen, als er die Kontrolle
> über seinen roten Ford Pickup ver-
> lor und gegen einen Baum prallte.
> Der Junge konnte nur noch tot aus
> den Trümmern seines Wagens geborgen
> werden.
>   Die Eltern von Alex stehen unter
> Schock.

Alex' Gesicht wurde bleich. Seine Eltern! Die wussten ja gar nicht, dass das alles erlogen war. Charlene
konnte spüren, wie seine Hand zitterte. Leise fragte
er: „Wie haben sie es aufgenommen?"

Thordes blickte überrascht auf. „Nein, mein Junge.
Keine Sorge. Deine Eltern wissen Bescheid. Sie spie-
len nur die geschockten Eltern. Wir haben sie informiert, bevor die Polizei bei ihnen auftauchte und mit
dem Unfalltod ihres Sohnes ankam. Sie haben ihre
Rolle perfekt gespielt, weil sie wissen, dass euer Leben davon abhängen kann. Allerdings kennen sie
noch nicht die ganzen Hintergründe. Sie wissen nur,
dass du irgendwie in eine brisante Sache geraten bist.
Deine Eltern werden sich in den nächsten Wochen zurückziehen und dann offiziell ihre Farm und ihre
Tiere verkaufen, um irgendwo neu anzufangen."

„Das heißt ja... heißt das..., dass ich sie wiedersehen darf?", fragte Alex hoffnungsvoll.

„Ja, natürlich. Ihr werdet woanders eine Farm oder
Ranch bekommen und dort als Familie weiterleben
können. Natürlich mit neuen Namen und einer neuen
Vergangenheit."

„Das macht nichts", sagte Alex, nun um einiges erleichterter. Sein Gesicht leuchtete vor Freude.

Thordes lächelte zufrieden. „So, und damit ist euer
altes Leben abgeschlossen. Ab heute beginnen ein

neuer Abschnitt und ein neues Leben, mit dem euch Tony in den nächsten Stunden vertraut machen wird. – Nur eines noch, Charlene. Der Mann, der deinen Vater erschossen hat, dieser Guy, von dem du mir erzählt hast… er ist der gleiche Mann, der im Hause deines Freundes von den Polizisten erschossen wurde."

„Dann kann er wenigstens nie wieder einen Menschen verletzen oder gar töten", stellte das Mädchen überraschend gefasst fest. „Aber ich weiß, dass er nicht allein verantwortlich ist für den Tod meiner Familie."

„Das stimmt allerdings. Aber die Verantwortlichen sind uns nun bekannt und werden ihrer Strafe nicht entgehen", gab die Frau zurück und erhob sich. „Ich lasse euch nun allein mit meinen Mitarbeitern, um mich um die Strafverfolgung zu kümmern. Wir sehen uns." Sie ging humpelnd zur Tür und schloss diese hinter sich.

Professor Tibbes erhob sich und zog ein paar Papiere aus einer Aktentasche, die er Alex und Charlene zuschob. „Dies sind eure Stundenpläne für die kommenden Tage. Das Wochenende könnt ihr euch noch erholen, am Montag geht der Ernst des Lebens los. Tim wird euch zeigen, wo die Schule untergebracht ist. Dort treffen wir uns um acht Uhr. Arbeitsmaterial ist vorhanden, darum braucht ihr euch nicht zu kümmern. Wir werden am Montag erst einmal sehen, auf welchem Stand ihr seid, um einen individuellen Plan zu erstellen, damit ihr möglichst nicht zurückgehen müsst, wenn ihr wieder in eine normale Schule geht. Bei Alex mache ich mir da eigentlich keine Gedanken, wir müssen einfach den Stoff, der normalerweise in der Klasse weitergeführt wird, bearbeiten. Aber du, Charlene, musst genaugenommen fast ein komplettes

Schuljahr nachholen, wenn du in die nächste Stufe kommen möchtest. Aus den Unterlagen ist mir bekannt, dass du eine sehr fleißige und begabte Schülerin gewesen bist. Wenn du es dir zutraust, können wir versuchen, den verpassten Stoff nachzuholen. Vielleicht wirst du dann in der neuen Schule am Anfang noch etwas Nachhilfe benötigen, aber es ist immerhin nicht unmöglich, den Stoff aufzuarbeiten. Darüber sprechen wir dann am Montag nochmal ausgiebig. Alles klar?"

Die beiden Teenager nickten und zogen die Papiere näher, um einen Blick darauf zu werfen. Professor Tibbes stand nun ebenfalls auf, ergriff seine Aktentasche und verließ nun seinerseits das Besprechungszimmer.

EIN NEUES LEBEN

Nach wenigen Minuten räusperte sich Tony Mitchell vernehmlich, um die Aufmerksamkeit auf sich zu lenken. Erschrocken blickten die beiden von den Blättern auf. Der Mann lächelte freundlich. Er war schätzungsweise Mitte fünfzig, sein Haar war bereits leicht angegraut, seine Augen wachsam. Matt vermutete, dass er in seiner Freizeit viel Sport trieb, denn seine Arme wirkten sehr muskulös, was nicht so ganz zu dem Anzug passte, in dem sie steckten. Er zog einen Stapel Papiere aus einer Tasche und legte sie vor sich auf den Tisch. „Dr. Star?", begann er und blickte auf den Arzt ihm gegenüber. „Wären Sie dazu bereit, das Mädchen als Ihre Tochter anzunehmen?"

Matt drehte sich zu Charlene um und lächelte sie an. „Mit dem größten Vergnügen." Er hatte schon befürchtet, seine junge Freundin würde in irgendeine Pflegefamilie kommen, die keine Ahnung davon hatte, was das Mädchen alles hatte durchmachen müssen.

Tony lächelte zufrieden und nahm ein paar Papiere von dem Stapel, die er zerriss und zur Seite legte. „Dann brauchen wir die wohl nicht mehr", sagte er dabei und blickte auf das nächste Blatt, das auf den ersten Blick wie ein Steckbrief oder ein Lebenslauf wirkte. In der oberen Ecke blickte ihnen das Bild von Matt entgegen. „Also gut. Ab sofort heißen Sie Dr. Tyler Morris, geboren 1983 in Pittsburgh, 36, verheiratet seit Januar 2003 mit Angela Morris, die bei der Geburt der gemeinsamen Tochter im folgenden Jahr starb. Abschluss in Human- und Veterinärmedizin an der Universität von Cleveland. Zuletzt haben Sie in einer Praxis in Missouri gearbeitet. Die passenden Bescheinigungen, Urkunden und Ausweise sowie Zeugnisse von den vorherigen Arbeitsstellen sind noch in Arbeit und werden Sie in den nächsten Tagen erhalten." Er reichte ihm den ausführlichen Lebenslauf, den Matt aufmerksam durchlas. Dieser nickte zufrieden.

„Kommen wir zu Ihrer Tochter, Dr. Morris. Charlotte Morris, geboren 2004 in Parma, in der Nähe von Cleveland. Halbweise, derzeit 14 Jahre alt. Während der Studienzeit deines Vaters von den Großeltern aufgezogen, die inzwischen beide verstorben sind. Später dann zusammen mit deinem Vater an unterschiedlichen Orten gewohnt und dort zur Schule gegangen. Auch du wirst entsprechende Zeugnisse von den betreffenden Schulen erhalten. Genauso wie neue Ausweise und sonstige Bescheinigungen." Er schob das nächste Blatt zu dem Mädchen, das ihr eigenes – wenn auch etwas älteres – Bild darauf erkannte. Damals hatte sie noch rotblonde, lange Haare gehabt.

Tony bemerkte den Blick, den sie auf das Bild warf. „Wir werden natürlich von euch dreien noch aktuelle Bilder machen, die dann in eure Ausweise kommen. Wäre wohl etwas unpraktisch, wenn du im Ausweis rotblonde Haare hast und in Wirklichkeit braune."

Charlene nickte und blickte den Mann erwartungsvoll an, der nun den nächsten Zettel in die Hand nahm. „Bliebe noch der letzte im Bunde: Alex, dein neuer Name ist Michael Bane, geboren 2002 in Leesville, Louisiana, demnächst 17 Jahre alt. Sohn von

Jennifer und Paul Bane, beide Rancher. Haben ihre Farm in Kentucky verkauft, um nochmal neu anzufangen. Wo, wird sich noch finden." Auch Alex erhielt seinen Lebenslauf, den er kurz überflog.

Charlene blickte Tony entsetzt an, als er seine letzten Worte sprach. „Aber wir können doch... ich meine, er wird doch nicht... woanders..." Sie ergriff Alex' Hand und drückte sie, als wenn sie sie nie wieder loslassen wollte. Alex unterdrückte einen leisen Schmerzenslaut, als sie unbewusst seine Hand zusammenquetschte.

Matt begriff, was sie wissen wollte, und klärte den verwirrt blickenden Mann auf. „Ich glaube, was mein *Fräulein Tochter* sagen möchte, ist, dass sie gerne in... wie war das noch...?" Er warf einen Blick auf Alex' Steckbrief, „...ach ja, in Michaels Nähe bleiben möchte."

Jetzt lächelten auch Tony und Tim wieder. „Natürlich werdet ihr in der Nähe bleiben. Allerdings muss ich euch vorwarnen. Ihr werdet ein wenig schauspielern müssen, denn offiziell seid ihr euch bisher noch nie begegnet. Ihr werdet auch nicht gleichzeitig in der neuen Heimat auftauchen. Ich denke, wir werden erst Michael mit seinen Eltern einrichten und euch beide dann später dazu ziehen lassen. Wir werden uns noch eine gute Gelegenheit zurechtlegen, wie ihr beide euch begegnet und kennenlernt. Der Rest liegt dann an euch. Haltet anfangs etwas Distanz, damit niemand skeptisch wird und wenn ihr euch dann offiziell angefreundet habt, könnt ihr da weiter machen, wo ihr aufgehört habt."

„Besser nicht", warf da Matt mit einem schiefen Lächeln ein. „Wohin das führt, wissen wir ja schon."

Alex grinste verlegen. „Ich werde ganz artig sein,

du Super-Papa. Ich halte meine Versprechen, ob ich sie nun als Alex oder als Michael getätigt habe."

„Dann ist ja gut", gab Matt zufrieden zurück.

„Na dann, jetzt habt ihr erst einmal etwas zum Lernen für das Wochenende. Ab sofort seid ihr nicht mehr Alex, Charlene und Matthew, sondern Michael, Charlotte und Tyler. Und damit ihr es einfacher habt, haben wir hier ein paar Namensschilder, die ihr euch an die Shirts heften könnt. Das wird es euch leichter machen, die anderen korrekt anzureden. Die Namen müssen euch in Fleisch und Blut übergehen. Versprecher können unter Umständen verheerende Folgen haben. Also übt eure Lebensläufe, Familienverhältnisse und Namen so lange, bis ich euch im Tiefschlaf aufwecken kann und ihr mir, ohne zu zögern, diese Daten liefern könnt. Klar?"

Die drei nickten, worauf sich Tony erhob und ebenfalls den Raum verließ. Jetzt waren sie mit Tim allein, der die gesamte Zeit schweigend zugehört hatte. Er reichte ihnen nun die Namensschilder, damit sie sich diese anstecken konnten.

Dann stand er auf und wandte sich an Alex. „Michael, könntest du einen Moment hier warten, während ich deine Freunde zurück in ihre Wohnung bringe?"

Alex fühlte sich im ersten Moment nicht wirklich angesprochen und reagierte erst, als Charlene ihm sanft in die Seite stupste. „Hey, du bist gemeint."

Erschrocken blickte der Junge auf. „Entschuldigung. Daran muss ich mich erst noch gewöhnen. Klar kann ich warten, aber wieso eigentlich?"

„Ich habe noch ein paar Fragen an dich. Außerdem wolltest du mir ja noch erzählen, wie du es geschafft hast, Charlotte zu finden."

„Ach so." Alex wandte sich an Charlene. „Du hast es wohl am einfachsten von uns. Zwischen Charlene und Charlotte ist ja nicht der riesengroße Unterschied", stellte er fest.

„Das haben wir gemacht wegen ihres Spitznamens *Charly*. Es war auch der Spitzname ihres Vaters Charles. Es wird leider die einzige Verbindung bleiben zwischen ihr und ihrer alten Familie. Andererseits kann die Ähnlichkeit der beiden Namen unter Umständen noch schwieriger sein, als einen völlig neuen Namen zu lernen. Wir werden sehen, wie gut ihr zurechtkommt. Aber jetzt bringe ich euch erst einmal zurück. Es waren eine Menge Informationen, die ihr bekommen habt."

Michael (Alex) kehrte etwa zwei Stunden später ebenfalls zurück in die gemeinsame Wohnung der drei, in der Charlotte (Charlene) bereits das Abendessen vorbereitet und den Tisch gedeckt hatte. Ihren künftigen Vater hatte sie auf die Couch verdonnert, damit er sein Bein schonen und bald wieder gesund werden konnte. „Das hat aber lange gedauert. Was wollte Tim denn alles von dir wissen?", fragte sie neugierig, als Michael (Alex) die Küche betrat, sich die Hände wusch und ihr dann half, das Essen auf den Tisch zu stellen.

„Hauptsächlich wollte er Informationen über meine Eltern haben. Ob sie noch andere Erfahrungen haben, als mit Rindern, zum Beispiel. Für die neue Identität wäre es ihnen lieber, wenn meine Eltern etwas anderes machen würden als die Milchproduktion."

„Und? Haben sie?"

„Genaugenommen ja. Mein Vater ist auf einer

Pferderanch aufgewachsen und meine Großeltern mütterlicherseits züchteten Schafe. Vielleicht lässt sich dort etwas machen. Schafe fände ich gar nicht so schlecht und Pferde hatten wir eigentlich auch immer, wenn auch nur zwei."

„Ich erinnere mich. Die habt ihr hauptsächlich benutzt, um die Rinder auf eine andere Weide zu bringen."

„Richtig. Unsere beiden Pferde sind schon recht alt, deshalb stehen sie meist nur auf der Weide. Aber wenn es Zeit für den Viehtrieb war, haben sie noch immer gute Arbeit geleistet."

Charlotte (Charlene) nickte. „Matt? Kommst du?" Der Arzt blieb ungerührt auf der Couch sitzen und lächelte in sich hinein. Irritiert blickte das Mädchen von Michael (Alex) zu Tyler (Matt). Der Junge kicherte, als er begriff, was der Mann tat, doch das Mädchen verstand erst, als dieser seinen Finger auf das kleine Namensschildchen legte. „Verdammt", schimpfte Charlotte (Charlene). „Tyler? Würdest du bitte zum Essen kommen?"

„Mit dem größten Vergnügen, Fräulein Tochter", lachte Tyler (Matt) da und erhob sich von seinem Ruheplatz.

Dafür, dass sie offiziell gerade alle gestorben waren, verbrachten sie ein recht vergnügtes, gemeinsames Essen, neckten sich und machten Quatsch miteinander. Charlotte (Charlene) fühlte sich ein wenig zurückversetzt zu den gemeinsamen Essen mit ihrer ersten Familie, die sie nach wie vor sehr vermisste.

Auch als sie später in ihrem Bett lag, gingen ihr die Verstorbenen nicht aus dem Kopf. Sie dachte an ihren Bruder und sinnierte darüber, ob er sich wohl mit Alex, nein... mit Michael verstanden hätte. Marlon war ein ruhiger Junge gewesen – zumindest nach außen hin. Doch wenn sie sich zusammen Abenteuergeschichten ausdachten und diese im Garten oder im Wald nachspielten, verwandelte er sich in einen Piraten, einen Geheimagenten oder einen Lebensretter – bereit für jede Gefahr und bereit dazu, sie… seine kleine Schwester zu beschützen. Das hatte er sogar noch im Tod getan, denn wenn er und Ashton nicht auf ihr drauf gelegen und sie damit vor den Mördern versteckt hätten, wäre sie wohl heute nicht hier.

Ihr fiel das kleine Mädchen ein, das ihr so ähnlich gewesen war. Ashton war immer ein fröhliches, aufgewecktes Mädchen gewesen. Sie lebte noch oft in ihrer Prinzessinnenwelt, träumte von Einhörnern und Pferden und hatte Spaß daran, Lieder zu singen. Wieder einmal konnte das Mädchen es nicht verhindern, sich selbst in den Schlaf zu weinen – wie schon so oft in den letzten neun Monaten. Die Nächte, in denen sie nicht geweint hatte, konnte sie an ihren zehn Fingern abzählen, wenn man mal von den Nächten absah, in denen Sie mit Medikamenten versorgt friedlich geschlafen hatte. Sie fragte sich, ob das jemals aufhören würde; ob sie jemals ein ganz normales Mädchen sein könnte.

Eine Hand legte sich sanft auf ihren Kopf und streichelte über ihre Haare, während ihre Schultern noch immer bebten. Überrascht drehte sie sich zu dem nächtlichen Besucher um, den sie gar nicht hereinkommen gehört hatte. Es war Tyler (Matt), der noch im Wohnbereich gesessen und ihre Trauer gehört hatte. Wortlos ließ sie sich von ihm in die Arme nehmen und trösten, bis sie schließlich erschöpft einschlief. Der Mann blieb noch eine Weile auf der Bettkannte sitzen, um sicherzugehen, dass sie auch wirklich schlief. Dann nahm er seine Krücken und ging leise zurück ins Wohnzimmer.

Das Wochenende verbrachten die drei mit Auswendiglernen und dem gegenseitigen Abfragen. Doch es war schwer, sich an die neuen Identitäten zu gewöhnen. Immer wieder verfiel einer von ihnen in die alten Namen oder fühlte sich nicht sofort angesprochen. Charlotte (Charlene) hatte sich Gedanken darüber gemacht, wie sie Tyler (Matt) ansprechen sollte. Wenn er nun offiziell ihr Vater war, wäre es nur richtig, wenn sie ihn mit *Dad* oder *Daddy* anreden würde. Der Mann hätte auch nichts dagegen einzuwenden, aber irgendwie kamen dem Mädchen diese Wörter nur schwer über die Lippen. Es kam ihr wie ein Verrat an ihrem leiblichen Vater vor. Tyler (Matt) hatte dafür volles Verständnis und sie damit beruhigt, dass sie eben eine moderne Vater-Tochter-Beziehung unterhalten würden, falls jemand später fragen sollte. Dennoch würde er gerne irgendwann so angeredet werden, doch dass behielt er erst einmal für sich. Er wollte nicht, dass sie deshalb ein schlechtes Gewissen bekam. Die Zeit würde zeigen, ob sie zu einem späteren Zeitpunkt bereit dazu wäre.

Während Michael (Alex) und Charlotte (Charlene) am Montagmorgen zur *Schule* gingen, die nicht viel mehr als ein kleiner Besprechungsraum war, machte Tyler (Matt) sich auf den Weg zur Bibliothek. Er wollte die unerwartete Zwangspause dazu nutzen, sich weiterzubilden. Viele medizinische Werke gab es dort zwar nicht, doch die nette Dame am Tresen versprach, ihm ein paar aktuelle Werke zu organisieren. Auf dem Rückweg begegnete er Tim auf dem Flur, der ihm die Bücher abnahm und ihn in die Wohnung begleitete.

Als Tim die Bücher auf den Tisch legte, fiel sein Blick auf einen der Titel. „Psychologie und Traumata?", fragte er den Arzt. „Irre ich mich, Dr. Morris, oder sind Sie nicht eigentlich Allgemeinmediziner?"

„Bitte, Tim, nennen Sie mich Matt… ehm, ich meine Tyler. Zurzeit bin ich kein Arzt, sondern ein Flüchtling."

„Gerne, Tyler. Wenn Ihnen das lieber ist. – Und was hat es mit den Büchern auf sich?"

Tyler (Matt) blickte auf die Uhr. Seine beiden jungen Freunde würden noch eine Weile fort sein. „Haben Sie vielleicht einen Moment Zeit, Tim?"

„Natürlich. Warten Sie kurz. Ich mache uns eine Tasse Tee."

Während Tim sich an der Küchenzeile zu schaffen machte, was nach der Zielsicherheit, mit der er die benötigten Gegenstände aus den Schränken holte, mit Sicherheit nicht das erste Mal war, fing Tyler (Matt) an zu berichten, dass Charlotte (Charlene) noch immer unter Albträumen und schweren Vorwürfen litt und dass er ihr gerne helfen würde, wieder ein fröhliches Kind zu werden und sich abends nicht in den Schlaf zu weinen.

Tim nickte verstehend, während er eine dampfende Tasse vor dem Arzt abstellte und sich zu ihm an den Tisch setzte. „Ich habe so etwas schon fast befürchtet. Michael hat mir in unserem Gespräch von eurer ersten Nacht hier erzählt. Aber er wusste nicht, dass es regelmäßig solche Anfälle gibt. Wir haben hier oft mit traumatisierten Menschen zu tun und jeder trauert oder verarbeitet so etwas anders. Charlotte ist aber noch sehr jung. Und sie trauert nicht nur um einen geliebten Menschen, sondern gleich um vier.

Dazu wurde sie selbst schwer verletzt und hat dann auch noch ein Kind verloren. Für ein dreizehn- beziehungsweise vierzehnjähriges Mädchen ist das vermutlich zu viel, um allein damit klar zu kommen."

„Deshalb möchte ich mich ja ein wenig schlau machen. Vielleicht kann ich ihr ein bisschen helfen, denn wir können ja in unserem neuen Zuhause kaum zu einem Psychologen gehen und die ganze Geschichte ausbreiten."

„Nein, sicher nicht. Das würde euer aller Leben unter Umständen in Gefahr bringen. Aber ich kann Ihnen einen anderen Vorschlag machen. Wir haben einen Psychologen und Psychotherapeuten hier im Hause. Wenigstens solange ihr hier seid, sollte sie diesen in Anspruch nehmen. Vielleicht kann er in dieser Zeit schon etwas bewirken und Ihnen Tipps geben, wie Sie später zuhause weitermachen können. Glauben Sie, Charlotte wäre bereit für ein Gespräch mit einem Psychologen?"

„Ich weiß es nicht, aber ich werde versuchen, sie darauf vorzubereiten. Könnten Sie sich um einen Termin kümmern?"

„Natürlich, gerne. Reden Sie mit dem Mädchen. Ich kümmere mich darum, dass der Arzt morgen Nachmittag zu Ihnen kommt. Wäre das Recht?"

„Sehr recht sogar. Je schneller wir anfangen, desto schneller wird sie lernen, mit dem Verlust umzugehen."

„Dann machen wir das so." Tim erhob sich und trug seine Tasse zur Spüle. „Entschuldigen Sie mich bitte, ich muss jetzt leider wieder an die Arbeit. Einen schönen Tag noch."

„Ihnen auch. Und Tim... Danke."

„Keine Ursache", antwortete der Mann lächelnd

und verschwand aus der Wohnung.

Tyler (Matt) ergriff eines der Bücher, machte es sich auf der Couch bequem und fing an zu lesen.

Als Charlotte (Charlene) und Michael (Alex) an diesem Morgen in die sogenannte Schule kamen, waren sie doch ein wenig überrascht, die einzigen Schüler zu sein. Irgendwie hatten sie geglaubt, dass es noch mehr geben würde.

„Guten Morgen", begrüßte sie Professor Tibbes. „Das gefällt mir: pünktliche Schüler." Er schenkte ihnen ein freundliches Lächeln.

„Guten Morgen", gaben die beiden zurück und Michael (Alex) ergänzte. „Wo sind denn die anderen?"

„Im Moment gibt es keine anderen Schüler. Ihr habt den Luxus des Einzelunterrichts. Genaugenommen habe ich nur relativ selten jugendliche Schüler zum Unterrichten. Hauptsächlich bin ich für die Ausbildung neuer Mitarbeiter und Schulungen der Belegschaft zuständig. Aber für mich ist es auch eine Abwechslung, mal wieder richtigen Schulstoff zu lehren. Früher war ich Lehrer an einer Schule, bis ich selbst das Opfer von Verbrechern geworden bin und untertauchen musste. Anstatt, wie ihr, mit einer neuen Identität ausgestattet zu werden, blieb ich einfach hier und habe es nie bereut. So, jetzt aber zum praktischen Teil. Michael? Da du ja bis vor ein paar Tagen ganz normal zur Schule gegangen bist, brauche ich bei dir keine Prüfung zu machen. Deshalb bekommst du direkt ein paar Aufgaben von mir. Ich war so frei, mir den Unterrichtsstoff zu besorgen, der in deiner Stufe bis zum Schuljahresende noch durchgenommen wird. Auch die Bücher liegen mir inzwischen vor. Sie liegen dort in dem Schrank auf der rechten Seite.

Deine Aufgabe ist simpel. Zuerst schreibst du bitte einen Brief an deine Eltern, damit sie wissen, dass es dir gut geht. Sie machen sich große Sorgen um dich und alles, was sie bisher wissen, ist das, was ihnen die Kollegen erzählt haben."

„Darf ich ihnen denn schreiben, was alles passiert ist?"

„Darfst du. Dieser Brief wird vernichtet werden, nachdem sie ihn gelesen haben. Solange du keine Namen von Mitarbeitern oder Verdächtigen einbaust, kannst du ihnen alles berichten. Wenn du damit fertig bist, habe ich hier ein paar Mathematik-Aufgaben, die du mit Hilfe des Buches erledigen kannst. Hefte, Blöcke und Stifte findest du in deinem Pult. Sag' einfach Bescheid, wenn du fertig bist." Michael (Alex) nickte und öffnete die Klappe seines Pultes, um einen Stift und einen Block hervorzuziehen und sich an die Arbeit zu machen.

„Und was ist mit mir?", fragte Charlotte (Charlene) vorsichtig.

Der Mann kam zu ihr und grinste. „Du darfst heute ein paar Arbeiten schreiben. Aber keine Angst, es gibt weder Noten noch irgendwelche Konsequenzen. Ich möchte mir einfach nur ein Bild davon machen, was du noch von dem letzten Schuljahr weißt, nach so langer Zeit, und was eben nicht. Sprich, wo wir eventuell nochmal wiederholen müssen, bevor wir mit dem Stoff der siebten Klasse weitermachen können. Anhand dieser Auswertung erstelle ich dann einen entsprechenden Lehrplan für dich. Ich hoffe, du bist wirklich so fleißig, wie uns zugetragen wurde, ansonsten wird es schwer werden, dich auf den gleichen Stand zu bringen, wie deine künftigen Mitschüler. Im Notfall müssen wir uns eine Geschichte ausdenken, warum du das Jahr wiederholen musst. Aber darum machen wir uns erst Gedanken, wenn dieser Fall eintrifft. – So, du hast die Wahl, junge Dame. Womit möchtest du anfangen?" Er legte ihr mehrere zusammengeheftete Blätterstapel nacheinander auf den Tisch. Charlotte (Charlene) konnte die Überschriften wie Mathe, Englisch, Amerikanische Geschichte, Physik und ähnliches erkennen. Zu seiner Überraschung zog sie einfach einen Stift aus ihrem Pult, schob die Stapel zusammen und nahm sich die oberste Arbeit, ohne groß darauf zu achten, um welches Fach es sich handelte. Wenig später war sie bereits in die Fragen vertieft und Professor Tibbes nickte anerkennend. Er warf einen Blick auf den Jungen an dem zweiten Tisch und bemerkte den stolzen Blick, den dieser auf Charlotte (Charlene) geworfen hatte, bevor auch er sich wieder an seine Arbeit machte.

Gegen zehn machten sie eine kurze Pause und um zwölf waren die beiden erst einmal erlöst. Professor Tibbes wollte die Arbeiten, die Charlotte (Charlene) abgeliefert hatte, kontrollieren und einen Lehrplan zusammenstellen, und auch Michael (Alex) bekam heute noch keine Hausaufgaben auf. Ein wenig erschöpft, aber durchaus zufrieden mit ihrem ersten Schultag im Untergrund, machten sich die beiden auf den Weg zurück in die Wohnung, wo sie Tyler (Matt) auf der Couch vorfanden. Er hatte noch immer ein medizinisches Buch in der Hand, das jedoch auf seine Brust gesunken war. Seine Augen waren geschlossen und er döste vor sich hin. Das Mädchen ging auf ihn zu und nahm ihm vorsichtig das Buch aus der Hand, um es auf den Tisch zu legen. Da öffnete der Mann die Augen und blickte sie überrascht an.

„Entschuldige. Ich wollte dich nicht wecken."

„Schon okay", gab Tyler (Matt) zurück. „Ich habe gar nicht gemerkt, dass ich eingenickt bin. Wie spät ist es?"

„Viertel nach zwölf", gab Michael (Alex) bereitwillig Auskunft. „Bleib' ruhig noch ein bisschen liegen. Ich kümmere mich um etwas zu Essen."

„Danke, aber ihr seid nicht meine Diener. Ich kann euch doch nicht die ganze Arbeit machen lassen."

„Doch, kannst du", widersprach Charlotte (Charlene) und drückte ihn zurück in die Kissen. „Du bist noch nicht wieder ganz gesund – und bis du das bist, können wir uns darum kümmern. Wir wollen nämlich, dass du wieder ganz der Alte wirst. Wenn du schon mein Vater sein willst, musst du auch die Kraft dazu haben. Das ist nämlich gar nicht so einfach, sich um eine pubertierende 14-Jährige zu kümmern."

„Pubertierend? So, so. Na, dann kann ich mich ja auf was gefasst machen. – Aber Spaß beiseite, Charlotte (Charlene). Kann ich dich mal kurz sprechen?"

Das Mädchen warf ihrem Freund einen unbehaglichen Blick zu und ließ sich neben ihrem neuen Vater auf die Couch sinken. „Habe ich etwas angestellt?", fragte sie vorsichtig, was dem Mann ein Grinsen auf die Lippen zauberte.

„Nein, Kleines. Keine Angst. Aber ich hatte heute ein Gespräch mit Tim. Wir machen uns Sorgen um dich. Und ich bin mir sicher, dass wir da nicht allein sind." Er warf einen kurzen Blick auf den Jungen, der gerade dabei war, ein paar Gegenstände aus dem Kühlschrank zu holen und dabei die Ohren spitzte.

„Sorgen?", frage das Mädchen überrascht. „Wieso das denn? Ich dachte, wir sind hier sicher. Und mit den neuen Namen weiß doch niemand da draußen, wer wir wirklich sind."

Tyler (Matt) merkte, wie sie zu zittern anfing und ergriff ihre Hand. „Du missverstehst mich, Kind. Natürlich wird hier alles getan, um uns in Zukunft zu beschützen. Aber sie können uns nicht vor uns selbst schützen, vor unseren Ängsten und Träumen – den Bildern, die uns heimsuchen... vor allem dich. Ich weiß, dass du viel durchgemacht hast – viel mehr, als selbst ein erwachsener Mensch einfach so wegstecken kann. Und du bist noch ein Kind. Ein recht reifes und intelligentes Kind, aber eben immer noch ein Kind. Und deshalb möchte ich gerne, dass du mit einem Arzt sprichst."

Charlotte (Charlene) blickte ihn erstaunt an. „Aber das tue ich doch gerade."

„Ich bin Allgemeinmediziner, Charlotte. Ich kann alltägliche Krankheiten behandeln, Wunden versorgen und sogar gewisse Operationen durchführen. Aber ich kenne mich nur sehr mäßig in der Psychologie aus. Dafür gibt es spezielle Ärzte, die dir helfen können, die Traumata, die du erlebt hast, zu verarbeiten und dir helfen, ein... sagen wir *fast* normales Leben zu führen."

„Du willst, dass ich meine Familie vergesse?", fragte das Mädchen leise und konnte nicht verhindern, dass ihr die Tränen in die Augen stiegen.

„Nein", winkte Tyler (Matt) schnell ab. „Niemand will, dass du sie vergisst. Und ich schon gar nicht. Deine Eltern und Geschwister sind ein Teil von dir, das weiß ich nur zu gut. Sie werde immer einen ganz besonderen Platz in deinem Herzen haben. Aber ich möchte, dass du an sie denken kannst, ohne zu verzweifeln, dass du dich an Dinge erinnerst, die ihr zusammen erlebt habt – schöne Dinge. Nicht, wie sie tot

vor dir gelegen haben, sondern wie ihr zusammen gelacht und gespielt habt. Du sollst einen Weg finden,
Freude zu empfinden, wenn du an sie denkst. Und
vor allem musst du deine Schuldgefühle überwinden.
Sie können einen Menschen zerstören – vor allem,
wenn er so jung ist, wie du. Bitte Charlotte! Rede mit
dem Mann – es wird dir bestimmt guttun."

Das Mädchen starrte ihn einige Minuten lang an,
ohne irgendeine Reaktion zu zeigen. Selbst die aufsteigenden Tränen schienen in der Bewegung inne zu
halten. Michael (Alex) wartete gespannt darauf, dass
sie etwas sagen würde und Tyler (Matt) hielt noch immer die Hand des Mädchens in den seinen. Dann endlich nickte sie wie in Zeitlupe und zog sanft ihre Hand
zurück. „Vielleicht hast du Recht. Ich würde schon
gerne wieder schlafen können, ohne Angst zu haben,
dass die Bilder früher oder später in meinen Träumen
auftauchen. Wenn du denkst, dass es mir helfen kann,
werde ich es versuchen und mit dem Mann reden."
Nach diesen Worten verfiel das Mädchen wieder in
Schweigen und zog sich für den Rest des Tages in ihr
Zimmer zurück.

Als Michael (Alex) sie an diesem Abend zum Essen
holen wollte, fand er sie schlafend in ihrem Bett vor.
Er erkannte sofort, dass sie wieder Albträume hatte
und weckte sie sanft. Doch auch, als sie sich wieder
beruhigt hatte, wollte sie nichts essen. Deshalb ließ er
sie in Ruhe und aß an diesem Abend allein mit Tyler
(Matt). Dabei unterhielten sie sich leise, um das Mädchen möglichst nicht zu stören.

ABWECHSLUNG

Am nächsten Morgen erschien sie den beiden Männern wie immer und aß auch ihr Frühstück, bevor die beiden Jugendlichen zur Schule gingen. Während des Vormittags tauchte der Psychologe bei Tyler auf, um sich mit ihm zu unterhalten. Dabei machte er sich nicht nur ein erstes Bild über das Mädchen, sondern auch über den Arzt, der ebenfalls an den Ereignissen in seinem Haus zu knabbern hatte, was nicht weiter verwunderlich war. Am Nachmittag führte der Psychologe dann ein sehr langes Gespräch mit Charlotte selbst, die jedoch große Schwierigkeiten hatte, sich einem wildfremden Menschen zu öffnen. Immer wieder kam ihr die Warnung ihres Vaters in den Sinn: „Vertraue niemandem!"

Es war schwer, das einmal erlernte einfach so abzulegen. Auch ihren beiden jetzigen Freunden hatte sie ja erst nach einer gewissen Zeit so etwas wie Vertrauen entgegenbringen können. Es dauerte fast die gesamte Woche, bis sie sich endlich soweit öffnete, um dem Arzt alles anzuvertrauen, was sie beschäftigte. Von da an konnte sich Dr. Psych, wie er sich nannte und was mit Sicherheit ebenfalls ein neuer Name war, sich um die Aufarbeitung ihrer Probleme kümmern. Beinahe jeden Abend verbrachte Charlotte ein bis zwei Stunden in der Therapiestunde. Meist war sie danach erschöpft und aufgewühlt, doch sie hatte eingesehen, dass es auf lange Sicht hoffentlich etwas ändern würde. Am Wochenende kam Tim mit einem Maskenbildner in die Wohnung, um Charlotte so herzurichten, dass sie das angebliche Interview mit der weggelaufenen Francis und deren Eltern filmen konnten.

Charlotte war nervös, als es dann wirklich losging, was aber gar nicht so schlimm war. Dadurch entstand der Eindruck, sie könne es kaum erwarten, ihre Eltern wiederzusehen. Diese wurden von ein paar Mitarbeitern der Organisation gespielt, die ebenfalls mit Perücken ausgestattet wurden, um sie nicht so leicht wiederzuerkennen. Dann ging es los. Ein angeblicher Polizist brachte das zerknirschte Mädchen in schmuddeligen Klamotten und mit Schmutz im Gesicht zu den in einem Büro wartenden Eltern, die es überglücklich in die Arme schlossen. Später wurde noch ein kleines Interview gedreht, in dem das Mädchen namens Francis erzählen musste, wie sie auf verschiedenen Farmen und später in einer Bibliothek gearbeitet hatte, um sich Geld zu verdienen und etwas zu Essen zu haben. Es fiel Charlotte nicht schwer, den dort geschehenen Überfall auf sich selbst zu beschreiben. Die Angst, die sie damals verspürt hatte, klang wirklich echt und die Filmcrew war mehr als zufrieden mit dem Endergebnis.

Erleichtert kehrten Charlotte, Tim, Michael und Tyler in die Wohnung zurück. „Das hast du super gemacht, Charlotte. Wie die geborene Schauspielerin. Ich hätte nicht gedacht, dass das Ganze so authentisch rüberkommt. Aber das war echt super. Die Geschichte nimmt uns jeder ab", stellte Tim fest.

„Ich habe ja auch ein dreiviertel Jahr geübt", grinste das Mädchen. „Du glaubst gar nicht, was ich den Leuten alles erzählt habe, um Arbeit oder einen

Schlafplatz zu bekommen. Immer wieder habe ich mir neue Geschichten ausgedacht – und das Beste war, dass die meisten Menschen sie sogar geglaubt haben. Auch habe ich mich ja lange als Junge versteckt und niemand hat etwas gemerkt."

„Stimmt, und genau das hat dir vielleicht so lange das Leben gerettet. Aber auf jeden Fall hast du dir eine Belohnung verdient. Was kann ich dir Gutes tun?"

Charlotte blickte kurz nachdenklich in die Runde, wobei ihr Blick auf das Gesicht ihres Freundes fiel, das unnatürlich blass wirkte, nachdem er über eine Woche nicht mehr an der frischen Luft gewesen war. Und da stand ihr Entschluss fest. „Gibt es nicht eine Möglichkeit, mal rauszugehen?" Tim setzte zu einer Erwiderung an, wurde jedoch direkt von dem Mädchen unterbrochen. „Ich weiß, was du sagen willst. Es ist gefährlich, sich draußen blicken zu lassen, solange die Drahtzieher nicht alle gefasst wurden. Aber du hast doch gesehen, was euer Maskenbildner kann. Er hat ein völlig anderes Mädchen aus mir gemacht. Wäre es da nicht möglich, uns noch einmal ein bisschen zu... verwandeln, damit wir wenigstens mal ein bisschen spazieren gehen können? Wir sind es nicht gewohnt, wie Tiere eingesperrt zu sein. Vor allem Alex... nein, Michael braucht das, um nicht kaputtzugehen. Er hat sein ganzes Leben im Freien gearbeitet und jetzt sitzt er hier unter Tage und vegetiert vor sich hin."

„Ich vegetiere nicht vor mich hin", widersprach der Betreffende, doch insgeheim musste er dem Mädchen doch Recht geben.

„Doch, das tust du. Das tun wir eigentlich alle", gab Tyler bekannt, dem das Sonnenlicht genauso fehlte, wie seinen beiden Begleitern.

Tim blickte von einem zum anderen und nickte schließlich. „Du hast Recht, Charlotte. Ich will mal schauen, ob wir eine Genehmigung bekommen. Aber nicht mehr heute. Es ist schon spät und wenn ihr rausdürft, wollt ihr das doch mit Sicherheit auch ein bisschen genießen."

Tim hielt Wort. Bereits früh am nächsten Morgen tauchte er mit dem Maskenbildner und einigen Koffern in der Wohnung auf. Eine Stunde später waren die drei nicht mehr wiederzuerkennen. Mit anderen Klamotten, anderen Haaren und Tyler sogar mit Bart standen drei völlig neue Menschen vor dem Agenten. Zufrieden nickte er und bedeutete ihnen, ihm zu folgen. Er führte sie zu dem roten Pickup, mit dem sie gekommen waren. „Michael, dir ist vermutlich klar, dass dieser Wagen nie wieder an die Oberfläche gelangen darf. Offiziell bist du mit diesem Auto tödlich verunglückt. Deshalb möchte ich dich bitten, nochmal nachzusehen, ob du noch etwas im Fahrzeug hast, das du gerne behalten möchtest. Hier ist eine Kiste, in die du die Sachen räumen kannst. Wir kümmern uns dann um die Entsorgung des Fahrzeuges. Wenn du fertig bist, stelle die Kiste einfach neben den Wagen. Jemand bringt sie dann in eure Wohnung. Anschließend wartet bitte dort drüben an dem blauen Chrysler. Ich bin gleich wieder da."

Mit diesen Worten verschwand der junge Mann und Michael trat vorsichtig an sein Auto und strich zärtlich darüber. Er hatte es von selbst verdientem Geld angeschafft. Okay, es war nicht besonders neu oder schön, doch es hatte ihm immer gute Dienste geleistet, seit er vor einem knappen Jahr seinen

Führerschein gemacht hatte. Irgendwie tat es ihm schon leid um den Wagen, doch so versessen auf Autos, dass er ihm lange nachtrauern würde, war er dann auch wieder nicht. Er öffnete die Tür und blickte gewissenhaft in alle Ritzen, Klappen und Stauräume, holte ein paar CDs und ein paar weitere Kleinigkeiten hervor und legte sie in die Kiste. Viel war es nicht, als er die Kiste neben dem Wagen abstellte und die Tür wieder schloss. Eine letzte Berührung, ein letzter Blick, dann drehte sich der Junge um und ging mit seinen Freunden zu dem angedeuteten Fahrzeug.

Tim tauchte nur wenig später wieder auf. Er hatte seinen Anzug in eine schlichte Jeans, ein einfaches Hemd und einen gestreiften Pullover getauscht. Dazu trug er ein Basecap und eine Brille. Charlotte kicherte ein wenig, weil die Brille irgendwie so gar nicht zu dem Mann passte. „Ich weiß, Brillen stehen mir nicht. Aber genau das macht es einfacher, mich zu tarnen. Kommt, lasst uns losfahren." Er öffnete den Wagen und ließ die drei einsteigen, bevor er zu dem Aufzug fuhr, mit dem auch der Pickup hier herunter gekommen war. Sie warteten geduldig, bis die Luft rein war, dann fuhr der Wagen langsam nach oben.

Michael fiel auf, dass sie diesmal nicht geblendet wurden. „Wieso sind die Lampen diesmal nicht an?", fragte er daher.

„Du meinst das Flutlicht? Das ist nur eine Sicherheitsmaßnahme. Ihr wart das erste Mal in dem Aufzug und hattet keine Ahnung, was auf euch zukommt. Das Licht war dazu da, euch zu blenden. Wenn man nichts sieht, reagiert man automatisch verzögert, weil man instinktiv erst etwas sehen will, bevor man versucht zu flüchten. Macht ja auch keinen Sinn, in die nächstbeste Wand zu rennen oder einen

Abgrund. Jetzt wisst ihr ja Bescheid, da ist es nicht mehr nötig, die Scheinwerfer anzuschmeißen."

„Und woher wusstet ihr, dass wir an der Schranke waren oder wann wir auf dem Parkplatz standen und den Motor ausgestellt hatten?", fragte Charlotte unschuldig.

Tyler grinste. „Ich vermute mal, dass es hier unten mehr Kameras gibt, als in Fort Knox."

Amüsiert antwortete Tim: „Na ja, mehr vielleicht nicht, aber doch ausreichend, um alles im Blick zu behalten. Ich hatte die Kollegen informiert, dass ihr kommen würdet, daher haben sie auf euch gewartet." Sie waren inzwischen im Parkhaus angekommen und Tim lenkte den Wagen zu der Schranke, hielt seinen Ausweis davor und diese öffnete sich bereitwillig. Der Weg in die Welt stand offen. Gekonnt steuerte er den Wagen die Auffahrt hinauf und auf die Straße. Sofort kniffen die drei Insassen die Augen zusammen, als sie von dem hellen Sonnenlicht geblendet wurden. Es war ein herrlicher Frühlingstag. Selbst die Temperaturen waren beinahe angenehm und mit einem Pullover auch ohne Jacke durchaus zu ertragen. Sofort öffnete Michael das Fenster und ließ sich die frische Luft um die Ohren wehen.

Tim grinste. Allein für diesen Anblick auf der Rückbank hatte sich der Aufwand bereits gelohnt. Zu Charlottes und Michaels Erstaunen fuhr Tim aus der Stadt heraus auf den Highway 35 in Richtung Südwesten. Eine gute Stunde später fuhren sie auf den riesigen Parkplatz von Sea World San Antonio. Charlotte bekam große Augen, als sie die vielen Autos sah, die sich langsam zu den Parkplätzen schlängelten. Michael grinste über das ganze Gesicht und Tyler warf einen besorgten Blick auf ihren Fahrer. „Meinen

Sie, dass das eine gute Idee ist? Hier sind so viele Menschen."

„Manchmal ist es genau das, was einem Schutz gibt. Hier in diesen Menschenmassen wird niemand auf eine kleine Gruppe bei einem Familienausflug achten. Ihr kommt ein wenig raus, habt Spaß und verbringt einen schönen Tag. Und ganz nebenbei habe ich auch mal wieder die Gelegenheit, etwas Verrücktes zu tun. Das Leben ist ernst genug. Na los, kommt schon." Er sprang aus dem Wagen und öffnete galant Charlotte die Tür, die fröhlich hinaussprang und ungeduldig von einem Bein auf das andere sprang. Michael nahm sie an die Hand und zu viert gingen sie zum Eingang.

Da sie keine Taschen dabeihatten, wurden sie durch die Kontrolle einfach durchgewinkt, was vermutlich gut so war, denn Tyler war die kleine Beule unter Tims Pullover in seinem Hosenbund nicht verborgen geblieben. Wenn man ihn für einen einfachen Besucher hielt, fiel die gar nicht groß auf, doch der Arzt war sich fast sicher, dass ihr Begleiter nicht nur ein einfacher Begleiter war, sondern eher so etwas wie ihr Bodyguard. Er achtete in den nächsten Minuten mehr darauf und ihm fiel auf, dass Tim immer wieder seinen Pullover zurechtzupfte, um sicherzustellen, dass die Waffe verborgen blieb.

Als sie gerade überlegten, wo sie als erstes hingehen sollten, ergriff er die Gelegenheit, da gerade niemand in der Nähe war, und fragte Tim leise: „Sie sind nicht nur zu unserer Belustigung hier, habe ich Recht?" Sofort griff Tim instinktiv an seinen Bauch, wenn auch möglichst unauffällig. „Keine Sorge", sagte Tyler schnell und fügte etwas leiser hinzu. „Sie ist gut verborgen."

„Was hat mich verraten?", fragte der Agent ebenso leise.

„Die Umstände", gab der Arzt zurück. „Und die leichte Beule am Hosenbund. Aber es fällt nicht weiter auf, wenn man nicht darauf achtet."

„Dann ist ja gut. Und um Ihre Frage zu beantworten: Ja, Sie haben Recht. Ich bin nicht zu meinem Vergnügen hier, auch wenn ich zugeben muss, dass es durchaus unangenehmere Einsätze gibt."

„Wovon sprecht ihr eigentlich?", fragte Charlotte, die in mancher Hinsicht eben einfach doch noch zu jung und naiv war, um zu begreifen. Doch Michael hatte inzwischen ebenfalls verstanden, um was es ging und beugte sich zu seiner Freundin. „Um die Pistole, die Tim bei sich trägt. Er soll uns beschützen, falls es gefährlich werden sollte." Er hatte leise gesprochen, doch so, dass die beiden Männer ihn gehört hatten.

Tim winkte ab. „Aber das ist sehr unwahrscheinlich, Charlotte. Also lass' dir davon nicht den Tag verderben. Es ist nur eine Sicherheitsvorkehrung, die vermutlich übertrieben ist, aber dennoch gewünscht wird. Ihr drei seid zu wertvoll, als dass wir euch einer Gefahr aussetzen."

Damit war das Thema erst einmal erledigt und die vier machten sich auf den Weg zu den zahllosen Attraktionen des Parks. Charlotte kam nicht umhin, hin und wieder einen ängstlichen Blick umherzuwerfen. Auch Tim behielt ihre Umgebung und die Menschen, die in ihre Nähe kamen, genau im Auge, doch er war Profi genug, um dies so unauffällig zu tun, dass es kaum jemandem, außer seinen Begleitern, auffiel. Dennoch genossen alle vier den Tag an der frischen Luft. Tyler humpelte zwar noch ein wenig, hatte aber vor einigen Tagen die Krücken in die Ecke gestellt und hielt trotz der vielen Lauferei im Park gut durch.

Hin und wieder machten sie eine Pause, damit er sein Bein ein wenig ausruhen konnte, tranken etwas und aßen mittags in einem der Restaurants. Zum ersten Mal erlebten Tyler und Michael das Mädchen beinahe unbeschwert, als sie die vielen Aquarien besuchten, Eis schleckten und die Frühlingssonne genossen.

Viel zu schnell neigte sich der Tag dem Ende zu und sie mussten an die Heimfahrt denken. Zusammen mit vielen anderen Besuchern bahnten sie sich am späten Nachmittag ihren Weg durch die Menge, um zurück zu ihrem Auto zu kommen. Das war für Tim eine Phase der Anspannung und man konnte ihm ansehen, wie er erleichtert aufatmete, als sie schließlich alle Mann sicher in ihrem Fahrzeug saßen und er den Wagen in Richtung Highway lenkte.

Erschöpft, aber glücklich kamen sie wohlbehalten eineinhalb Stunden später wieder in der Tiefgarage an. Der aufregende Tag, die frische Luft und die Bewegung sorgten dafür, dass Charlotte endlich einmal einschlief, ohne dass die Traurigkeit sie übermannen konnte. Und nicht nur das Mädchen schlief tief und fest in dieser Nacht, auch ihre beiden Freunde sanken bald in den Schoss der Nacht.

In den kommenden Wochen erholte sich Tyler vollständig von seinen Verletzungen, Charlotte lernte fleißig für die Schule und arbeitete nachmittags oft noch ein paar Stunden mit Michael an der Aufarbeitung des Schulstoffes vom vergangenen Schuljahr. Anschließend hatte sie noch eine Sitzung mit dem Psychologen und fing langsam an, nicht mehr jede Nacht von den Leichen ihrer Familie zu träumen. An den Wochenenden durften sie in Begleitung von Tim einen Ausflug machen und Sonne und frische Luft tanken.

Das tat ihnen allen gut, doch die vielen Stunden unter Tage hatten dennoch Spuren hinterlassen. Sie waren alle extrem blass geworden und wirkten ein bisschen kränklich. Daran änderten auch die regelmäßigen Besuche an der frischen Luft nicht viel. Langsam fiel ihnen die Decke auf den Kopf und hin und wieder gab es auch Streit, weil sie so aufeinander hockten und nicht tun und lassen konnten, was sie wollten. Glücklicherweise hatten sie jeder ein Einzelzimmer, sodass sie sich zurückziehen konnten, wenn es ihnen zu viel wurde.

Es war bereits Mitte April, als Tim sie in die Garage brachte und auf einen nigelnagelneuen Pickup in dunkelblau deutete. „Darf ich dir dein neues Auto vorstellen?"

Michael klappte der Mund herunter, als Tim ihm einen Schlüssel hinhielt. „Der… der ist für mich?", fragte er, als er seine Sprache wiedergefunden hatte.

Tim lachte. „Ich kann ihn auch gerne deiner Freundin geben, aber dann steht er noch ein gutes Jahr rum, bis sie ihn fahren darf."

Er ließ die Hand langsam sinken, doch in diesem Moment schnappte sich der Junge den Schlüssel und lief auf den Wagen zu. Charlotte folgte ihm lachend, während die beiden Männer lächelnd beobachteten, wie der Junge jeden Winkel des Fahrzeuges unter die Lupe nahm. Sein Gesicht strahlte. Es war fast der gleiche Wagen, wie er ihn zuvor gehabt hatte, nur etwas moderner und vor allem: neu. Die Metallic-Lackierung glitzerte im Licht der Beleuchtung und als er sich auf dem Sitz niederließ, konnte er den typischen

Geruch eines Neuwagens einatmen.

Endlich riss er sich wieder von dem Fahrzeug los und kam mit seiner Freundin im Schlepptau zurück zu den beiden Männern. „Womit habe ich das verdient?", fragte er leise.

„Sieh es als kleine Belohnung für deine Hilfe bei der Aufklärung vieler Verbrechen an. Ich hoffe, er gefällt dir?" Die Frage war eigentlich überflüssig, denn das Strahlen auf dem Gesicht des Jungen war Antwort genug.

„Natürlich. Der Wagen ist ein Traum. Vielen, vielen Dank. Das hätte ich echt nicht erwartet."

„Na, immerhin haben wir dich in gewisser Weise um deinen alten gebracht. Also ist es nur fair, wenn du einen neuen Wagen bekommst. Hier sind die Papiere. – Lust auf eine kleine Probefahrt?"

„Du meinst, ich soll…?", setzte Michael an.

„Natürlich. Es wird sowieso Zeit für euren Wochenendausflug. Also? Worauf wartest du?"

Das ließ sich der Junge natürlich nicht zweimal sagen. Wie der Blitz saß er auf dem Fahrersitz. Tyler folgte ihnen zum Wagen, stieg jedoch nicht ein, da das Fahrzeug nur drei Sitze hatte. Doch er verzichtete gerne auf den Ausflug, denn ihm war klar, dass es wichtiger war, Tim mitzunehmen. Doch der blieb ebenfalls neben dem Fahrzeug stehen. „Möchten Sie nicht einsteigen?"

„Nein, danke. Es ist wichtiger, dass Sie auf die beiden aufpassen."

Tim schüttelte den Kopf. „Das ist schon okay. Ich habe heute das Okay bekommen, dass ihr von nun ohne Bewachung auf die Straße dürft, solange ihr ein paar einfache Verhaltensmaßregeln beachtet. Michael wird in den nächsten Tagen zu seinen Eltern fahren und auch eure Umsiedelung wird in Kürze beginnen. – Hier, nehmt die bitte und tragt sie wenn's geht rund um die Uhr." Er reichte ihnen je eine Armbanduhr, zwei Herren-Uhren und eine etwas zierlichere Damenuhr für Charlotte.

Tyler blickte ihn überrascht an, woraufhin der Mann ihnen eine der Uhren hinhielt und erklärte: „Das sind keine gewöhnlichen Uhren. Sie enthalten einen Peilsender und eine Notruf-Funktion. Diese ist direkt mit unserer Zentrale verbunden. Wenn ihr bedroht werdet oder Gefahr lauft, enttarnt zu werden, könnt ihr uns damit unterrichten und wir werden schnellstmöglich Hilfe schicken. Die Uhren sind wasserdicht, das heißt, ihr könnt sogar damit schwimmen gehen." Er erklärte ihnen, wie sie im Notfall Hilfe holen konnten und gab ihnen noch ein paar weitere Anweisungen. Dann legten die drei die Schmuckstücke an und schließlich fuhren sie los.

An diesem Abend klopfte es leise an Michaels Tür, als dieser bereits in seinem Bett lag. „Ja?", fragte er und war überrascht, als sich die Tür öffnete und Charlotte im Türrahmen stand.

Sofort setzte er sich auf. „Was ist passiert? Hast du schlecht geträumt?"

Sie schüttelte den Kopf, blieb aber noch immer in der Tür stehen. „Ich will nicht, dass du fortgehst", kam es dann leise von der Tür her.

Da begriff er, was mit ihr los war. Lächelnd streckte er ihr die Hand entgegen. „Komm' her, Kleines", sagte er dabei sanft und endlich kam sie mit zögernden Schritten näher. Er zog sie auf die Bettkannte und gab ihr einen Kuss auf die Wange. „Es ist doch nur für eine kurze Zeit. Bald werdet ihr beide nachkommen und dann werden wir uns schnellstmöglich offiziell kennenlernen. Ich hoffe nur, dass ihr nicht allzu weit weg von uns wohnen werdet. Dann können wir uns leichter gegenseitig besuchen."

„Darf ich... darf ich heute Nacht hierbleiben?", fragte das Mädchen leise.

„Natürlich darfst du", antwortete Michael, stand auf und zog sich eine kurze Hose über, die über dem Stuhl hing. Er wollte Tyler keinen Grund geben, ihn erneut unter falsche Verdächtigungen zu stellen.

Lächelnd kam er zurück, schlüpfte unter die Bettdecke und zog Charlotte neben sich. Sie schmiegte sich sanft in seine Arme und schlief bald darauf ein.

Ein paar Tage später war es dann soweit. Der Tag des Abschieds war gekommen. Nach allem, was sie zusammen durchgemacht hatten, fiel es vor allem den beiden Teenagern schwer, sich voneinander zu trennen. Aber auch Tyler hatte den jungen Mann in den letzten Wochen besser kennen und vor allem schätzen gelernt und würde ihn irgendwie vermissen.

ABSCHIEDSSCHMERZ

Michael hatte bereits am Abend seine wenigen Habseligkeiten zusammengepackt und lag dann stundenlang wach in seinem Bett. Er fühlte sich hin- und hergerissen zwischen der Vorfreude, seine Eltern endlich wiedersehen zu dürfen, der Angst, wieder in die Welt hinauszugehen und alles richtig zu machen, und der Trauer darüber, seine beiden Freunde zurücklassen zu müssen. Um seine neue Identität machte er sich am wenigsten Sorgen.

Sie hatten alle Daten rauf und runter gelernt und Tony Mitchell, der Mann, der für ihre neuen Identitäten zuständig war, hatte seine Drohung tatsächlich wahr gemacht und sie eines Nachts aus dem Tiefschlaf gerissen. Doch alle drei hatten, ohne zu zögern, das Gelernte abrufen können und sich inzwischen sogar so sehr an die neuen Namen gewöhnt, dass die alten nicht viel mehr waren, als eine verblassende Erinnerung.

Während Michael darauf wartete, dass die Nacht zu Ende ging, lag noch jemand mit blutendem Herzen in seinem Bett und fand keine Ruhe. Immer wieder liefen Charlotte die Tränen über die Wange, als sie an den bevorstehenden Abschied dachte. Irgendwann hielt sie es nicht mehr aus und schlich sich in das Zimmer des Jungen. Dieser blickte sofort auf, als sie näherkam, und da war ihr klar, dass auch er nicht geschlafen hatte. Ohne ein Wort zu sagen glitt sie neben

ihn. Er hob wortlos die Hand und strich ihr die Tränen aus den Augen, die im Licht der Nachtbeleuch-
tung glitzerten. Ein Gefühl der Wärme und Zuneigung durchströmte seinen Körper und für einen kurzen Moment wünschte er sich nichts sehnlicher, als
mit ihr zu schlafen. Dieses Gefühl des Verschmelzens
noch einmal zu spüren und in seinem Herzen festzu-
halten, bis sie sich wiedersehen würden. Charlotte lag
so eng an ihn gepresst, dass sie deutlich die Zeichen
seines Körpers spüren konnte. Ihre Hand fuhr ihm
sanft über die nackte Haut, wanderte tiefer und erreichte schließlich das Zentrum seines Verlangens.
Allein die Berührung ihrer Hand trieb ihn fast in den
Wahnsinn. Für einen kurzen Moment schloss er die
Augen, atmete tief durch und ergriff schließlich ihr
Handgelenk, das er sanft fortzog. Seine Stimme zitterte merklich, als er die Worte hervorpresste, die ihm
selbst ins Herz schnitten: „Wir dürfen das nicht,
Charly. Nicht jetzt – nicht heute."

„Aber…", begann Charlotte, doch ihr Freund blieb
standhaft: „Nein, Charly. So sehr ich es mir auch
wünsche, aber es geht nicht. Bitte mache es mir nicht
noch schwerer, als es ohnehin schon ist. Ich liebe dich,
auch wenn du nicht mit mir schläfst, und ich träume
immer wieder davon, dich so zu spüren, wie damals
in der Scheune. Aber wir dürfen es nicht! Tyler vertraut uns und wir dürfen dieses Vertrauen nicht miss-
brauchen – nicht nach allem, was er für dich riskiert
hat."

„Aber ich liebe dich doch", kam es beinahe verzweifelt aus dem Mund des Mädchens.

„Dann werden wir es auch schaffen, noch zu warten. Bald bist du fünfzehn und dann ist es nur noch
ein Jahr. Du wirst sehen, die Zeit vergeht wie im Flug

in unserem neuen Zuhause."

Charlotte nickte schließlich widerwillig. „Bitte halte mich fest", bat sie. Das ließ sich Michael natürlich nicht zweimal sagen. Er schloss sie ganz fest in die Arme und auch, wenn sie trotzdem nicht wirklich schliefen, genossen sie doch die Nähe und die Wärme des anderen, bis es Zeit wurde, aufzustehen. Michael erhob sich als erster und ging auf leisen Sohlen ins Badezimmer, da seine Freundin endlich eingenickt war.

Als er gewaschen und angezogen wieder im Wohnbereich erschien, war er erstaunt, Tyler in der Küche vorzufinden. Auch er hatte sich bereits fertig gemacht, war frisch rasiert und angezogen. „Guten Morgen. Du bist schon wach?"

Der Mann lächelte. „Ihr seid nicht die einzigen, die keinen Schlaf finden konnten", stellte er fest.

Unwillkürlich warf der Junge einen Blick auf seine Zimmertür, die er nur angelehnt hatte, als er ins Wohnzimmer gekommen war. Er konnte auch sehen, dass die Tür zum Zimmer des Mädchens weit offenstand. Sofort war ihm klar, was Tyler denken musste. „Es... es ist nicht so, wie es aussieht", sagte er schnell und merkte, wie seine Ohren heiß wurden.

„Ach?", fragte Tyler. „Nach was sieht es denn aus?" Michael war überrascht, dass sein Gegenüber grinste und überhaupt nicht böse zu sein schien. Das verwirrte ihn total und hinderte ihn daran, zu antworten. „Jetzt schau' nicht so wie ein begossener Pudel. Dafür gibt es keinen Grund. Du hast dich letzte Nacht vorbildlich benommen." Jetzt war Michael noch verwirrter, als zuvor. Woher wusste Tyler denn, was letzte Nacht passiert oder auch nicht passiert war? Er war sich sicher, dass der Mann genau wusste, wo Charlotte gerade war, beziehungsweise wo sie die

Nacht verbracht hatte.

Schließlich hatte Tyler ein Einsehen mit dem Jungen und erlöste ihn aus seinem Dilemma: „Ich war letzte Nacht noch im Wohnzimmer, als Charlotte zu dir ging. Sie hat mich nicht bemerkt, weil ich auf der Couch eingenickt war. Ihr habt die Tür offengelassen und ich bin durch eure Stimmen aufgewacht. Deshalb konnte ich nicht verhindern, euch zu belauschen und ich muss zugeben, dass du dich genauso verhalten hast, wie ich es mir nur wünschen konnte. Und glaub' mir, ich weiß, wie schwer dir das fällt. Aber es ist besser so. Charlotte ist noch so verdammt jung."

„Ich weiß, Tyler. Und ich verstehe auch deine Bedenken. Irgendwie hast du ja auch Recht."

„Aber…?", fragte der Mann neugierig.

„Aber es ist so verdammt schwer." Er setzte sich auf die Couch und stützte den Kopf in die Hände. „Damals, als es passiert ist… ich war so wütend auf mich, dass ich mich nicht unter Kontrolle hatte. Okay, ich glaubte damals, sie wäre älter, aber das ist keine Entschuldigung. Ich hätte es niemals soweit kommen lassen dürfen – nicht ohne Verhütung und nicht, ohne mit ihr zu sprechen. Ich war so sauer auf meinen Körper und ich habe mir geschworen, nie wieder mit einem Mädchen oder einer Frau zu schlafen."

Tyler blickte ihn erstaunt an. Davon wusste er bisher nichts. Er setzte sich neben den jungen Freund und legte ihm sanft die Hand auf den gebeugten Rücken. „Das hast du in deiner Wut und Enttäuschung gesagt, Michael. Und niemand wird dich darauf festnageln. Du bist jung, da sagt man manchmal Dinge, die man später bereut. Vergiss diesen Schwur. Solange du die Kontrolle behältst, ist alles in Ordnung. Niemand verlangt von dir, dass du und Charlotte nicht miteinander schlaft. Nur eben noch nicht jetzt. Lass' das Mädchen sich noch ein bisschen entwickeln, reifen. Umso schöner wird das Beisammensein letztendlich werden. Und wenn ihr es nicht schafft, zu warten, bis sie sechzehn ist, ist das auch nicht schlimm. Ihr wisst inzwischen beide, auf was ihr achten müsst – und wenn eben kein Weg daran vorbeiführt, dann ist es eben so. Dann muss ich das akzeptieren. Ich werde euch sowieso nicht daran hindern können, das ist mir inzwischen auch klar."

Michael kam aus dem Staunen nicht mehr heraus. Was war das denn jetzt? Die offizielle Genehmigung, ihren Gefühlen freien Lauf zu lassen? Doch dann besann er sich eines Besseren und begriff, was Tyler ihm eigentlich sagen wollte: Versucht, euch zurückzuhalten, aber wenn es nicht mehr geht, dann viel Spaß. Er nickte und fühlte sich gleich etwas besser. Doch insgeheim hoffte er dennoch, dass er dem Wunsch seines Körpers noch eine Weile widerstehen könnte. „Danke, Tyler", sagte er nur, stand auf und ging zurück in sein Schlafzimmer. Charlotte erzählte er jedoch nichts von seinem Gespräch mit ihrem neuen Vater. Er wusste, dass die Verantwortung für ihr Tun größtenteils bei ihm lag, denn er war der ältere der beiden.

Während des Frühstücks bekamen sie Besuch von Tim, der Michael einige Unterlagen reichte. „Du hattest in den letzten Monaten eine schwere Krankheit und warst deshalb in einem Sanatorium. Die entsprechenden Berichte sind hier drin. Deshalb wird niemand sich wundern, dass du so blass um die Nase bist. Außerdem habe ich hier die Anschrift und die Wegbeschreibung zu deinem neuen Zuhause. Deine Eltern haben sich ganz gut eingelebt auf der neuen

Farm und erwarten dich bereits. Sie leben jetzt in New Johnsonville, Tennessee in der Nähe des Duck Rivers. Etwa auf halber Strecke, im Ort Texarkana, haben wir ein Motel für dich reserviert. Morgen früh kannst du dann deinen Weg fortsetzen. Das sind dann noch einmal ca. sechs Stunden. Hier ist dein Handy mit neuer Sim-Karte. Die Nummern von Tyler und Charlotte sind absichtlich noch nicht eingespeichert, da ihr euch offiziell noch nie begegnet seid. Es wird daher in den nächsten zwei Wochen keinerlei Kontakt zwischen euch geben."

Charlotte drückte Michaels Hand, die sie bereits vor wenigen Minuten ergriffen hatte, etwas fester. Zwei Wochen? Das war eine lange Zeit. „Und wann darf ich ihn sehen?"

„Auch darüber haben wir uns Gedanken gemacht, Mädchen. Also keine Sorge. Sobald ihr in Tennessee angekommen seid, wirst du auch deinen Freund wieder treffen. Seine Eltern leben nun auf einer Farm, auf der sie Schafe züchten und Westernpferde halten. Dein Vater, Michael, kümmert sich um Reitunterricht für Kinder und Jugendliche und den Stall und organisiert Ausritte, während deine Mutter die Schafe betreut. Das Gelände ist schön groß, sodass ihr dort viel Zeit verbringen könnt." Er wandte sich wieder an Charlotte: „Und ist es nicht der Traum eines jeden Mädchens, reiten zu lernen?" Er grinste vielsagend und Charlotte begriff.

„Ich soll reiten lernen?" Das kam so überrascht, dass es sich anhörte, als wenn es ein völlig abwegiger Vorschlag wäre.

Irritiert blickte Tim auf. „Magst du keine Pferde? Dann finden wir bestimmt einen anderen Weg. Vielleicht stundenweise Aushilfe für die Schafe?", schlug er vor.

„Nein, nein. Das ist schon okay. Ich… ich durfte nur bisher noch nie mit anderen zusammen Sport machen. Ich glaube, ich muss mich einfach noch ein bisschen an den Gedanken gewöhnen, dass mein künftiges Leben etwas anders aussehen wird, als früher. Aber ich würde gerne die Pferde kennenlernen – vielleicht auch Reiten. Keine Ahnung, ich hatte bisher keinen wirklichen Kontakt zu diesen Tieren. Aber versuchen möchte ich es auf jeden Fall."

„Na, dann ist ja gut", gab Tim erleichtert zurück. „Ich dachte schon, wir hätten einen Fehler gemacht."

„Nein, ganz bestimmt nicht. Wenn der Tag doch nur ganz schnell kommen würde."

Michael grinste. „Wegen mir oder wegen der Pferde?"

„Wegen dir natürlich", antwortete sie schnell, doch insgeheim freute sie sich auch ein kleines bisschen auf die Tiere. „Wohnen wir denn dann weit von der Bane-Farm entfernt?", fragte sie nach.

„Nein, nicht weit. Es sind nur ein paar hundert Meter. Du kannst hinlaufen oder mit dem Rad fahren. Die ersten Koppeln grenzen sogar an das Grundstück, auf dem du mit Tyler wohnen wirst. Es ist ruhig dort und der Schulbus hält ganz in der Nähe."

„Super, dann muss ich mir nur noch einen Job suchen und unserem neuen Leben steht nichts mehr im Wege", stellte Tyler fest.

„Auch das ist bereits erledigt. Sie fangen in einer Gemeinschaftspraxis an. Zumindest, bis sie Fuß gefasst haben. Wenn Sie später gerne in ein Krankenhaus gehen oder eine eigene Praxis aufmachen wollen, bleibt Ihnen das natürlich offen. Aber für den Anfang sind geregelte Arbeitszeiten wohl erst einmal das Beste."

„Ja, das stimmt. Aber wie haben Sie das geschafft? Immerhin kennen mich die Leute da gar nicht."

„Aber sie kennen Ihre Zeugnisse und sind froh, Unterstützung zu bekommen. Allerdings können Sie an ihrem alten Job erst Ende des Monats weg, deshalb müssen die leider noch zwei Wochen auf Sie verzichten." Er grinste und Tyler verstand.

Wenig später standen sie alle zusammen auf dem unterirdischen Parkplatz und Michael verstaute seine Sachen in der großen Transportkiste auf der Ladefläche, die er sorgfältig abschloss und sich dann den Wartenden zuwendete. Er bedankte sich bei Tim und Thordes, die ebenfalls gekommen war, umarmte Tyler und sagte leise: „Bitte pass' gut auf sie auf."

Tyler nickte. „Natürlich, mein Junge. Und du auf dich."

Daraufhin nahm Michael Charlotte an die Hand und ging mit ihr ein paar Schritte zur Seite. Die Erwachsenen verstanden und zogen sich diskret ein wenig zurück. Er hielt die Hände des Mädchens in seinen und wusste nicht, was er sagen sollte. Deutlich konnte er das Glitzern erkennen, das die aufsteigenden Tränen in ihren Augen verursachten. Er musste ebenfalls schlucken, bevor er einen Ton herausbrachte. „Vergiss nicht, dass ich dich liebe, Kleines. Egal, wie weit oder wie lang wir voneinander getrennt sind. In zwei Wochen kommst du nach und dann kann uns nichts mehr trennen. Du bist das stärkste Mädchen, das ich kenne. Jetzt musst du noch einmal stark sein." Seine Hand legte sich an ihre Wange.

Sie schloss die Augen und schmiegte sich an sie.

Dann spürte sie seine Lippen, die sich sanft auf die ihren legten. Charlotte hoffte, dass dieser Kuss niemals enden würde, doch schließlich löste er ihn auf. Da schlang sie ihre Arme um seinen Hals und klammerte sich an ihm fest. Er strich ihr sanft über den Rücken und ließ sie gewähren. Plötzlich ließ sie ihn los, drehte sich abrupt um und rannte so schnell sie konnte an den wartenden Erwachsenen vorbei in den Gang hinein. Tyler wollte ihr nach, doch Tim hielt ihn davon ab. „Lassen Sie sie, Tyler. Sie wird jetzt vermutlich allein sein wollen."

Michael hatte dem Mädchen nachgeblickt, selbst um Fassung bemüht. Dann zwang er sich, sich in den Wagen zu setzen, stellte das Navigationsgerät ein und startete den Motor. Ein letztes Mal fuhr er in den Aufzug; ein letztes Mal fuhr dieser nach oben ins Parkhaus und anschließend lenkte der Junge den Wagen auf die Straßen von Austin. Während er Meile um Meile zwischen sich und dem Versteck brachte, wurde der Schmerz langsam erträglicher, der sich in seinem Herzen breit gemacht hatte. Er klammerte sich an die Hoffnung, dass zwei Wochen schnell vorbei gehen würden und dann konnte ihr neues Leben beginnen. Gleichzeitig fing er auch an, sich zu freuen, seine Eltern wiederzusehen.

Währenddessen lag seine Freundin auf seinem Bett und weinte. Michael hatte sie stark genannt, doch im Moment fühlte sie sich alles andere als stark. Sie fühlte sich genauso hilflos und verletzlich, wie nach dem Unfall, als sie begriffen hatte, dass ihre gesamte Familie tot war und nicht mehr wiederkommen würde. Auch wenn es nur wenige Wochen waren, bis sie ihn wiedersehen würde – für sie war es eine

Ewigkeit. Sie ignorierte die Hände, die ihr wenig später beruhigend über den Rücken strichen und die Worte, die Tyler an sie richtete, drangen nicht einmal bis zu ihrem Gehirn vor.

Als die Tränen endlich versiegten, zog sie die Beine an und blieb auf Michaels Bett sitzen. Sie weigerte sich, zum Essen zu kommen oder das Sandwich anzunehmen, das Tyler ihr auf den Nachttisch stellte. Nicht einmal das Wasserglas rührte sie an, welches der Mann ihr ebenfalls brachte.

Gegen Abend kam der Therapeut für die tägliche Sitzung, doch auch der Psychologe fand keinen Zugang zu dem Mädchen. Sie behielt ihre Lethargie auch in der Nacht bei und ihr Vater fing an, sich Sorgen zu machen.

Michael erreichte das Motel am frühen Nachmittag. Er war erschöpft von der ungewohnt langen Fahrt, verspürte jedoch keinen Hunger. Deshalb besorgte er sich nur etwas zu trinken und machte einen Spaziergang an der frischen Luft. Anschließend ging er auf sein Zimmer und legte sich hin, obwohl es noch nicht einmal Abend war. Er fiel in einen unruhigen Schlaf, träumte von Charlotte und ihren leiblichen Eltern, sah Männer, die sie und Tyler bedrohten und wachte schließlich schweißgebadet auf.

Er blickte auf die Uhr – es war gerade mal halb elf. Dennoch wollte er nicht wieder schlafen, stand auf und ging unter die Dusche. Als er sich leise auf den Weg zu seinem Auto machte, war es stockdunkel und still. Die Straßen waren leer und er fuhr weiter Richtung Tennessee. Während der Fahrt musste er immer wieder an seine Freundin denken. Wie es ihr jetzt wohl ging? Er war sich fast sicher, dass sie geweint hatte, nachdem sie fortgerannt war. Hoffentlich nahm sie es nicht so schwer und schlief jetzt tief und fest. Doch tief in seinem Herzen wusste er, dass es nicht so war. Das ungute Gefühl ließ sich trotz aller Vernunft nicht vertreiben. Er machte sich Sorgen um das Mädchen, obwohl er wusste, dass sie in den besten Händen war. Verwirrt schüttelte er den Kopf. „Du spinnst, Mike!", schalt er sich selbst, doch es änderte nichts an der Unruhe, die in seinem Herzen wohnte.

Am frühen Morgen wich diese negative Unruhe jedoch kurzzeitig einer positiven Unruhe. Er näherte sich seinem neuen Zuhause. Das Navigationsgerät zeigte nur noch wenige Meilen an und die Nervosität wuchs von Minute zu Minute. Und dann sah er sie: die Farm seiner Eltern. Weiden, die in der aufgehenden Sonne glitzerten, im Hintergrund der Duck River und einige Wälder. Er fuhr die Auffahrt hinauf und parkte den Wagen vor einem großen Blockhaus, das aussah, als wenn es einem Wild-West-Film entsprungen war. Vor dem Haus gab es eine Anbindestange, wie vor einem Saloon.

Er stieg mit zitternden Beinen aus dem Wagen und ließ seinen Blick über die Gebäude wandern. Neben dem Haus gab es noch einen Stall, eine Scheune und ein Nebengebäude, dessen Verwendung er noch nicht kannte. Auf den Weiden tummelten sich Pferde und weiter hinten eine große Schaf-Herde, die von dort aus direkt in einen riesigen Offen-Stall gehen konnte, wenn sie sich vor einem Unwetter oder der sengenden Sonne zurückziehen wollte.

Michael schloss für einen Moment die Augen und sog den Duft nach Pferd und Schaf ein. Er spürte, wie er wieder anfing zu leben. Das war sein neues Zuhause, hier ließ es sich aushalten. Als er die Augen wieder öffnete, fiel sein Blick auf einen Mann, der in der Tür zum Stall auftauchte und überrascht auf den Wagen blickte, der plötzlich vor der Tür stand.

Michael trat neben dem Fahrzeug hervor und grinste. Dann lief er los – direkt in die ausgestreckten Arme seines Vaters, der ihn fest umarmte und beinahe erdrückte. Dabei sprach keiner von ihnen ein Wort. Erst, als sein Vater ihn losließ, schaffte es der Junge zu sprechen. „Wo ist Mom?"

Paul Bane deutete auf das Blockhaus. „In der Küche. Sie macht gerade Frühstück."

Sofort stürmte der Junge los, während sein Vater ihm etwas langsamer folgte und dabei einen bewundernden Blick auf den Pickup warf, der vor der Tür parkte. Michael stürmte durch die Haustür, ohne zu klopfen oder zu klingeln. „Mom?", rief er in das Haus und blickte sich um. Im nächsten Moment erschien eine Frau in einer Tür, sichtlich gerührt und mit den Tränen kämpfend. Michael flog ihr in die Arme und küsste sie auf die Wange.

Jennifer Bane konnte ihr Glück kaum fassen, als sie ihren Sohn nach so langer Zeit endlich in die Arme schließen durfte. Sie ließ ihren Tränen freien Lauf und hielt ihn an ihre Brust gedrückt. Dann erst schob sie ihn sanft von sich weg, um ihn zu betrachten. „Du siehst schlecht aus, mein Junge", stellte sie fest.

„Das nennt man Tarnung, Mom", grinste der Junge. „Immerhin war ich offiziell in einem Sanatorium in den letzten Monaten."

„Ja, natürlich. Ich vergaß", sagte sie und deutete auf den Esstisch. „Aber das hindert mich nicht daran, dich ein bisschen aufzupäppeln. Komm', setz' dich und dann erzähle uns, was du in der letzten Zeit erlebt hast."

Während Michael in den nächsten Stunden versuchte, das ungute Gefühl in seinem Magen zu ignorieren, saß Charlotte noch immer bewegungslos auf seinem Bett. Weder der Psychologe noch Tyler hatten irgendeine Veränderung herbeiführen können. Sie sah aus wie ein Gespenst, ihre Haut wirkte grau und Tyler machte sich große Sorgen um das Mädchen. Im Laufe des Vormittags war sie so schwach, dass er endlich ihre Arme lösen konnte, die sie um ihre Knie geschlungen hatte, und es schaffte, sie flach hinzulegen. Das Mädchen erinnerte ihn an einen Wachkomapatienten. Starr blickte sie nun an die Decke, ohne auch nur die geringste Regung zu zeigen. Sie weinte nicht, sie sagte nichts, sie rührte sich nicht. Nicht einmal die Augen schienen sich in irgendeiner Form zu bewegen.

Mit Hilfe des Arztes aus der Einrichtung versorgte Tyler sie mit Augentropfen, Infusionen und Medikamenten. Selbst die Magensonde, die sie ihr am folgenden Tag legen mussten, um sie mit Nährstoffen zu versorgen, ertrug sie, ohne mit der Wimper zu zucken. Es war, als wenn sie kilometerweit weg wäre und nichts fühlen oder mitbekommen würde. Tim kam regelmäßig vorbei. Auch er machte sich große Sorgen um das Mädchen und sprach schließlich mit seiner Chefin, nachdem sich knapp eine Woche später noch immer nichts verändert hatte.

Am nächsten Morgen kam er zu Tyler. „Es gibt eine Planänderung. Charlotte muss so schnell es geht zu Michael. Vielleicht schafft er es, sie aus diesem Zustand zu holen. Wir versuchen gerade, ein Transportfahrzeug zu organisieren. Sobald das da ist, fahren wir los."

„Wir?", fragte Tyler überrascht.

„Ich werde euch begleiten. Wir müssen ein paar Dinge im Plan verändern, deshalb werde ich mitkommen. Wenigstens für die ersten Tage. Packen Sie bitte Ihre Sachen zusammen und ziehen Sie Charlotte etwas an. Ich schicke Ihnen gleich Hilfe. Ich denke, dass wir in wenigen Stunden aufbrechen können."

Tyler nickte überrascht und fing an, Sachen für das Mädchen aus dem Schrank zu holen und sie anzukleiden. Wenig später kam der Arzt der Einrichtung hinzu, um ihm zu helfen. Er brachte auch die notwendigen Infusionen und Medikamente für die nächsten Tage mit, sodass Tyler das Mädchen adäquat versorgen konnte. Gegen Mittag erschienen zwei Männer, die das Gepäck abholten, und Tim, der Charlotte aus dem Bett hob und auf seinen Armen zu einem Fahrzeug trug. Mit diesem ging es dann im Aufzug nach oben, wo ein Van auf sie wartete. Tyler trug Charlotte in den Wagen, der im Inneren einem Krankenwagen zum Verwechseln ähnlichsah. Genaugenommen war es ein ausrangierter Krankenwagen, dem jedoch die Signalleuchten und die Farbe genommen worden waren. Die Fenster waren verklebt, sodass man nicht ins Innere sehen konnte. Das Mädchen wurde auf die Trage gelegt und gesichert, die Medikamente im Schrank verstaut und die Infusion an einen Haken in der Decke gehängt. Tyler nahm auf einem Sitz Platz, von dem aus er das Mädchen jeder Zeit erreichen konnte. Das Gepäck fand in einem der Schränke Platz und Tim setzte sich ans Steuer. Dann ging es los.

Im Gegensatz zu Michael, der einen Zwischenstopp eingelegt hatte, fuhren die beiden Männer die Strecke am Stück. Tyler löste Tim zwischendurch ab und sie machten auch kurze Pausen, um etwas zu

Essen oder sich zu erleichtern. Dadurch und aufgrund von ein paar Staus brauchten sie fast dreizehn Stunden, bis sie ihr Ziel erreichten und es war bereits dunkel, als Tim den Wagen vor einem Häuschen anhielt. Er fuhr rückwärts an die Garage heran und öffnete die Haustür. „Wir bringen Charlotte erst einmal ins Haus. Es ist leider noch nicht eingerichtet, die Möbel kommen erst morgen an. Heute Nacht müssen wir leider mit einer Luftmatratze vorliebnehmen."

„Wir werden es überleben", antwortete Tyler. „Hauptsache, ich kann Charly korrekt versorgen."

„Das können Sie. Sie kann auf der Trage bleiben." Sie zogen gemeinsam die Trage aus dem Fahrzeug und rollten sie anschließend ins Haus. Neben dem geräumigen Wohnbereich gab es ein kleines Zimmer – vermutlich ein Arbeitszimmer, in das sie das Mädchen brachten und die Jalousien schlossen, damit niemand hineinsehen konnte. Es gab ja noch keine Gardinen und es sollte keiner wissen, was genau hier vor sich ging. Tim ging zurück und holte ihre Taschen und die medizinische Ausrüstung. Dann brachte er noch zwei Luftmatratzen mit, die ebenfalls im Wagen verstaut worden waren, schloss das Fahrzeug sorgfältig ab und baute die beiden provisorischen Betten auf, während Tyler das Mädchen versorgte, das noch immer keine Reaktion zeigte.

Sanft legte der Arzt ihr die Hand an die Wange. „Wir sind zuhause, Charlotte. Michael ist ganz in der Nähe. Bitte sag' doch was."

Doch das Mädchen blieb nach wie vor stumm und starrte an die Decke. Man hätte sie für tot halten können, wenn sich ihre Brust nicht regelmäßig auf und ab bewegt hätte und das Überwachungsgerät deutliche Auswürfe ihrer Herztätigkeit zeigte. Doch seit sie angekommen waren, hatte sich an den regelmäßigen Systolen auf dem EKG nichts verändert. Erschöpft legten sich die beiden Männer schließlich auf die Matratzen und schliefen ein.

Auch am Morgen änderte sich nichts an dem Zustand des Mädchens. Sie warteten noch eine Weile, bis der LKW mit den Möbeln vor das Haus fuhr, dann machte sich Tim auf den Weg zur Bane-Farm. Als er dort anlangte, herrschte bereits reges Treiben. Eine Gruppe Wochenendausflügler machte sich gerade für den ersten Ausritt des Tages startklar.

Tim blickte sich suchend um, bis er Michael entdeckte, der gerade einem Mann beim Satteln half. „Entschuldige bitte. Wo finde ich denn den Hausherren?" fragte Tim freundlich.

Michael wirbelte etwas zu schnell herum, als er die Stimme erkannte, und starrte den Mann ungläubig an, doch auf den warnenden Blick von Tim hatte er sich beinahe ebenso schnell wieder im Griff. „Mann! Haben Sie mich aber erschreckt", setzte er zur Erklärung für die Anwesenden an und nur Tim bemerkte, wie seine Stimme kaum merklich zitterte, während ihm die schlimmsten Gedanken durch den Kopf jagten. „Meinen Eltern gehört das hier. Ich heiße Mike. Was kann ich für Sie tun?"

Tim war durchaus zufrieden, wie er die Situation unter Kontrolle gebracht hatte, und lächelte freundlich. „Sehr erfreut. Ich bin Tim. Ich begleite ein paar Freunde, die gerade hierhergezogen sind. Wir könnten noch eine helfende Hand zum Ausladen gebrauchen, und da dachte ich, hier gibt es bestimmt einen kräftigen, jungen Burschen, der uns helfen kann." Er warf Michael einen vielsagenden Blick zu und dieser begriff, dass seine Anwesenheit dringend vonnöten war.

Angst stieg in ihm auf, die das komische Gefühl im Bauch übertönte. Was war nur geschehen? Warum waren Tyler und Charlotte bereits hier? Sie hätten doch erst Ende der Woche kommen sollen. „Natürlich, gerne", sagte er schnell. „Ich bin hier eh fertig. Geben Sie mir eine Minute, damit ich Bescheid sagen kann."

„Gerne. Es ist das Haus, das direkt an diese Koppel dort grenzt. Komm' einfach, wenn du Zeit hast. Du würdest uns sehr helfen." Damit ging Tim langsam die Auffahrt entlang. Er hatte die Straße noch nicht erreicht, als er hinter sich eilige Schritte hörte.

Michael war ein wenig außer Atem, als er bei ihm anlangte, sich kurz umblickte und dann ohne Umschweife seine Frage stellte: „Was ist passiert? Warum wurde der Plan geändert?"

„Das erkläre ich dir, sobald wir im Haus sind. Es muss ja niemand mitbekommen."

Die wenigen Meter bis zum Haus hatte Michael das Gefühl, zerplatzen zu müssen. Was war geschehen? Thordes und ihre Leute hatten alles so akribisch geplant, dass es etwas Gravierendes sein musste, weshalb sie alles durcheinandergeworfen hatten. Waren sie vielleicht in Gefahr? Mussten sie erneut in Sicherheit gebracht werden?

Tim stieß die Tür auf und schloss sie sorgfältig hinter dem Jungen wieder. Michael blickte sich um. Ein ganz normales, vollkommen leeres Haus. Er hatte den Möbelwagen vor der Tür gesehen, doch es hatte noch niemand angefangen, die Möbel hereinzubringen. Die beiden Möbelpacker machten noch eine Pause machten nach der langen Fahrt. „Charlotte? Tyler?", rief der Junge hoffnungsvoll in die Stille und seine

Worte hallten laut in den leeren Räumen wider. Unwillkürlich zuckte Michael zusammen, als Tyler in einer Tür erschien, lächelnd auf ihn zukam und ihn in die Arme schloss.

„Schön, dich wiederzusehen", sagte er dabei, doch etwas stimmte nicht. Sein Lächeln sah gezwungen aus, er wirkte blasser, als noch vor einer guten Woche und wo war überhaupt Charlotte?

Als er eine diesbezügliche Frage stellen wollte, ergriff Tyler seine Hand und fing an zu sprechen. „Wir brauchen dringend deine Hilfe, Michael. Charlotte geht es nicht gut. Sie... sie ist... ach, komm' am besten mal mit." Er ging zurück zu der Tür, durch die er den Wohnbereich betreten hatte und zog Michael mit sich. Als er die Tür aufstieß, fiel Michaels Blick sofort auf die Trage, die mit zusammengeklapptem Gestell auf dem Boden lag und auf der seine Freundin bewegungslos an die Decke starrte. Ein Monitor überwachte ihre Parameter und piepste leise und gleichmäßig. An einem alten Nagel in der Wand hing eine Infusion, die in ihren Arm führte und in ihrer Nase steckte ein dünner Schlauch, dessen Verwendung sich dem Jungen im Moment noch nicht erschließen wollte. Im ersten Moment dachte er, sie sei tot, doch das Piepen des Monitors belehrte ihn eines Besseren.

Er sank neben der Trage auf die Knie und Tyler wusste nicht genau, ob es willentlich geschehen war, oder ihm einfach die Beine nachgaben. Dann griff er Charlottes zweite Hand, die nicht an einer Infusion hing, und streichelte sie sanft. Niemand sagte ein Wort. Tim beobachtete gespannt das Geschehen und Tyler sandte ein Stoßgebet gen Himmel, dass Charlotte irgendeine Reaktion zeigen würde. Doch nichts passierte. Die Ausschläge auf dem EKG blieben unverändert, der Blick ungebrochen und sie rührte sich keinen Millimeter.

Minutenlang standen oder saßen sie um das Mädchen herum, ohne dass sich irgendetwas veränderte. Michael rannen stumme Tränen über die Wangen, doch er schaffte es nicht, die Fragen zu stellen, die ihm durch den Kopf jagten. Dann hob er die Hand, legte sie sanft an ihre Wange, flüsterte flehend „Bitte wach' auf, Charly. Bitte!" und gab ihr einen vorsichtigen Kuss auf die aufgesprungenen Lippen, die sich unnatürlich kalt anfühlten.

DORNRÖSCHEN

Nachdem Michael sich von ihr verabschiedet hatte, hatte Charlotte das Gefühl, ihre Welt würde erneut auseinanderbrechen. Gleichzeitig wusste sie, dass sie sich total kindisch benahm. Es waren nur zwei Wochen, bis sie Michael wiedersehen und ein neues Leben beginnen würde. Zwei Wochen gingen schnell vorbei, dann würden sie und Tyler sich ebenfalls auf den Weg machen. Die Tränen rannen ihr unaufhaltsam über die Wangen und es war ihr unendlich peinlich. Was mussten die anderen nur von ihr denken? Sie war wirklich noch ein Kind, wenn sie sich derart kindisch benahm – das wurde ihr schon nach wenigen Minuten klar. Dennoch konnte sie dieses Gefühl nicht verscheuchen – das Gefühl, als wenn ihr jemand das Herz aus dem Leib reißen oder mit einem Messer in ihrer Brust herumstochern würde. Genau wie damals im Wald, als sie neben dem Fahrzeug zusammengebrochen war.

Eigentlich hatte sie gedacht, sie hätte mit Hilfe des Therapeuten Fortschritte gemacht. Ihre Träume waren weniger geworden und vor allem weniger schlimm. Sie fing an, an ihre Eltern und Geschwister zu denken, ohne ihre zerschundenen Körper und leeren Blicke vor den Augen zu haben. Doch plötzlich war alles wieder da. Sie rasten die Landstraße entlang, stürzten den Abhang hinunter und sie hörte deutlich die Schüsse, spürte, wie ihr die Kugeln direkt ins Herz drangen. Dann tauchte Tyler plötzlich auf, der auf brutalste Weise gefoltert wurde, bis er nicht mehr konnte und den Männern sagte, wo sie war. Sie rannte mit Michael um ihr Leben, doch sie konnten dem Schicksal nicht entfliehen. Die Männer holten sie beide ein und zwangen das Mädchen, zuzusehen, wie ihr Freund zu Tode gequält wurde.

Sie öffnete den Mund zu einem endlosen Schrei, doch während im wirklichen Leben nicht ein einziger Laut aus ihrem Körper entwich, war der Schrei in ihrer eigenen Welt so gigantisch, dass sie glaubte, ihr Trommelfell würde auf der Stelle platzen. Dann war es plötzlich vollkommen still; die Schmerzen ebbten nach und nach ab und sie hatte das Gefühl, als wenn sie in einem riesigen Wattebausch stecken würde. Geräusche wurden davon abgehalten, genauso wie ihre Ängste und die schrecklichen Bilder. Ihr Kopf leerte sich auf magische Weise und sie fühlte sich unendlich leicht, fast als würde sie schweben.

Obwohl sie die Augen geöffnet hatte, sah sie weder den Raum, in dem sie sich befand, noch das Gesicht, das sich hin und wieder besorgt über sie beugte. Die sanfte Berührung, wenn Tyler sie streichelte oder ihre Hand hielt, spürte sie genauso wenig, wie die Kanüle, die in ihren Handrücken gebohrt wurde oder die Sonde, die man ihr durch die Nase in den Magen schob. All diese Gefühle und Bilder wurden von dem Wattebausch verschluckt – zurück blieb eine unglaubliche Stille, die das Mädchen in ihre Arme schloss und sanft wiegte, bis sie schließlich in einen tiefen Schlaf fiel – viel tiefer, als alles, was sie bisher erlebt hatte.

Und dann kamen die Erinnerungen. Keine schrecklichen, wie es sonst der Fall war, sondern schöne

Erinnerungen. Erinnerungen an Weihnachtsfeste, Geburtstage, Ausflüge oder ein fröhliches Beisammensitzen. Sie sah ihre kleine Schwester im Laufstall liegen. Eine etwa siebenjährige Charlene war hineingeklettert, um ihr ganz nahe zu sein, und kitzelte sie an den kleinen, nackten Füßchen. Ihr Vater stand daneben und freute sich über seine Kinder. Sein Lächeln drückte all die Liebe aus, die er für seine Kinder empfand, während Marlon dem Baby ein Kuscheltier in die Arme drückte.

Die Bilder verschwammen vor ihren Augen und plötzlich war sie selbst noch ein kleines Baby, das sich vertrauensvoll an die Mutter kuschelte, während es gierig an deren Brust nuckelte und keine Ahnung davon hatte, was das Leben ihm noch bringen würde – welche Hürden es würde meistern müssen. Ein Gefühl der vollkommenen Geborgenheit machte sich in dem kleinen Wesen breit und sie genoss dieses Gefühl so sehr, dass sie am liebsten nie wieder etwas anderes fühlen wollte.

Wieder verschwamm die Szene vor ihren Augen. Sie rannte über eine Wiese und flog in die ausgestreckten Arme ihres Vaters. Ihr Bruder folgte ihr dicht auf den Fersen und als Charles versuchte, ihn ebenfalls aufzufangen, fiel er hinten über und zu dritt kullerten sie lachend eine saftige Wiese hinunter, genau auf die Mutter zu, die sie mit den Händen auf dem dicker werdenden Bauch lachend beobachtete.

Sie saßen in einer Kutsche und die Holzräder ratterten über den unebenen Boden. Charlene konnte die Bewegungen deutlich spüren und blickte auf Marlon, der mit strahlendem Gesicht auf dem Kutschbock saß – neben einem alten Kutscher, bei dem sie die Fahrt gebucht hatten. Die kleine Ashton saß auf ihrem

Schloss und klammerte sich ein bisschen ängstlich an ihr fest, während ihr der Geruch nach Pferd in die Nase stieg und sie für einen Moment die Augen schloss. Ihre Eltern saßen auf der anderen Seite. Ihr Vater hatte ihrer Mutter den Arm um die Schulter gelegt und genau in dem Moment, in dem das Mädchen die Augen wieder öffnete, gab er ihr einen zärtlichen Kuss auf den Mund. Charlene konnte in den Augen ihrer Mutter deutlich erkennen, dass die Liebe noch immer brannte. Sie war in all den Jahren eher noch stärker geworden, als abzuschwächen. Das Mädchen lächelte glücklich und gab ihrer kleinen Schwester einen Kuss auf die Nase, die daraufhin fröhlich quiekte und ihre Angst vergaß. Ihre kleinen Ärmchen schlangen sich um den Hals der großen Schwester.

Wieder veränderte sich die Umgebung: Sie lag im Stroh und die kleinen Arme ihrer Schwester waren großen, kräftigen Armen gewichen. Arme, die sie hielten, die sie streichelten und ihren Körper liebkosten. Sie spürte die Nähe des anderen Körpers, die Wärme, die dieser ausstrahlte und das Gefühl des Verschmelzens, als sie sich liebten. Ihr Körper begann vor Wonne zu beben. Sie wollte nicht, dass es jemals endete, wollte den Jungen in ihren Armen niemals wieder loslassen. Er war da – endlich wieder! Dieses Mal würde sie ihn nicht mehr gehen lassen. Dieses Mal würde sie ihn festhalten, egal, was die anderen sagten. Die Wärme seiner Nähe und seines Körpers erfüllten ihre kalten Glieder immer mehr. Es kribbelte von der Nasen- bis zur Fußspitze, aber das war ihr total egal. Wichtig war nur eines – er war bei ihr!

Stimmen drangen wie von weiter Ferne zu ihr durch. Sie wollten die Wattewand durchstoßen, erreichten jedoch noch nicht ganz ihr Gehirn – noch nicht.

„Was passiert da?", fragte Michael und in seiner Stimme schwang eine leichte Panik mit. Was hatte er nur getan? Er hatte sie doch nur geküsst und plötzlich schienen die Monitore zu explodieren. Der gleichmäßige, langsame Herzschlag beschleunigte sich, die Auswürfe wurden stärker und ihr Körper begann plötzlich zu zittern. Ihre Beine bewegten sich unter der Decke, die Atmung wurde schneller und er hatte das Gefühl, als wenn die kalten Finger plötzlich wärmer wurden.

„Sie reagiert auf dich", beruhigte ihn Tyler und in seinen Augen leuchtete Hoffnung auf. „Charly, du musst weiterkämpfen. Du schaffst es. – Michael, mach' weiter. Was immer du tust, hör' nicht auf!"

Irritiert blickte der Junge von Tim zu dem Arzt, der scheinbar gut fand, was gerade passierte. „Was habe ich denn getan?"

„Zeig' ihr, dass du da bist", sagte Tim leise neben ihm. „Zeig' ihr, wie sehr du sie liebst."

Michael beugte sich erneut über das blasse Gesicht. Eine Träne tropfte auf ihre Lippen, die er bei dem anschließenden Kuss deutlich schmeckte. Doch das bemerkte der Junge nur am Rande, denn während sich seine Lippen auf die ihren legten, spürte er deutlich, wie sie seinen Kuss erwiderte. Ihre Lippen öffneten sich leicht und ihre Augen schlossen sich genussvoll. Da wusste Tyler, dass sie es geschafft hatten. Er nickte Tim zu und auf leisen Sohlen schlichen die beiden Männer aus dem Zimmer.

Endlich löste sich Michael aus dem magischen Kuss, öffnete die Augen und blickte das Mädchen liebevoll an. Auch Charlotte hob langsam die Lider und blickte zu ihm auf. „Wie schön, dass du wieder da bist", krächzte sie leise. „Aber wolltest du nicht zu deinen Eltern fahren?"

Michael grinste und setzte sich etwas bequemer auf den Boden. „Das bin ich doch auch."

Ihr Blick deutete Verwirrung an. „Aber du bist doch gestern erst fort."

„Nein, mein Schatz, das war vor über einer Woche."

„Ehrlich jetzt?", fragte sie überrascht und blickte sich um. Jetzt erst bemerkte sie, dass sie sich nicht in ihrem Bett befand, sondern auf einer Trage lag. „Wo sind wir hier eigentlich?"

„Tja, ganz genau kann ich dir das auch nicht sagen, aber ich würde vermuten, dass es sich um das künftige Arbeits- oder Gästezimmer eures Hauses handeln wird."

„Unseres... Wir sind in Tennessee?", fragte Charlotte und richtete sich langsam auf, um sich umzusehen. Sofort spürte sie den Schwindel, der von ihr Besitz ergriff und ließ sich zurück in die Kissen sinken.

Tyler trat nun wieder ins Zimmer und an die Liege und strich ihr über die Stirn. „Du warst sehr krank in den letzten Tagen. Ruhe dich ein bisschen aus, dann geht es dir bald besser."

„Was ist denn passiert?", fragte das Mädchen immer noch verwirrt.

„Tja, das ist eine gute Frage", antwortete der Arzt. „Aber um ehrlich zu sein, kann ich sie dir nicht hundertprozentig beantworten. Ich würde am ehestens auf eine Art Schockzustand tippen, allerdings habe ich derartige Auswirkungen, wie sie bei dir stattgefunden haben, noch nie zuvor erlebt. Du hast uns ganz schön ins Schwitzen gebracht. Du warst fast wie in einem Wachkoma, könnte man sagen."

Charlotte wollte antworten, bekam jedoch einen Hustenanfall, weil sie die Sonde im Rachen störte. „Warte, Kind. Die können wir jetzt sowieso entfernen. Dann geht es dir bestimmt gleich besser. Tim? Holst du bitte mal ein Glas Wasser für Charlotte?"

Kurz darauf war das Mädchen von dem Störenfried befreit, hustete noch ein paar Mal und nahm dankbar die Flasche Wasser entgegen, die Tim ihr brachte. „Gläser gibt es noch nicht", sagte dieser entschuldigend.

„Ach so, ja. Ich vergaß", stellte Tyler fest und wandte sich dann an das Mädchen: „Geht es jetzt besser?"

Charlotte nickte. „Ja, danke. Was ich sagen wollte, war, dass ich gar nichts davon mitbekommen habe, was mit mir passiert ist. Ich kann mich noch an die Verabschiedung erinnern, dann bin ich in die Wohnung und habe geweint. Und dann muss ich wohl eingeschlafen sein."

„Nein, Kleines. Eingeschlafen im üblichen Sinne bist du nicht. Als ich in das Zimmer kam, saßt du vollkommen teilnahmslos auf dem Bett, mit angezogenen Beinen und hast geradeaus gestarrt. Seitdem hat niemand es geschafft, irgendeine Reaktion von dir zu bekommen. Irgendwann haben wir uns nicht mehr anders zu helfen gewusst. Wir haben dich zu dem einzigen Menschen gebracht, der dich vielleicht noch aus dieser Starre zurückholen konnte. Und unser Plan ist aufgegangen."

„Michael?", fragte Charlotte, als sie endlich begriff. „Aber wie hast du...?" Sie brach ab und starrte den Jungen fragend an, während sich eine verlegene Röte auf seinen Wangen breit machte.

„Tja, Dornröschen. Das soll dir Mike besser mal selbst erzählen, während Tim und ich den Möbelpackern helfen. Ist ja kein Dauerzustand, dass wir nicht einmal ein Glas zur Hand haben." Tyler lachte amüsiert über den Anblick der beiden Teenager und schloss die Tür hinter sich und Tim, nachdem sie das Zimmer verlassen hatten.

„Was meint er mit Dornröschen?", fragte sie daraufhin ihren Freund.

„Ich denke mal, er spielt auf den Kuss an. War das nicht Dornröschen, die durch einen Kuss aus dem Schlaf geholt wurde?"

„Ja doch, ich denke schon. Aber was hat das mit uns zu tun?" Sie nahm erneut die Wasserflasche und trank einen Schluck. Ihr Hals fühlte sich rau an und trinken half ein wenig gegen das Kratzen.

„Weil ich es auch getan habe", sagte Michael leise.

„Was?"

„Dich geküsst. Du hast überhaupt nicht reagiert. Doch als ich dich das erste Mal geküsst habe, spielten plötzlich die Geräte verrückt. Hast du das gar nicht gemerkt?"

„Nein, ich… der Traum…" Charlotte brach ab, als ihr klar wurde, dass sich ihr Traum mit der Wirklichkeit vermischt hatte.

„Welcher Traum?"

„Weißt du, als ich in diesem Zustand war, da war ich in einer Traumwelt gefangen. Alles war so schön und still, als wenn es nichts Böses auf der Welt gäbe. Ich habe meine Eltern gesehen und meine Geschwister, habe mich an Dinge erinnert, die viele, viele Jahre zurücklagen. Dinge, von denen ich gar nicht wusste, dass sie noch in meinem Kopf waren. Und irgendwann war ich wieder in der Scheune."

„Du meinst letzten Sommer? Die Nacht, in der du weggelaufen bist?", fragte Michael nach.

„Ja, aber mein Traum ging nicht um den Streit oder die anschließende Flucht. Ich habe deine Nähe gespürt, deine Berührungen und deine Wärme. Ich wusste, dass mir nichts Schlimmes passieren würde, weil du da warst und mich festgehalten hast. Irgendwie bist du durch meine Schutzmauer gebrochen, die ich scheinbar aufgebaut hatte – und das habe ich deutlich gefühlt."

„Also doch Dornröschen?", lachte Michael glücklich und gab ihr einen Kuss auf die Nasenspitze. Doch dann wurde er wieder ernst. „Aber ich denke, du solltest dich jetzt wirklich etwas ausruhen und versuchen, zu schlafen. Umso schneller bist du wieder fit und ich kann dir dein neues Zuhause zeigen."

„Bleibst du noch ein bisschen bei mir?", fragte sie vorsichtig, woraufhin Michael ihre Hand nahm und sanft drückte.

„Bis in alle Ewigkeit, wenn du willst."

„Für den Anfang würde mir eine halbe Stunde schon reichen", grinste sie frech, doch in ihren Augen konnte er sehen, dass seine Aussage sie unendlich glücklich machte. Mit einem zufriedenen Seufzen schloss sie ihre Lider und schlief wenig später ein. Michael wartete noch eine Weile, bis er sicher war, dass sie tief und fest schlief, dann ging er leise zu den anderen, um beim Ausladen und Aufbauen der Möbel zu helfen, denn dafür war er ja offiziell gekommen. Um die Tarnung aufrecht zu erhalten, wäre es gut, wenn ihn die Nachbarn auch wirklich beim Arbeiten sehen würden.

Es war bereits Mittag, als die Männer eine Pause machten und Tim für alle Pizza bestellte, um sich zu stärken. Charlotte wachte ebenfalls wieder auf, als der Duft nach Käse und Tomaten durch die Wohnung strömte, und richtete sich langsam auf. Diesmal war der Schwindel erträglich. Sie bemerkte, dass ihr Tyler die Kanüle aus dem Handrücken gezogen haben musste, während sie geschlafen hatte, und war erstaunt, dass sie so einen tiefen Schlaf gehabt hatte.

Nachdem sie ein paar Minuten auf der Kante der Trage gesessen hatte, hörte der Schwindel auf und sie wollte schon aufstehen, als ihr bewusst wurde, dass sie lediglich ein T-Shirt und einen Slip trug. So konnte sie ja wohl kaum nach draußen gehen. Sie blickte sich in dem leeren Raum um, ob sie irgendwo ihre Tasche finden würde, doch außer zwei Luftmatratzen, die aufeinandergestapelt an der Wand lagen und der medizinischen Ausrüstung ihres neuen Vaters konnte sie nichts entdecken. „Michael?", rief sie leise in Richtung Tür und hoffte, dass er noch da war.

Wenig später öffnete sich die Tür und der Junge streckte den Kopf herein. „Ja, Prinzessin?"

„Ich... ich habe nichts zum Anziehen. Kannst du Tyler bitte fragen, wo meine Sachen sind?"

„Nicht nötig. Die habe ich vor wenigen Minuten nach oben gebracht."

„Nach oben?"

„Ja, in dein neues Zimmer. Das ist schon fertig. Warte einen Moment, ich hole dir gleich etwas. Hast du Hunger? Wir haben Pizza bestellt."

„Oh ja, das könnte ich wirklich gut gebrauchen."

„Alles klar. Einmal Klamotten und Pizza. Kommt sofort, Gnädigste." Lachend verschwand Michael aus dem Raum, nur um ein paar Minuten später wieder aufzutauchen, im Arm Jeans, Shirt und ein paar Schuhe.

Kurz darauf gingen sie zusammen zu den anderen. Im Wohnzimmer standen bereits ein Sofa und ein niedriger Couchtisch, auf dem sich mehrere Pizzaschachteln aneinanderreihten. „Hallo, Charly", begrüßte Tyler sie. „Wie geht es dir, Schatz? Hast du Hunger?" Das Mädchen nickte und Tyler klopfte neben sich. „Komm', setz' dich."

Den Rest des Nachmittags wurden die letzten Kisten ausgeladen und da Charly noch nicht die Kraft zum schweren Heben hatte, machte sie sich in der Küche nützlich und fing an, Schränke auszuwischen und Geschirr zu spülen und einzuräumen. Schließlich fuhr der LKW mit den beiden Möbelpackern ab und Tim, Tyler, Michael und Charlotte blieben zurück.

Gegen Abend machte sich dann auch der Junge auf den Weg nach Hause, um seinen Eltern noch ein bisschen zu helfen. „Morgen früh komme ich wieder", sagte er noch, als er sich verabschiedete. „Bis alles eingeräumt ist, braucht ihr sicher noch etwas Hilfe." Er zwinkerte ihr zu und gab ihr einen kleinen Abschiedskuss auf die Wange, bevor er endgültig das Haus verließ.

Jetzt endlich ging Charlotte das erste Mal in das obere Stockwerk und blickte sich neugierig um. Am Ende der Treppe gelangte sie in einen Flur mit mehreren Türen, die geschlossen waren. Tyler war ihr gefolgt und fragte: „Na, möchtest du jetzt dein Zimmer sehen?"

Das Mädchen nickte und ging weiter auf die erste Tür zu. Es war ein geräumiges Badezimmer mit Dusche, Badewanne und zwei Waschbecken. Charlotte nickte anerkennend und ging dann weiter.

„Das ist dein Reich, Kleines", sagte Tyler und stieß die nächste Tür auf.

Charlotte klappte der Mund herunter, als sie in das Zimmer blickte. Sie kannte diese Möbel. Sie stammten alle aus dem Haus, in dem sie mit ihren Eltern und Geschwistern gewohnt hatte. Sofort fühlte sie sich zu Hause. Das Zimmer war etwas größer, als das, welches sie in Louisiana bewohnt hatte. Die großen Fenster würden das Zimmer tagsüber mit Licht durchfluten. Selbst jetzt – im schwächer werdenden Licht des Tages – war der Raum hell und freundlich. Ein paar hübsche Gardinen schützten vor unliebsamen Blicken und in einer Ecke standen mehrere Kisten.

Das Mädchen stand wie versteinert mitten im Zimmer und blickte sich um. Für einen Moment glaubte Tim, dass sie einen Fehler gemacht hatten, diese Möbel herzubringen, doch dann bemerkte er das Leuchten, das sich auf ihrem Gesicht breit machte, und atmete erleichtert auf. „Gefällt es dir?", fragte Tyler vorsichtig, woraufhin das Mädchen ihn anlächelte und nickte. Dann kam sie langsam auf Tim zu, der neben Tyler im Türrahmen stand, stellte sich auf die Zehenspitzen und gab ihm einen spontanen Kuss auf die Wange.

Überrascht blickte er sie an und grinste. „Wofür war das denn?"

„Dafür, dass du mir ein Stück Vergangenheit wiedergegeben hast", sagte sie schlicht und klang dabei gar nicht, wie ein junges Mädchen. Dann folgte noch ein „Danke", das ganz tief aus ihrem Herzen zu kommen schien.

„Gern geschehen, junge Dame", antwortete Tim. „In den Kisten sind übrigens hauptsächlich deine Kleidungsstücke. Du musst mal schauen, was dir davon noch passt oder was du weggeben willst. Wir wussten leider nicht, wie du im letzten Jahr gewachsen bist. Deshalb haben wir alles mitgebracht. Du wirst auch ein paar Bücher finden, die für dein Alter geeignet sind und ein paar Deko-Gegenstände, um dein Zimmer einzurichten. Immerhin seid ihr ja offiziell umgezogen, da würde es etwas komisch aussehen, wenn dein Zimmer genauso kahl wäre, wie das in eurem alten Haus."

„Ihr denkt auch an alles, oder?", fragte Tyler.

„Wir geben uns Mühe. Aber jetzt werde ich mich mal um das Abendessen kümmern, während ihr eure vier Wände begutachtet." Er drehte sich fröhlich um und machte sich auf den Weg, die Treppe hinunter in die Küche.

„Darf ich dein Zimmer sehen?", fragte Charlotte nun vorsichtig.

„Natürlich", gab ihr Vater zurück und führte sie in einen weiteren Raum. Auch hier kamen ihr die Möbel bekannt vor. Es waren die Möbel aus seinem alten Schlafzimmer. Auch er hatte schöne große Fenster, durch die Licht hereinfiel. Tyler setzte sich auf die Bettkante und Charlotte bemerkte, wie sein Blick traurig auf den Nachttisch fiel.

Da erinnerte sie sich plötzlich wieder an etwas und rannte in ihr Zimmer. Suchend blickte sie sich um, bis sie ihren Rucksack entdeckte, der neben den Kisten in der Ecke stand. Sie hob ihn auf und schüttete seinen Inhalt auf das Bett. Ganz unten wurde sie fündig. Sorgfältig in ein T-Shirt eingewickelt, damit es nicht kaputt gehen konnte. Mit dem Päckchen lief sie zurück in das Schlafzimmer ihres Vaters, der noch immer auf dem Bett hockte und gedankenverloren auf den Nachttisch starrte. Er hatte gar nicht mitbekommen, wie das Mädchen aus dem Zimmer verschwunden war.

„Hier", sagte sie einfach und streckte ihm das Päckchen entgegen.

Überrascht blickte der Mann auf, nahm den Gegenstand und wickelte ihn aus. Als sein Blick auf das Foto fiel, traten ihm Tränen in die Augen. „Woher...?", stammelte er, doch Charlotte wusste auch so, was er wissen wollte.

„Ich habe es mitgenommen, als ich aus deinem Haus geflohen bin. Irgendwie... irgendwie habe ich gewusst, dass wir nicht dorthin zurückgehen können. Und ich hatte das Gefühl, dass es dir sehr wichtig ist."

„Du hast ja keine Ahnung, *wie* wichtig", gab der Mann zu und streichelte sanft über die Wange des Mädchens. „Aber ich fürchte, ich werde es nicht behalten dürfen." Seine Stimme klang nun sehr traurig, als er diese Worte sprach.

„Warum denn nicht? Wir können doch einfach sagen, dass sie Angela ist, deine verstorbene Frau und Mutter deiner Tochter. Da es Angela in Wirklichkeit nie gegeben hat, kann auch keiner Misstrauisch werden. Es wäre eher auffällig, wenn du kein Foto deiner verstorbenen Frau hättest, oder?"

„Da hast du auch wieder Recht", gab Tyler zu und stellte das Bild auf seinen Nachttisch. Dann zog er das Mädchen in seine Arme und drückte sie zärtlich an sich. „Ich danke dir, Schätzchen, dass du es mitgenommen hast. Ich freue mich auf unser Leben, denn ich habe dich richtig lieb gewonnen in den letzten Monaten."

„Ich habe dich auch lieb, Daddy", sagte Charlotte leise. Es war das erste Mal, dass sie ihn so nannte, doch plötzlich war es okay für sie. Auch wenn sie ihren leiblichen Vater nach wie vor vermisste, konnte sie sich doch keinen besseren Ersatz-Papa vorstellen, als den Mann, der gerade neben ihr saß. Und als sie die Freude auf seinem Gesicht bemerkte, nachdem er dieses einfache Wort aus ihrem Munde gehört hatte, fühlte es sich gleich noch besser an.

Er lächelte ihr zu, nahm sie an die Hand und ging mit ihr zusammen die Treppe hinunter.

Den folgenden Tag verbrachten sie damit, Schränke auszuwischen und Kisten auszupacken. Michael kam bereits um neun Uhr herüber, um ihnen zu helfen, nachdem er im Stall und bei den Pferden gearbeitet hatte. Tim musste noch einige Dinge für sie erledigen und fuhr nach dem Frühstück mit dem Transporter, mit dem sie gekommen waren, davon.

Gegen Mittag hatten sie fast alle Kisten ausgepackt und eingeräumt, die Waschmaschine lief auf Hochtouren, um ihre Wäsche, die – vor allem in Charlottes Fall – viele Monate in Kisten verbracht hatte, zu waschen. In der Waschküche gab es genug Platz für ein Bügelbrett, auf dem das Mädchen die Wäsche zusammenlegte und diese anschließend in die Schränke im Obergeschoss räumte. Währenddessen kümmerten sich Tyler und Michael um Deko-Gegenstände wie Bilder, Gardinen Kunstblumen und Lampen.

Gegen Mittag hörten sie eine Hupe vor der Haustür und Tyler blickte durch das Fenster nach draußen. Es war Tim, der den Transporter erneut rückwärts an die Garage gefahren hatte. „Helft ihr mir mal bitte? Ich habe ein bisschen eingekauft", rief er ihnen zu.

Die nächste halbe Stunde schleppten sie Einkaufstüten ins Haus und verstauten die Vorräte in den entsprechenden Schränken. Anschließend machten sie sich ein paar Sandwiches, setzten sich gemeinsam an den Esstisch, der inzwischen ebenfalls stand, und genossen die Stärkung und ein wenig Erholung.

Während des Essens ergriff Tim das Wort. „Schön habt ihr das gemacht. Es sieht schon nach einem richtigen Heim aus. Ich habe inzwischen auch alles erledigt. Ich warte nur noch auf den Wagen, der heute Nachmittag kommen soll, bevor ich mich dann morgen auf den Heimweg mache."

„Den Wagen?", fragte Tyler. „Fahren Sie denn nicht mit dem Transporter zurück?"

„Oh, doch. Das tue ich. Der Wagen ist nicht für mich, sondern für Sie. Als Familien-Papa brauchen Sie doch einen fahrbaren Untersatz."

„Ja schon, aber ich dachte…"

„Vergessen Sie einfach, was Sie gedacht haben. Wir sind dafür zuständig, dass Sie ein sicheres und verhältnismäßig sorgenfreies Leben in Zukunft führen können. Also nehmen Sie es einfach an." Er stand auf und ging zu seiner Tasche, die er zuvor in der Nähe der Tür abgestellt hatte. Als er zurückkehrte, hielt er einen großen Ordner in der Hand, den er auf den Tisch legte und aufschlug. „Hier drin sind alle wichtigen Unterlagen, die Sie und Charlotte benötigen: Reisepass, Führerschein, Bank- und Kreditkarten, Kontoauszüge, Versicherungspolicen, Kaufvertrag für das Fahrzeug und das Haus, Handyverträge, Zeugnisse und so weiter. Alles, um ein neues Leben zu beginnen. Die Einzelheiten können wir gleich in Ruhe besprechen."

„Das ist gut", sagte Michael und stand auf. „Dann lassen wir beide euch jetzt einfach mal allein."

„Tun wir das?", fragte Charlotte überrascht.

„Natürlich nur, wenn du dich fit genug fühlst. Ich würde dir gerne die Ranch zeigen."

„Oh ja, gerne", sagte sie begeistert und sprang nun

ebenfalls auf.

„Aber denkt bitte daran, dass ihr euch gestern erst kennengelernt habt", mahnte Tim.

„Keine Sorge" antwortete Michael. „Das vergessen wir schon nicht." Dann liefen sie los und die frische Luft tat Charlotte unheimlich gut, während sie an den Weiden vorbei auf das Blockhaus zuliefen. Dabei erklärte Michael ihr, wie die einzelnen Wiesen genutzt wurden und was genau seine Eltern hier taten. Als sie das Blockhaus erreicht hatten, warf das Mädchen einen neugierigen Blick darauf. Auch sie fühlte sich in einen Wild-West-Film hineinversetzt. Es fehlten nur noch ein paar Cowboys und Indianer.

Michaels Vater Paul brachte gerade eines der Pferde auf eine Koppel und kam dann auf die beiden zu. „Hallo Mike. Wen bringst du denn da mit? Neue Kundschaft?" Er hatte das Mädchen mit den kurzen, dunklen Haaren nicht erkannt, doch als er näherkam, konnte Charlotte die Erkenntnis in seinen Augen deutlich sehen.

Da sie jedoch nicht allein waren, versuchte sein Sohn ihn davon abzuhalten, eine unbedachte Begrüßung auszusprechen oder das Mädchen gar in den Arm zu nehmen. „Hi, Dad. Das ist Charly. Sie ist mit ihrem Vater neu zugezogen... Das leerstehende Haus unten an der Koppel – das kennst du doch. Ich habe ihnen die letzten beiden Tage ein bisschen geholfen und jetzt wollte ich ihr gerne den Hof zeigen – sie kennt ja sonst noch niemanden hier."

Sein Vater nickte verstehend. „Na dann... herzlich willkommen auf unserer kleinen Ranch. Schau' dich in Ruhe um, Charly. Und falls du Lust hast, die Pferde etwas näher kennenzulernen, bist du bei uns an der richtigen Adresse. Magst du Pferde?"

„Ich weiß nicht", sagte das Mädchen und gab sich Mühe, einen schüchternen Eindruck zu vermitteln. „Ich hatte bisher noch keinen Kontakt zu ihnen. Sind sie gefährlich?"

Michael unterdrückte ein Grinsen, bevor er antwortete. „Nein, überhaupt nicht. Solange du dich an ein paar einfache Regeln hältst, können sie sehr treue und interessante Freunde werden. Komm' mit. Ich zeige dir meinen *Bandit*. Ich habe ihn noch nicht lange, aber er ist ein tolles Pferd." Er nahm das Mädchen an die Hand und niemand hätte bemerkt, dass Charlotte diese Berührung im Stillen genoss, als sie hinter ihm herlief.

Sie gingen zu einer der Koppeln und Michael gebot ihr, kurz zu warten, während er durch den Zaun kletterte und auf die Tiere zuging. Er bewegte sich furchtlos, obwohl er erst seit einer Woche mit den Pferden arbeitete. Aber er hatte festgestellt, dass es weitaus schwieriger war, durch eine Rinderherde durchzukommen, als durch eine aus Pferden.

Kurz darauf hatte er eines der Tiere eingefangen und kam mit ihm zum Koppelzaun. „Das ist mein Bandit", sagte er stolz. „Magst du ihn mal streicheln?"

Charlotte kam vorsichtig ein wenig näher. Sie erinnerte sich an die Kutschenfahrt vor so vielen Jahren. Damals hatte sie das Pferd auch streicheln dürfen und es war um einiges größer als dieses Exemplar. Außerdem war sie auch noch um einige Zentimeter kleiner gewesen, denn der Ausflug war bestimmt sechs Jahre her. Das Pferd hier ging ihr mit dem Rücken gerade einmal bis zur Brust und war viel graziler, als das Kutschpferd von damals.

Sie hob die Hand und ließ das Tier daran schnuppern, dann berührte sie vorsichtig die weiche Nase des Pferdes. Michael war zufrieden. Während sie sich unterhielten, streichelte Charlotte weiterhin das zutrauliche Tier und gewöhnte sich schnell an die Nähe des Pferdes. Dabei bemühten sie sich, so ungezwungen wie möglich zu bleiben: keine heimliche Berührung, kein zärtlicher Blick, kein Wort, das auf mehr, als eine kurze Bekanntschaft schließen ließ.

Am nächsten Tag fuhr Tim am frühen Morgen zurück nach Texas. Jetzt waren sie auf sich allein gestellt. Nach seiner Abfahrt fuhr Tyler das Mädchen zu der Schule, in die auch Michael ging. Ursprünglich sollte Charlotte erst nach den Ferien dorthin gehen, doch sie hatte keine Lust, länger zu Hause zu sitzen. Daher führten sie ein Gespräch mit dem Schulleiter und das Mädchen würde die letzten Wochen des Schuljahres bereits am Unterricht teilnehmen und sogar die Prüfungen mitschreiben. Sie hoffte, dass sie von Professor Tibbes genügend Material bekommen hatte, um diese bestehen zu können. Ansonsten würde sie eine Nachprüfung machen oder im schlimmsten Fall sogar die Klasse wiederholen müssen.

Doch in den nächsten Wochen stellte sie fest, dass sich ihre Defizite in Grenzen hielten. Was ihr fehlte, lernte sie meist mit Hilfe von Tyler oder Michael nach und schaffte schließlich auch die Prüfungen, wenn auch nicht ganz so gut, wie es normalerweise der Fall gewesen wäre. Doch das war egal – sie war versetzt, und nur das zählte. In den Ferien besuchte sie einen Nachhilfekurs, um die Reste aufzuarbeiten und fing an, auf dem Hof von Michaels Eltern reiten zu lernen.

Tyler hatte in der Woche nach ihrer Ankunft ebenfalls seinen neuen Job angetreten und fühlte sich recht wohl. Die Kollegen in der Gemeinschaftspraxis freuten sich über sein breit gefächertes Wissen, wodurch er eine Bereicherung war. Auch menschlich passte er gut in das Team und wurde bald hoch geschätzt. Die regelmäßigen Arbeitszeiten gaben ihm genug Zeit, sich um Charlotte und den Haushalt zu kümmern.

NEUANFANG

Charlotte erwachte bereits früh am Morgen und freute sich auf den Tag. Gut gelaunt sprang sie aus dem Bett und machte sich im Bad fertig. Als sie in die Küche kam, wurde sie bereits von Tyler erwartet. „Guten Morgen, meine Große. Alles Liebe zum Geburtstag."

„Danke, Dad", antwortete sie fröhlich und ließ sich von ihm in den Arm nehmen.

Tyler gab ihr einen Kuss auf die Wange und schob sie dann ein wenig von sich weg, um sie zu betrachten. In letzter Zeit hatte sie sich sehr verändert. Sie war erwachsen geworden, wie er mit Stolz feststellte. Charlotte trug eine einfache Jeans und eine Bluse. Noch immer war sie schmal, doch die regelmäßige sportliche Betätigung in der Schule und nachmittags beim Reiten hatte ihren Körper geformt. Er wirkte sehr weiblich, aber sie konnte auch richtig gut mit anpacken. Die Haut war vom Sommer braungebrannt und ihre Haare gingen ihr inzwischen bis zu den Schultern. Sie hatte sich so sehr verändert, dass ihre Haare inzwischen nicht mehr dunkel gefärbt werden mussten und waren nun mittelblond. Der frühere Rot-Stich war verblasst – nur wenn die Sonne auf ihre Haare schien, war dieser manchmal noch zu erkennen. Auch war sie gewachsen und inzwischen fast genauso groß wie Michael.

Die beiden waren seit über einem Jahr nun offiziell

ein Paar und mussten niemandem mehr irgendein Theater vorspielen. Niemand wunderte sich darüber, wenn Michael ihr hin und wieder einen Kuss gab oder sie händchenhaltend irgendwo spazieren gingen, auch wenn sich der ein oder andere wunderte, was der inzwischen 19 ½-Jährige mit dem Mädchen wollte. Doch die beiden ließen sich davon nicht beirren. Auch wenn Michael inzwischen mit der Schule fertig war und eine Ausbildung machte, störte sie der Altersunterschied wenig. Ihre gemeinsame Vergangenheit hatte sie zusammengeschweißt und sie fühlten einfach, dass sie füreinander bestimmt waren... dass es Schicksal gewesen war, als Charlotte, die damals noch Charlene hieß, auf den Hof seiner Eltern gekommen war, um dort zu arbeiten. Irgendjemand hatte es so gewollt.

Es klopfte und als Charlotte die Tür öffnete, wurde sie mit einem liebevollen Kuss begrüßt, der sie für ein paar Minuten alles um sich herum vergessen ließ.

„Morgen, Mike", begrüßte Tyler ihn grinsend von der Küche her. „Hast du Lust, mit uns zu frühstücken?"

Ein wenig verlegen löste sich der Junge von seiner Freundin. „Guten Morgen. Gerne, wenn es keine Umstände macht."

„Quatsch. Du weißt ganz genau, dass du immer willkommen bist, Junge. Außerdem ist es mir lieber, du plünderst meinen Kühlschrank, als dass du meine Tochter auffrisst."

„Entschuldige bitte. Ich konnte einfach nicht widerstehen", grinste Michael frech und half anschließend beim Tischdecken. Seine Freundin kicherte leise. Sie wusste genau, dass ihr Vater nicht böse war. Im Gegenteil. Seit er Michael vor fast eineinhalb

Jahren indirekt die Erlaubnis gegeben hatte, ihren Gefühlen nachzugeben, falls sie es nicht mehr aushalten würden, war es für die beiden einfacher gewesen, diesem Drang zu widerstehen. Tatsächlich hatten sie seit der verhängnisvollen Nacht in der Scheune damals nicht mehr miteinander geschlafen – und es war für beide in Ordnung, auch wenn sie sich heimlich hin und wieder nach dieser besonderen Nähe sehnten. Doch inzwischen waren sie beide vernünftig genug, um zu wissen, dass ihnen dieses Gefühl nicht davonlief.

Jetzt wurde Charlotte sechszehn – die magische Grenze war erreicht und beide wussten, dass es nun nicht mehr nur geduldet werden würde, sondern in Ordnung war, wenn sie der Liebe nachgaben. Doch sie wollten das auf sich zukommen lassen. Wenn es passierte, passierte es eben. Egal, ob heute, morgen oder erst in einem halben Jahr. Sie wussten, dass sie zusammengehörten – und nur das allein zählte.

Während sie noch am Frühstücken waren, schaute Michael auf die Uhr. „Es tut mir leid, aber ich muss leider los. Sehen wir uns heute Nachmittag nach der Schule?"

„Holst du mich ab?", war die Gegenfrage und der Junge lächelte.

„Aber gerne doch. 16:00 Uhr?" Das Mädchen nickte, stand auf und brachte ihn noch zur Tür, wo sie sich von ihm verabschiedete. Doch bevor er ging, zog er noch ein kleines Päckchen aus der Hosentasche. „Alles Liebe zum Geburtstag", sagte er und drückte es ihr in die Hand, bevor er zu seinem Pickup ging und davonfuhr.

Charlotte blieb in der Tür stehen und öffnete ehrfürchtig das kleine Kästchen. Es war ein schmaler

Silber-Ring mit einem eingebetteten Steinchen in blau-Lila. Lächelnd nahm sie ihn und steckte ihn an ihre Hand. Er passte perfekt. „Danke", flüsterte sie hinter dem davonfahrenden Auto her, das nun um die Ecke bog und ihrem Blick entschwand.

„Träumst du?", fragte es plötzlich hinter ihr und das Mädchen zuckte erschrocken zusammen. Mit einem glücklichen Lächeln drehte sie sich zu dem Arzt um.

Dessen Blick fiel auf das Kästchen in ihrer Hand und anschließend auf die Hand selbst. „Wow", sagte er anerkennend. „Von Mike?"

„Nee, vom Weihnachtsmann", antwortete sie schnippisch.

Tyler nahm ihr das nicht übel, sondern ging auf ihr Spiel ein: „Der ist aber früh dran dieses Jahr." Charlotte grinste und boxte ihm spielerisch auf die Brust. Er schnappte sich ihre Hände und hielt sie fest, um den Ring genauer zu betrachten. „Sehr hübsch", stellte er daraufhin fest. „Passt gut zu dir."

„Danke, Dad. Ich finde ihn auch toll. Aber… ich meine… glaubst du…, dass er mir damit etwas sagen will?"

Tyler begriff nicht sofort, worauf sie hinauswollte, da der Gedanke in ihrem Alter zu abwegig erschien. Deshalb antwortete er nur: „Vermutlich, dass er dich liebhat und dir eine Freude machen will."

„Ach, Dad! Manchmal bist du ein bisschen zu sehr single-haft."

„Single-haft? Was soll das denn sein?"

„Na ja, dir fehlt einfach eine Frau – oder wenigstens eine Freundin."

„Aha. Meinst du? Und wieso?"

„Weil du dann wüsstest, was in der Regel der

Anlass ist, wenn Männer ihrer Freundin einen Ring schenken."

Jetzt begriff Tyler, worauf sie hinauswollte und lachte amüsiert. „Ich kann dich beruhigen. Das weiß ich auch so. Ich habe es sogar selbst schon getan." Sein Blick schien kurz in die Ferne zu schweifen, als er an den Heiratsantrag dachte, den er vor so vielen Jahren seiner damaligen Freundin Renée gemacht hatte.

Charlotte wurde schlagartig bewusst, woran er dachte und holte ihn mit einem Kuss auf die Wange zurück in die Gegenwart. „Entschuldige, Dad. Ich wollte nicht..."

„Schon gut, Kleines", winkte er ab und schloss die Tür. „Das ist lange her. – Aber nun zu dir. Was hat er denn gesagt, als er dir den Ring gab?"

„Er hat mir alles Gute zum Geburtstag gewünscht."

„Sonst nichts?"

„Nein, er musste dann los."

„Ich denke, dann brauchst du dir auch keine Gedanken zu machen. Michael ist nicht der Typ, der zwischen Tür und Angel einen Heiratsantrag macht... Bist du jetzt enttäuscht?" Er legte ihr den Arm um die Schulter und führte sie zurück in die Küche.

„Nein, eigentlich eher erleichtert. Ich meine: ich weiß, dass er mich liebt und ich liebe ihn auch. Und vielleicht werden wir auch irgendwann einmal heiraten. Aber das hat doch noch Zeit."

„Sehr vernünftig, junge Dame. Ihr seid beide noch jung und habt noch viele Jahre für diesen Schritt."

„Das denke ich auch. Aber jetzt sollten wir die Sachen wegräumen, sonst komme ich zu spät zur Schule."

Zehn Minuten später traten sie erneut aus dem Haus und gingen auf den Wagen zu, den Tyler seit ihrem Umzug hierher sein Eigen nennen durfte. Neben der Tür blieb er jedoch stehen und hielt den Zündschlüssel hoch. Das Mädchen hatte am Vortag ihre Führerscheinprüfung bestanden und durfte nun offiziell Autofahren, auch wenn er nicht mehr daneben saß. „Hast du Lust?"

„Klar. Gerne", sagte sie erfreut und kam auf die Fahrerseite, um den Schlüssel von ihm in Empfang zu nehmen. Sie übte bereits seit einigen Monaten mit ihrem Vater – manchmal auch mit ihrem Freund, dennoch war sie natürlich noch nicht so sicher, wie es ein langjähriger Fahrer sein würde.

Deshalb sagte Tyler, als sie sich den Sitz zurechtrückte: „Ich weiß, dass du deinen Führerschein hast und alt genug bist, aber dennoch habe ich eine Bitte an dich, Charlotte."

„Ja?", fragte das Mädchen.

„Ich möchte, dass du in der nächsten Zeit noch nicht allein mit dem Wagen unterwegs bist, okay? Dir fehlt noch ein wenig die Routine, um in Notsituationen korrekt zu reagieren. Deshalb wäre es mir lieber, wenn Mike oder ich dabei sind, wenn du fahren willst. Können wir uns darauf einigen?".

„Hast du etwa Angst um mich?", fragte das Mädchen amüsiert, doch der Mann blieb ernst.

„Ja, das habe ich, Charlotte. Auch wenn ich nicht dein Erzeuger bin und wir uns genaugenommen erst seit nicht mal zwei Jahren kennen, bist du für mich die Tochter, von der ich immer nur träumen konnte. Ich habe dich sehr lieb und ich möchte nicht, dass dir etwas passiert."

Charlotte beugte sich zu ihm rüber und gab ihm erneut einen Kuss auf die Wange. „Ich habe dich auch lieb, Daddy. Und ich bin froh, dass ich bei dir bleiben durfte. Du hättest damals auch sagen können, dass du mit alldem nichts mehr zu tun haben willst. – Und ich verspreche dir, dass ich aufpasse und vorerst keine Spritztouren ohne dich oder Michael unternehmen werde. Ist das okay?"

„Das kann ich akzeptieren", antwortete Tyler und war durchaus beruhigt. Er wusste inzwischen, dass Charlotte ein recht vernünftiges Mädchen war und er sich auf ihr Wort verlassen konnte.

Als sie vor der Schule anhielten und sie ausstiegen, blieb sie noch kurz stehen, als er ihre Hand ergriff. „Sag' mal Charly, du hast da vorhin so eine Andeutung gemacht… von wegen single-haft…"

„Ich weiß. Es tut mir leid, Dad. Ich werde es nicht wieder sagen."

„Nein, nein. Das meine ich gar nicht. Was ich wissen will, ist… wäre es dir wirklich lieber, wenn ich hin und wieder Frauen mit nach Hause brächte?"

„Na ja", lenkte das Mädchen ein. „Nicht, was du zu denken scheinst, jedenfalls. Ich meine nicht irgendwelche Betthäschen oder so etwas… Aber ich weiß, dass du manchmal sehr einsam bist. Vor allem, wenn ich mit Mike unterwegs bin. Und ich denke, dass es dir guttun würde, wenn es da jemanden gäbe, mit dem du mal ausgehen kannst oder reden und vielleicht sogar mehr. Jemand, der dich Renée… na ja, vielleicht nicht vergessen lässt, aber doch die Trauer erträglicher macht. Ich weiß, dass du sie sehr geliebt hast, aber glaubst du nicht, dass sie wollen würde, dass du wieder glücklich wirst? Ich meine, ich bin auch traurig darüber, was geschehen ist, aber ich weiß, dass sie mir das Beste wünschen – hier bei dir und bei Michael. Und das macht es erträglicher."

Tyler nahm das Mädchen in die Arme und strich ihr über das wieder helle Haar. „Was für eine tolle Tochter mir das Schicksal doch beschert hat", sagte er leise und küsste sie auf die Stirn. „Und ich muss gestehen, dass ich mir in den letzten Monaten auch Gedanken darüber gemacht habe, nachdem ich gesehen habe, wie du mit dem Verlust umgegangen bist. Ich habe sozusagen von meiner Tochter gelernt."

„Und das heißt?", fragte das Mädchen irritiert.

„Dass meine Überstunden in den letzten Wochen nicht wirklich etwas mit der Arbeit zu tun gehabt haben", grinste der Mann und Charlotte registrierte die leichte Verfärbung seiner Wangen.

„Du hast eine Freundin?", fragte sie überrascht.

„Na, ja. Soweit würde ich jetzt vielleicht noch nicht gehen", gab der Arzt zu. „Aber ich war ein paar Mal mit ihr Kaffeetrinken und wir verstehen uns sehr gut."

„Hast du sie geküsst?", kam es neugierig von seiner Tochter.

Tyler blickte ihr in die Augen und nickte dann zögernd und ein wenig ängstlich über eine mögliche Reaktion von ihr. Doch Charlotte lächelte nur. „Das klingt doch vielversprechend. Darf ich sie kennenlernen? Wie heißt sie überhaupt?"

„Witziger Weise ist ihr Name Angela", sagte der Mann, denn das war ja der Name seiner angeblichen Ehefrau und Mutter seiner Tochter, als er seine neue Identität bekam.

„Weiß sie, dass du verwitwet bist und eine Tochter hast?"

„Ja, das tut sie. Ich habe ihr von dir und deiner

Mutter erzählt."

Charlotte nickte. Sie wusste, dass er Renée meinte, auch wenn er Angela mit Sicherheit nicht den richtigen Namen und die tatsächlichen Umstände ihres Todes mitgeteilt hatte, sondern bei der erfundenen Geschichte geblieben war. „Dann lade sie doch einfach mal ein, damit wir uns kennenlernen können. Was hältst du von morgen Nachmittag zum Tee? Da ist doch Wochenende und außer einem Ausritt am Vormittag haben Mike und ich auch noch nichts geplant. Vielleicht ein Kinobesuch am Abend. Aber den können wir auch verschieben. – Oder wir gehen einfach alle zusammen, falls ihr Lust habt."

„Stopp, stopp, stopp. Jetzt mal langsam mit den jungen Pferden. Vielleicht sollten wir es erst einmal beim Kaffee belassen und dann sehen wir weiter."

„Angst?", fragte das Mädchen grinsend.

„Nein, aber vielleicht magst du sie ja gar nicht", lenkte der Mann ein.

„Da mache ich mir weniger Sorgen. Also abgemacht? Du lädst sie für morgen ein und ich backe einen Kuchen. Aber jetzt muss ich los, sonst komme ich zu spät. Bis heute Abend, Dad", rief sie ihm zu und rannte hinter den anderen Schülern her in das Gebäude.

Nach dem Unterricht wartete wie versprochen Michael auf dem Parkplatz auf sie. Lässig lehnte er an seinem Pickup und lächelte ihr zu. Auch er hatte sich im letzten Jahr verändert durch die Arbeit mit den Pferden. Früher hatte er fast ausschließlich mit den Händen gearbeitet – beim Reiten wurden jedoch noch viele andere Muskeln beansprucht, die ihn inzwischen beinahe athletisch wirken ließen. Die Hormone

318

ließen die Bartstoppeln sprießen, doch gab er sich die größte Mühe, immer glatt rasiert zu sein.

Ein paar Mädchen aus ihrer Klasse warfen dem jungen Mann eindeutige Blicke zu, doch Michael hatte nur Augen für ein einziges Mädchen. Seufzend gingen die anderen weiter und Charlotte trat zu ihm. „Du scheinst einen Fanclub zu haben", grinste sie zur Begrüßung.

Der Junge blickte kurz hinter den sich entfernenden Mädchen her und drehte sich dann zu ihr um. „Meinst du wirklich?"

„Ich meine es nicht nur, ich weiß es sogar. Unser neues Klassenflittchen hat sogar eine Wette auf deinen Kopf abgeschlossen."

„Ernsthaft jetzt?", fragte er amüsiert. „Ist das vielleicht so ein Klappergestell mit langen, schwarzen Haaren und genug Make-up im Gesicht für eine ganze Cheerleader-Truppe?"

„Ja, wieso?"

„Du, die hat mich tatsächlich vor ein paar Tagen mal auf dem Parkplatz angequatscht. Total oberflächlich und aufdringlich diese Person."

„Und wie hast du darauf reagiert?"

Michael lachte. „Ich bin geflüchtet. Ich habe ihr gesagt, dass ich einen Termin in der Schule hätte und bin einfach abgehauen."

„Ha! So viel zum Thema: sie müsste nur mit dem Finger schnippen und schon würdest du sie mit nach Hause nehmen."

„Hat sie das gesagt?"

„Ja, Wort für Wort."

„Und was hast du gesagt?", fragte er neugierig.

„Dass sie sich das abschminken kann und du nicht der Typ dafür wärst."

„Recht so", grinste er, nahm ihr Gesicht in die Hände und gab ihr einen langen, zärtlichen Kuss.

Als Charlotte die Augen wieder öffnete, blickte sie direkt in die funkensprühenden Augen besagter Mitschülerin. „Du mieses, kleines Flittchen!", fauchte das Mädchen und sah aus, als wenn sie ihr gleich eine reinhauen wollte. „Wie kannst du es wagen…?"

Michael schob seine Freundin ein wenig zur Seite, um sie aus dem Gefahrenbereich zu bringen. Seine Stimme klang beinahe bedrohlich, als er sie erhob: „Was willst du von meiner Freundin?"

„Deine Freundin? Dass ich nicht lache. Die ist doch viel zu jung für dich."

„Ich glaube nicht, dass dich das irgendetwas angeht. – Komm', Charly. Lass' uns hier verschwinden. Das Klima hier gefällt mir nicht."

Grinsend ließ sich das Mädchen die Tür öffnen und rutschte auf den Beifahrersitz. Er schloss die Tür sorgfältig, ging um den Wagen herum und ließ sich auf den Fahrersitz gleiten. Aus den Augenwinkeln bemerkte er das wutverzerrte Gesicht des schwarzhaarigen Mädchens, während er den Wagen auf die Straße lenkte. Er war immer noch wütend über das Verhalten ihrer Mitschülerin, als sie wenig später auf dem Hof ankamen. Charlotte legte ihm sanft die Hand auf den Oberschenkel und sofort warf er ihr ein warmes Lächeln zu. Dabei fiel sein Blick auf den Ring an ihrer Hand. Sanft nahm er die Hand in die seine. „Gefällt er dir?"

„Er ist wunderschön. – Da fällt mir ein: ich habe mich noch gar nicht richtig bei dir bedankt."

„Dass du ihn trägst ist mehr als genug Dank, Kleines. Ich wusste nicht so recht, ob es das Richtige ist. Immerhin könnte man es missverstehen, wenn ich dir einen Ring schenke."

Dem Mädchen wurde heiß. „Mach' dir da mal keine Sorgen, Mike. Ich finde ihn schön und Daddy hat ihn auch schon bewundert. Er ist das schönste Geburtstagsgeschenk, das ich je bekommen habe."

Michael schien innerlich aufzuatmen. „Das freut mich wirklich. So, und was fangen wir mit dem Wochenende an?"

„Ich habe für morgen Nachmittag Daddys Freundin zum Kaffee eingeladen. Hast du Lust, auch zu kommen?"

„Tyler hat eine Freundin? Das wusste ich gar nicht."

„Ich bis heute Morgen auch nicht. Vielleicht ist Freundin auch das falsche Wort. Es ist wohl noch recht frisch, aber immerhin hat er sie schon geküsst."

„Und ich dachte immer, Tyler wäre ein überzeugter Junggeselle. Aber du machst mich neugierig. Ich komme gerne. Bleibt es trotzdem bei unserem Ausritt morgen früh?"

„Natürlich. Am besten so früh wie möglich, damit ich danach noch Zeit zum Kuchenbacken habe."

„Kein Problem."

Schon früh am nächsten Morgen machten sich die beiden mit den Pferden auf den Weg. Zwei Stunden später kehrte sie mit geröteten Wangen und ein wenig erschöpft zurück.

Während Michael anschließend noch auf der Ranch half und erst am frühen Nachmittag rüberkommen würde, machte sich das Mädchen auf den Heimweg, ging unter die Dusche und traf dann in der Küche auf ihren Vater, der gerade dabei war, die Lebensmittel, die er am Morgen besorgt hatte, zu

verstauen. Gemeinsam backten sie Kuchen und berei-
teten alles für ein gemütliches Kaffeekränzchen vor.

Tyler wirkte nervös – so kannte Charlotte ihn gar
nicht. Immer wieder kontrollierte er den gedeckten
Tisch, rückte die Servietten oder den Kerzenständer
zurecht oder wischte mit einem Staubtuch über die
Wohnzimmerwand.

Das Mädchen hielt es für besser, ihn ein bisschen
allein zu lassen und zog sich in ihr Zimmer zurück.
Als Angela klingelte, saß sie zusammen mit ihrem
Freund auf ihrem Bett und hörte Musik. Sie zwang
sich, ein paar Minuten zu warten, bevor sie gemeinsam nach unten gingen, um die Frau zu begrüßen. Sie
mochte ein paar Jahre jünger sein als Tyler, hatte
braungelocktes Haar, das ihr sanft auf die Schultern
fiel, freundliche grüne Augen und ein offenes Lächeln. „Hallo. Du musst Charly sein. Dein Vater hat
mir schon viel von dir erzählt. Auch, dass du dieses
Treffen vorgeschlagen hast. Dafür möchte ich dir dan-
ken."

„Nicht dafür. Leider kann ich das Kompliment
nicht zurückgeben. Daddy hat Sie mir bis gestern
Morgen verschwiegen."

Tyler warf ihr einen strafenden Blick zu und versuchte, die Verlegenheit zu vertuschen, die sich auf
seinen Zügen abzeichnete. Doch Angela kam ihm zu
Hilfe. „Das musst du verstehen. Tyler hat bestimmt
Angst, du könntest es ihm übelnehmen, wenn er sich
mit einer Frau trifft. Du könntest ja das Gefühl haben,
dass er anfängt, deine Mutter zu vergessen oder sie
nicht mehr liebt. Hast du denn gar kein Problem damit, dass wir uns angefreundet haben?" Sie schien ein
wenig überrascht zu sein. Vielleicht hatte sie schon
andere Erfahrungen mit Männern gehabt, die Kinder

mit in die Beziehung brachten.

„Nein, eigentlich nicht. Mum würde sicher wollen, dass Daddy glücklich ist und nicht verzweifelt, weil sie nicht mehr da ist. Solange Sie nicht von ihm verlangen, dass er sie nicht mehr lieben darf, ist das in Ordnung."

„Wenn dabei noch ein bisschen für mich übrigbleibt, kann ich mich damit abfinden." Sie lächelte ihn an und Tyler nahm ihre Hand zärtlich in die seine.

Sein Blick zeigte deutlich, dass in ihm noch genug Liebe steckte, die er ihr schenken konnte. „Das ist übrigens Charlys Freund Michael, Angela", versuchte er, das Gespräch in eine weniger gefährliche Richtung zu lenken. „Er gehört schon fast zur Familie."

„Nur fast?", fragte das Mädchen grinsend und nahm Michaels Hand ebenfalls in die ihre.

„Kommt, ihr beiden Turteltauben. Lasst uns Kaffee trinken. Den Kuchen hat übrigens Charly gebacken."

„Toll", sagte Angela. „Hilfst du deinem Vater viel im Haushalt?"

„Manchmal. Aber vermutlich nicht ganz so viel, wie er es sich wünschen würde", gab das Mädchen verlegen zu. „Saugen, zum Beispiel, hasse ich wie die Pest. Aber um die Wäsche kümmere ich mich schon."

„Untertreib' nicht so, Kleines. Du hilfst mir schon genug. Immerhin sollst du ja auch noch ein bisschen Zeit für dich haben."

„Und für mich auch", grinste Michael.

Der Nachmittag wurde ein voller Erfolg. Charlotte und Angela verstanden sich super und Tyler registrierte, wie seine Tochter es scheinbar genoss, mal mit einem weiblichen Wesen kommunizieren zu können. Er bereute seine Entscheidung, auf den

Vorschlag von Charlotte einzugehen und Angela einzuladen, nicht eine Minute. Er war sogar ein wenig erleichtert, denn in den letzten Wochen hatte er seiner Tochter etwas vorlügen müssen, um sein Geheimnis zu wahren.

Am Nachmittag fuhren sie tatsächlich gemeinsam ins Kino und sahen sich eine Komödie an. Charly saß zwischen Michael und Tyler und schmiegte sich an die Schulter ihres Freundes. Hin und wieder warf sie einen verstohlenen Blick zu ihrem Vater und bemerkte, wie sich die beiden an den Händen hielten oder er ihr sanft den Arm streichelte. Ein zufriedenes Lächeln breitete sich auf ihrem Gesicht aus. Sie freute sich für Tyler. Er hatte es verdient, glücklich zu sein und Angela hatte gute Chancen, das zu schaffen.

Nach dem Film gingen Tyler und Angela noch in einen Country-Club zum Tanzen. „Ich bleibe heute Nacht auf der Ranch", sagte Charlotte leise zu ihrem Vater. „Nur für den Fall, dass..." Sie grinste verschwörerisch und erntete einen strafenden Blick des Mannes, der jedoch viel zu gut gelaunt war, um ihr wirklich böse zu sein.

„Bis morgen, du freche Göre", lachte er und gab ihr einen Klapps auf das Hinterteil. Arm in Arm gingen die beiden zum Club, während das jüngere Pärchen händchenhaltend in Richtung Ranch schlenderte. Wie schon so oft davor, schlichen sie in die Scheune und kuschelten sich in das weiche Heu. Während sie seine Küsse und Berührungen genoss, musste sie plötzlich an Tyler denken. Ob er die Gelegenheit nutzen würde und Angela einlud, die Nacht bei ihm zu verbringen? War er tatsächlich bereit dazu, einen Neuanfang zu wagen? Wieder einmal sein altes Leben – oder doch zumindest einen Teil davon – über Bord zu werfen und mit ihr gemeinsam die Liebe zu erleben?

„Woran denkst du?", fragte Michael plötzlich in die Stille hinein.

„Entschuldige bitte. Ich musste gerade an Tyler und Angela denken. Ich wünsche mir einfach, dass sie die Richtige ist und dass er sich einlassen kann auf das, was vielleicht passiert."

„Da mache ich mir eigentlich keine Gedanken. Ich habe sie heimlich beobachtet im Kino und wenn mich nicht alles täuscht, werden sie nicht lange im Club bleiben. Vor allem nicht, nach deiner freundlichen Einladung, als wir gegangen sind."

„Wieso? Ich wollte doch eh bei dir übernachten."

„Das wussten die beiden aber nicht. Und jetzt denke nicht weiter darüber nach. Sie werden schon selbst wissen, was sie wollen und was nicht. Mich würde eigentlich viel mehr interessieren, was du gerne möchtest."

Was sie wollte, wusste das Mädchen schon den ganzen Abend über. Ihre Hand fuhr an seiner Brust entlang bis zu seiner Hüfte, dann zu seinem Po und tastete nach dem flachen Gegenstand in seiner Gesäßtasche. Sie wusste, was es war und war beruhigt, als ihre Hände unter sein Shirt wanderten und es ihm sanft über den Kopf zog. „Darf ich es dir zeigen?", fragte sie dabei leise und drückte ihn sanft auf den Rücken.

Michael hatte die Bewegung zu seiner Tasche bemerkt und wusste, woran sie dachte. Er spürte, wie die Vorfreude seinen ganzen Körper zu erfüllen schien, während sie ihre Hände über seine Brust wandern ließ.

Die Nacht im Stroh wurde noch schöner und intensiver als die Nacht vor gut zwei Jahren. Sie genossen die Verschmelzung mit jeder Faser ihrer Körper. Für ein paar Stunden verbannten sie Tyler und seine Freundin aus ihren Köpfen. Es zählte einzig und allein der Partner in ihren Armen. Mitternacht war lange vorbei, als Charlotte und Michael einschliefen – glücklich ineinander verschlungen und mit Zuversicht in die Zukunft blickend.

Etwa zur selben Zeit lernte auch Tyler wieder zu lieben, während Angela ihm vertrauensvoll ins Schlafzimmer folgte, genau wissend, was in Kürze geschehen würde. Sie war bereit dazu – ob er es auch war, würde sie sicherlich bald wissen, doch als sie eben noch im Wohnzimmer getanzt hatten, waren die Anzeichen unübersehbar gewesen. Jetzt strich er ihr sanft das Haar aus dem Gesicht. Ihre Lippen trafen sich immer wieder und ihre Hand nestelte an dem Reisverschluss seiner Hose herum, um ihrem gemeinsamen Verlangen nachzugeben und schließlich in den Armen des Arztes Frieden zu finden.

ENDE

DANKSAGUNG

Meine Leidenschaft für das Schreiben, die sich bereits in jungen Jahren bemerkbar machte, wurde leider durch Ausbildung, Beruf, Mutterschaft und den stressigen Alltag für viele, viele Jahre unterdrückt. Erst seit 2018 habe ich festgestellt, dass diese Leidenschaft keine zusätzliche Aufgabe, sondern im Gegenteil etwas, wie ein Ruhepunkt sein kann. Beim Schreiben kann ich entspannen, meiner Fantasie freien Lauf lassen und meine Träume und Gefühle in Worte fassen. Heute ist das Schreiben für mich ein Ausgleich zum stressigen Alltag mit Job, Familie und Haushalt.

Glücklicherweise Geben mir meine Kinder diese Freiheit, unterstützen mich nach ihren Kräften und teilen meine Leidenschaft sogar ein klein Wenig. Besonders meine Tochter steht mir immer gerne mit Rat und Tat zur Seite, wenn es darum geht, passende Namen für meine Charaktere zu finden.

Ein großes Dankeschön geht auch an meine Probeleserinnen, die mir Feedback zu Inhalt und Rechtschreibung gegeben und mich motiviert haben, dieses Buch zu veröffentlichen: meine Mutter Arietta Ziegelmayer, meine Tochter Jessica und meine Arbeitskollegin Antje Liebold.

Zum Schluss möchte ich mich auch bei meinen Lesern bedanken, die ich hoffentlich mit dieser Geschichte über Verlust und Angst, aber auch Freundschaft, Hilfsbereitschaft und wahre Liebe für eine Weile in ein Land der Fantasie entführen konnte.

Claudia Choate, Mai 2022

Weitere Titel von C. Choate

Verlorene Seelen 1 – Licht am Ende des Tunnels

Verlorene Seelen 2 – Ein Hundeleben

Verlorene Seelen 3 – Stumme Schreie

Verlorene Seelen 4 – Sprung ins Ungewisse

Verlorene Seelen 5 – Tiefe Wunden

Verlorene Seelen 6 – Haus Rosengarten

Verlorene Seelen 7 – Die Stimme des Schweigens

Verlorene Seelen 8 – Mit dir die Sterne sehen

Verlorene Seelen 9 – Das Geheimnis v. Drömland

Verlorene Seelen 10 – Egal, was das Leben bringt

Flucht in die Freiheit

Engel gibt es doch

Magische Freundschaft

Vertauschte Welt